O Espelho Secreto

M. J. PUTNEY

O Espelho Secreto

Tradução
Sibele Menegazzi

1ª edição

Rio de Janeiro | 2017

Copyright © 2011 by Mary Jo Putney, Inc.
Todos os direitos reservados.

Título original: *Dark Mirror*

Texto revisado segundo o novo
Acordo Ortográfico da Língua Portuguesa

2017
Impresso no Brasil
Printed in Brazil

CIP-BRASIL. CATALOGAÇÃO NA PUBLICAÇÃO
SINDICATO NACIONAL DOS EDITORES DE LIVROS, RJ

Putney, M.J., 1946–

P989e   O espelho secreto / M.J. Putney; tradução de Sibele Menegazzi. – 1ª ed. – Rio de Janeiro: Bertrand Brasil, 2017.
308 p. ; 23 cm.

Tradução de: Dark mirror
ISBN 978-85-286-1782-5

1. Ficção americana. I. Menegazzi, Sibele. II. Título.

CDD: 813
17-42944   CDU: 821.111(73)-3

Todos os direitos reservados pela:
EDITORA BERTRAND BRASIL LTDA.
Rua Argentina, 171 – 2º andar – São Cristóvão
20921-380 – Rio de Janeiro – RJ
Tel.: (21) 2585-2000 – Fax: (21) 2585-2084

Não é permitida a reprodução total ou parcial desta obra, por
quaisquer meios, sem a prévia autorização por escrito da Editora.

Atendimento e venda direta ao leitor:
mdireto@record.com.br ou (0xx21) 2585-2002

A todas as pessoas corajosas que se reuniram em Dunquerque para resgatar um exército, o que viria a ser o primeiro passo rumo à salvação da Europa Ocidental. Sua coragem jamais será esquecida.

AGRADECIMENTOS

Minha gratidão a todos aqueles de sempre, principalmente a Pat Rice e Susan King, por me ajudarem a debater sobre este livro, e a John, que é ótimo nos assuntos de guerra.

Um agradecimento especial a duas excelentes editoras: Betsy Mitchell, que sugeriu que eu escrevesse literatura infantojuvenil, ideia que imediatamente me pareceu adequada. E a Sara Goodman, que teve a genialidade e o supremo bom gosto de se apaixonar por Tory e seus amigos.

Não posso me esquecer da incrível Robin Rue, uma agente disposta a deixar que seus escritores sigam suas loucuras particulares, e também de sua assistente, Beth Miller, que foi de grande ajuda enquanto eu dava forma a *Espelho Sombrio*.

A Nicola Cornick e Elspeth Cornick, que generosamente ofereceram ajuda para deixar meu linguajar devidamente britânico e adequado ao período. Obrigada. Quaisquer erros remanescentes são meus.

Meus agradecimentos também a John Tough, arquivista da Associação de Pequenas Embarcações de Dunquerque, que me ajudou a descrever a desocupação da forma mais precisa possível.

PRÓLOGO

Londres, fim do século XVII

— Malditos sejam todos os magos! — resmungou o conde, entrando na cafeteria.

Sally Rainford, a proprietária, revirou os olhos em silêncio. Havia mais de mil cafeterias em Londres, mas a dela, "Xícara do Rei", na rua Saint James, contava com os fregueses mais aristocráticos. E quase todos, assim como o conde, eram uns chatos de galocha.

Ele gesticulou para que Sally lhe trouxesse café, então se acomodou na mesa comunitária já ocupada por uma dúzia de seus pares aristocráticos.

— Precisamos tornar ilegal a prática de magia na Inglaterra!

Tornar a magia ilegal? Como poderiam proibir algo tão natural? Guardando seus pensamentos para si, Sally preparou uma bandeja com café, um potinho de creme e tigelinhas com raspas de chocolate, flocos de canela e açúcar granulado.

O calmo visconde, sentado diante do conde, arqueou as sobrancelhas.

— Isso me parece um tanto extremo, meu caro. O que aconteceu?

Sally levou a bandeja cuidadosamente arrumada até o conde. Sua vontade era despejar o café na cabeça dele, mas isso não seria muito bom para os negócios.

— Um mago ordinário usou seu poder e quase seduziu a minha filha caçula. — O conde misturou uma colher de raspas de chocolate ao café com golpes raivosos. — Garanti que o animal nunca mais seduza nenhuma bem-nascida, mas, se não fosse por sua magia, ele jamais teria se atrevido a tentar.

Sally conteve uma bufada. Culpar o mago talvez fizesse com que o conde se sentisse melhor, mas era comum que garotas jovens tendessem a paquerar.

— Foi o Hollinghurst? Aquele animalzinho também já usou magia para seduzir outras mulheres — disse um barão, discretamente.

O conde assentiu com rigidez.

— E seduzir mulheres não é o único problema causado por magos. Deveríamos banir todos eles!

— Lorde Weebley usa magia para trapacear nas cartas — resmungou outro homem. — Tenho certeza disso, embora nunca tenha conseguido provar. Impossível provar fraude por magia.

O barão carrancudo misturou açúcar granulado em seu café.

— Magia é coisa do demônio e já está na hora de a proibirmos. Quem nunca sofreu nas mãos de magos que utilizam seus poderes para enganar e manipular? Eu digo que está na hora de recomeçarmos a queimar bruxas!

Perturbada, Sally pressionou a mão na barriga. Era cedo demais para que a gravidez aparecesse, mas seu marido, Nicodemus, vinha de uma família de Kent conhecida por suas habilidades mágicas. Provavelmente seu filho seria um mago, já que Sally era uma talentosa bruxa caseira. Não à toa seu café era o melhor de Londres.

Até não muito tempo atrás, a caça às bruxas era algo comum; mais recentemente, entretanto, a maior parte das pessoas parecia reconhecer o valor da magia. Além disso, os bruxos começaram a se chamar de magos, o que já não soava tão perigoso assim.

Sally não achava que esses tempos tão difíceis voltariam, principalmente agora que a magia era tão amplamente aceita. Porém, com uma frequência preocupante, ouvia fregueses da "Xícara do Rei" fazendo comentários inflamados como aqueles. Amigos que trabalhavam em casas importantes relataram observações parecidas. Talvez, com o tempo, as pessoas sofisticadas passassem a desdenhar de todo tipo de magia e deixassem os benefícios para gente comum, como ela.

Um homem alto e magro, cuja peruca escura lhe cascateava pelos ombros, estivera durante todo o tempo sentado perto da lareira. Elevando o tom da voz para ser ouvido por toda a cafeteria, disse:

— Uma proibição total jamais funcionaria. A maior parte dos ingleses aprova magia. Comemoram quando seus filhos aparentam ter dons marcantes, pois esses talentos podem ser lucrativos. — E afagou lentamente o bigode fino. — De nada adianta aprovar uma lei à qual ninguém vai obedecer.

Sally ficou grata pelo fato de o homem mais importante no salão demonstrar seu bom senso de costume. Sua opinião incentivou os outros a falarem. Um duque disse, de forma ponderada:

— Uma proibição total também não nos seria proveitosa. Quase perdi minha esposa e meu filho durante o parto, não fosse por uma curandeira que salvou a ambos.

— Também não podemos nos dar ao luxo de banir os magos climáticos — disse um nortista mal-humorado. — Do jeito que chove em Westmoreland, as plantações dos meus arrendatários apodreceriam nos campos todos os anos se eu não empregasse um mago local competente para mandar parte da chuva embora.

Sally assentiu, em aprovação. A família Rainford era conhecida por sua magia climática e eram homens como aquele nortista que os mantinham prósperos. Fora a renda do seu marido que possibilitara a abertura daquele café.

O homem alto e moreno disse, de maneira lenta:

— Talvez a censura social seja mais proveitosa que uma lei. A aristocracia é pequena, em comparação à grande massa da população inglesa. Embora não seja possível proibir a magia em toda a Inglaterra, cavalheiros influentes como você poderiam bani-la do seio da nobreza. Deixá-la apenas nos estratos mais baixos.

Houve uma pausa enquanto todos os lordes no salão ponderavam sobre aquelas palavras. O conde zangado disse, devagar:

— Deveríamos nos pronunciar contra a injustiça e a vulgaridade da magia.

— Podemos dispensar um tratamento de gelo aos magos. Envolver nisso também nossas esposas, já que são elas que comandam as relações sociais. — O calmo visconde sorriu levemente. — Minha senhora se queixou, recentemente, de uma duquesa maga que usa seus poderes para aumentar sua beleza. Minha esposa estava furiosa. Ela e as amigas adorariam usar sua influência para fazer a magia sair de moda.

— Minha amante tem uma poderosa magia ilusionista e pode mudar a aparência para a de qualquer mulher que eu queira — disse outro lorde. — É como ter um harém com as mulheres mais belas da Inglaterra!

Houve uma explosão de risos por parte dos demais. O visconde disse:

— Prevejo um mundo no qual as pessoas do nosso nível ficarão acima da magia; no entanto, ainda poderemos nos beneficiar do seu uso pela plebe. — Sorriu de forma maliciosa. — Minha amante possui talentos muito semelhantes.

Sally fungou, mas manteve os olhos baixos enquanto os lordes se gabavam de todas as formas pelas quais podiam demonizar a magia entre sua própria classe social. Geralmente não a notavam até que quisessem mais café, mas, se alguém visse a expressão de desprezo em seu rosto, poderia haver problemas. Aqueles homens eram poderosos e era melhor não ofendê-los. Melhor concentrar-se em raspar chocolate e quebrar torrões de açúcar em grãos menores.

Colocou uma panela de grãos de café para torrar, pensando que o visconde tinha razão. Os aristocratas tolos afastariam os magos do seu convívio. Tocou novamente sua barriga. Seu bebê teria poderes mágicos. Quando nascesse, seus talentos seriam bem-vindos, e era assim que deveria ser.

No entanto, sentia pena das pobres crianças mágicas que nascessem na nobreza.

CAPÍTULO 1

Inglaterra, 1803

Lady Victoria Mansfield voava alto, muito alto, sobre a propriedade da sua família. Braços e pernas estendidos, a saia comprida esvoaçando em volta dos joelhos enquanto ela se deleitava com a liberdade e o vento suave e perfumado.

Ela riu com prazer ao contemplar lá de cima as colinas familiares de Somersetshire. A construção de pedra que era sua casa, Fairmount Hall, e os lindos jardins que se estendiam até os penhascos. Ondas arrebentavam lá embaixo e gaivotas planavam, com seus gritos melancólicos, na mesma altura que ela.

Mergulhou pelo ar e foi examinar o pombal arredondado de pedra. As pombas guincharam em protesto quando Victoria voou porta adentro. Espantada, quase foi ao chão.

Concentre-se em permanecer no ar. *Com um impulso vertiginoso, Tory se elevou novamente no ar e saiu pela porta do pombal rumo ao céu. Talvez devesse voar até a propriedade vizinha, da família Harford. O Honorável Edmund Harford era o filho mais velho, herdeiro do título e da propriedade do pai.*

Sempre admirara Edmund. Ele viera da universidade para passar o verão em casa e Tory queria que visse quanto ela havia crescido. Talvez ele a achasse quase tão bonita quanto sua irmã mais velha, Sarah.

Inclinou-se com o vento e se virou para o leste, na direção da propriedade Harford.

Foi então que um grito horrorizado a despertou.

Acordando em um sobressalto, Tory percebeu que estava flutuando um metro acima da sua cama desarrumada, incrivelmente sem qualquer suporte. Sua mãe, a Condessa de Fairmount, estava parada junto à porta, com uma expressão horrorizada no rosto.

— Victoria — ofegou ela. — Oh, não, por favor, *não!*

Tory olhou para o dossel da cama, acima da sua cabeça. Uma aranha fizera uma teia no canto e, agora, a criatura medonha olhava diretamente para ela.

Soltou um grito e caiu com tudo na cama, perdendo o fôlego ao tombar de barriga para baixo. Trêmula e assustada, levantou-se, apoiando-se nos braços. Não podia ter realmente voado!

— O que... o que aconteceu?

— Você estava voando. — Sua mãe fechou a porta, e as juntas de seus dedos estavam esbranquiçadas em volta da maçaneta. — Nunca mais faça isso! — disse ela, com a voz trêmula. — Você sabe o que a sociedade pensa a respeito dos magos. O que... o que seu pai pensa a respeito.

— Não posso ser uma maga! — ofegou Tory, chocada diante da impossibilidade das palavras da sua mãe. — Sou uma Mansfield. Nós não somos mágicos!

Pelo menos não que Tory soubesse. A expressão culpada da condessa a fez perguntar, incrédula:

— Mamãe, já existiu algum mago na nossa família?

Tal coisa não era possível. Simplesmente *não era!* A magia corrompia, e ela não era corrupta. Sim, sentia que mudara ao se transformar em mulher. Tinha sonhos estranhos e desejos novos, mas esses eram apenas sintomas do crescimento. Não *magia!*

Tory se recusava a crer que a mãe pudesse ser uma maga. Lady Fairmount era considerada uma das damas mais proeminentes do país, um modelo para todas as jovens bem-nascidas.

No entanto... a culpa estava clara como a luz do sol no belo rosto da condessa. Quando ela se recusou a responder, o mundo de Tory ruiu sob seus pés.

— *Você* tem dons mágicos? — perguntou, chocada e se recusando desesperadamente a acreditar. Porém, em retrospecto... — Você sempre soube o que estávamos fazendo. Geoff, Sarah e eu sempre achamos que você tinha olhos na nuca.

— Há rumores — sussurrou sua mãe, com lágrimas cintilando nos olhos. — A respeito da minha avó russa, Viktoria Ivanova. De quem você herdou o nome. Ela morreu quando eu era muito pequena, então não a conheci realmente, mas... é possível que ela tenha trazido o sangue dos magos para a nossa família.

A xará de Tory havia maculado o sangue-azul da família Mansfield com magia? E Tory tinha de sofrer por isso? Não era *justo*!

Sentindo-se profundamente traída, exclamou:

— Como você não me avisou? Se eu soubesse que poderia ter o dom da magia, teria procurado me resguardar disso!

— Achei que meus filhos houvessem escapado dessa mácula! Eu tenho pouquíssimo poder. Quase nada. Pareceu melhor não preocupar vocês com uma possibilidade tão remota. — Lady Fairmount estava literalmente retorcendo as mãos. — Mas... você é bastante parecida com Viktoria Ivanova. Deve ter herdado parte dos seus talentos.

Tory queria gritar. Com a voz entrecortada, disse:

— Nunca flutuei desse jeito antes. Foi só uma anomalia. Não vai acontecer de novo, juro!

A condessa parecia profundamente entristecida.

— A magia surge quando meninos e meninas chegam à vida adulta. É difícil contê-la, mas você precisa tentar, Victoria. Se seu pai descobrir, certamente a mandará para Lackland.

Tory ofegou, incrédula. Embora os filhos da nobreza que eram magos geralmente fossem enviados à escola chamada Abadia de Lackland, que mais parecia uma prisão, certamente *ela* não seria obrigada a abandonar seus amigos e sua família!

— Se você conseguiu esconder seus poderes de todos, então eu também vou conseguir. Sou de uma geração ainda mais distante de Viktoria Ivanova. — Tory respirou fundo, tremendo. — Ninguém jamais saberá a meu respeito.

— A habilidade de voar não é magia das menores — disse a mãe, com uma expressão preocupada. — Talvez você encontre mais dificuldade em ocultar sua magia do que eu.

— Eu não estava voando! — protestou Tory. — Sempre me remexo quando estou dormindo. — Sabendo como aquilo soava patético, prosseguiu: — Se sou amaldiçoada com a magia, aprenderei a controlá-la. Você sempre disse que eu era mais teimosa do que Geoffrey e Sarah juntos.

— Espero que consiga — disse sua mãe, com tristeza. — Se sua habilidade ficar notória, não acho que serei capaz de salvá-la da Abadia de Lackland. Deus guarde você, filha. — Lágrimas silenciosas caíram, descontroladamente, quando ela saiu do quarto e fechou a porta.

E deixou a filha sozinha em um mundo despedaçado.

Tory lutou para não entrar em pânico. *Não podia* ir para a Abadia de Lackland. Mesmo quando os alunos eram curados e mandados de volta para casa, ainda eram considerados maculados, como os doentes mentais do Hospital de Bedlam.

Com certa apreensão, lembrou-se de uma história contada aos sussurros por sua melhor amiga, Louisa Fisk. A filha de um barão da vizinha região de Devon fora mandada para Lackland depois de sua família descobrir seus poderes mágicos. A menina tinha sido prometida em casamento, desde que nascera, ao filho de uma família amiga, mas o noivado fora rompido de forma instantânea.

Quando finalmente saiu de Lackland, foi obrigada a trabalhar como governanta. Um ano depois, atirou-se de um precipício.

A vela no criado-mudo de Tory iluminava o suficiente para que ela visse o próprio reflexo tênue no espelho diante da cama. Os demais membros da sua família eram altos e louros, enquanto Tory era miúda e morena. A condessa sempre dissera que seu cabelo escuro, sua estrutura pequena e os olhos levemente puxados tinham vindo da avó russa. Tory até que gostava desses traços exóticos. Era terrível saber que podiam ter vindo acompanhados de uma desprezível habilidade mágica.

Contudo, a magia não era uma coisa aparente. Com os olhos amendoados e uma trança lustrosa caindo sobre o ombro da camisola branca rendada, era parecida com qualquer outra garota em idade escolar, normal e inofensiva.

Seu olhar vagou pelo quarto. O quarto lindo e adulto, redecorado como presente por seu décimo sexto aniversário, porque a mãe dissera que, como jovem dama, um quarto de dama contribuiria para que se comportasse menos como moleca.

Adorava os frisos elaborados, os elegantes estofados de brocado com padrão de rosas, os pilares de nogueira entalhados que sustentavam o dossel de brocado da cama. Era o quarto de uma jovem que logo seria apresentada à sociedade e, então, poderia escolher um marido entre os melhores partidos da Inglaterra.

Sua mãe lhe dera aquele lindo quarto, mas não a advertira que podia estar amaldiçoada por magia. Era *deplorável*!

Tory estremeceu, querendo, mais do que tudo, enterrar-se na cama e puxar as cobertas sobre a cabeça, mas precisava descobrir se realmente trazia em si a mácula da magia.

Sentou-se na beira da cama e se imaginou voando, assim como fizera no sonho. Sentiu um tremor na barriga, mas, para seu alívio, nada aconteceu. Continuava solidamente na cama.

Será que estava se empenhando o bastante? Fechou os olhos e pensou em si mesma flutuando no ar. Concentrou-se tanto que sua cabeça começou a doer. Ainda assim, nada.

Não era maga. Fora apenas um mal-entendido!

Então, o tremor interno se estabilizou com um clique silencioso. Sentiu tontura... e, então, Tory gritou quando sua cabeça bateu em uma superfície macia. Seus olhos se abriram de repente e ela viu que a cabeça empurrava o dossel de brocado da cama.

Chocada, caiu, batendo na borda do colchão e resvalando para o macio tapete chinês. Com os joelhos esfolados, levantou-se e tentou novamente. Dessa vez, manteve os olhos abertos enquanto buscava conscientemente aquela mudança interna.

Clique! Elevou-se do tapete em uma velocidade alarmante. Rápido demais!

Com o pensamento, seus movimentos se desaceleraram e ela flutuou calmamente até o teto. Sentia-se leve e sem medo enquanto o ar a sustentava com a maciez de um colchão de plumas.

Por um instante, uma empolgação percorreu seu corpo. Podia voar!

O prazer desapareceu instantaneamente. A prática da magia era vulgar. Até mesmo desonrosa. Famílias nobres como a de Tory descendiam de reis e guerreiros. Magos geralmente não passavam de comerciantes, como ferreiros e costureiras. Um membro da família Mansfield preferiria morrer de fome a entrar para o comércio.

No entanto, o impulso de magia que a fizera flutuar fora muito *bom*. Como podia ser maligno?

Seus lábios se apertaram. Professores e vigários invariavelmente diziam que sentir-se bem era coisa do diabo. Ela não deveria nunca mais voar daquele jeito.

Antes de abrir mão completamente da magia, contudo, Tory exploraria essa nova, incrível e assustadora habilidade. Tentou lançar-se pelo quarto como fizera no sonho, mas o máximo que conseguiu foi planar com um pouco mais de velocidade.

Olhou para o dossel da cama, abaixo dela. Blargh! Insetos mortos. Pediria a uma criada para tirá-lo e lavá-lo.

Tory planou ao longo de uma parede até alcançar um dos anjos entalhados nos cantos do quarto. Assim tão perto, viu manchas onde a cobertura dourada havia descascado da madeira. Os pontos descamados não eram visíveis do chão.

Não estava realmente voando, concluiu. Não como um pássaro, ou como um turco em um tapete voador. No entanto, podia flutuar de forma segura e controlar sua direção e velocidade, caso se concentrasse.

Essa nova habilidade não lhe era muito útil, exceto para permitir que apanhasse livros nas prateleiras mais altas na biblioteca do pai. Cansando-se, desceu depressa demais e caiu com força no tapete.

Contraiu o rosto ao esfregar a sola dolorida do pé direito. Teria de tomar mais cuidado no futuro...

Não! Nunca mais voaria... flutuaria... novamente. Fazê-lo era *errado* demais, além de exaustivo. Mal conseguiu subir novamente na cama.

Encurvou-se como uma bola sob as cobertas, tremendo, apesar da noite quente. Era impossível negar a verdade. Ela, Lady Victoria Mansfield, a mais nova dos três filhos do Conde de Fairmount, fora amaldiçoada com a magia proveniente da bisavó desconhecida.

Porém, não permitiria que aquilo arruinasse sua vida. Não *mesmo*!

CAPÍTULO 2

— Tory!

A festa anual de verão dos Fairmount estava a todo vapor. Tory mal pôde ouvir a melhor amiga chamá-la, por causa da alegre algazarra. Todas as pessoas de importância na região oeste de Somersetshire se encontravam, naquele dia, nos jardins da mansão Fairmount. Bandeirolas coloridas flutuavam nos pavilhões de lona e um quarteto de cordas, trazido diretamente de Londres, preenchia o ar com música.

Tory atravessou a multidão para encontrar Louisa Fisk em frente ao pavilhão da comida. Quando se abraçaram, Louisa exclamou:

— Que dia lindo! Estava com medo de que a chuva que tivemos essa semana fosse estragar a festa, mas não há uma só nuvem no céu.

— O clima sempre está bom para a nossa festa ao ar livre. — Tory sorriu. — Minha mãe jamais permitiria que o frio e a chuva arruinassem seus eventos.

— Seu pai contrata um mago climático todos os anos? — perguntou Louisa.

— Não, nós apenas temos sorte.

As palavras de Tory foram alegres, mas uma ideia repentina lhe invadiu a mente. Embora a mãe ocultasse seus poderes mágicos, ela não dissera que nunca os utilizava. Será que a distinta Condessa de Fairmount era responsável pelos lindos dias de sol das suas festas?

Na quinzena que se seguiu ao descobrimento dos seus poderes, Tory dedicara todo seu tempo livre para aprender como ocultá-los. Descobrira um livro fino na biblioteca do pai intitulado *Controle da Magia*, escrito por Uma Dama Anônima. Lera o livro todo três vezes e vinha praticando os exercícios diariamente. Segundo a Dama Anônima, o controle se constituía, em grande parte, de força de vontade, algo que Tory tinha em abundância.

Louisa disse, provocando-a:

— A carruagem de Lorde Harford não estava muito atrás da nossa, portanto seu Edmund logo estará aqui.

— Ele não é meu Edmund. — Tory baixou os olhos, enrubescendo. — Mas... eu ficarei feliz em vê-lo. Acha que vai perceber que eu cresci?

— Ah, vai perceber, sim! — Sua amiga examinou a multidão. — O Sr. Mason já chegou?

Tory apontou com a cabeça um pequeno grupo de jovens cavalheiros reunidos no extremo mais distante do gramado.

— Ele está lá com meu irmão. Seria muito polido que você fosse até lá e oferecesse seus cumprimentos. Um sorriso seu e o Sr. Mason ficará deslumbrado.

— Assim espero! — Louisa ajustou a touca florida e se dirigiu, resoluta, até sua presa.

Em silêncio, Tory desejou sorte à amiga. Louisa e Tory haviam compartilhado tutores, sonhos e fofocas ao longo dos anos. Embora o pai de Louisa fosse um vigário e tivesse apenas uma modesta fortuna, os Fisk eram bem-relacionados: a mãe de Louisa era prima em segundo grau de um duque. Como Louisa também era bonita, inteligente e encantadora, certamente faria um bom casamento. Frederick Mason era uma boa opção, ao mesmo tempo simpático e na linha de sucessão de uma elegante mansão nas proximidades.

Tory pegou uma tortinha de maçã no pavilhão da comida e, então, olhou rapidamente ao redor para verificar se Edmund Harford e sua família haviam chegado. Ainda não.

Adorava aquele evento anual. Seu irmão, Geoffrey, Visconde Smithson e herdeiro do condado, viera com a esposa e o adorável filhinho de dois anos. O grandalhão e bem-humorado irmão se mudara para uma propriedade em Shropshire ao se casar, e Tory sentia muita falta dele.

Fora Geoffrey quem a ensinara a cavalgar, conduzindo pacientemente seu pônei em volta do cercado enquanto ela aprendia a se equilibrar e a controlar a montaria. Também a ensinara a cair, já que cavalgar implicava cair.

Sua irmã, Sarah, oito anos mais velha que Tory, iria se casar antes do Natal, e seu noivo também fora à festa. Quando pequena, Tory costumava seguir a irmã por toda parte, como um cachorrinho. Sarah tinha sido extremamente paciente com ela.

Olhou novamente na direção da casa para ver se Edmund Harford e seus pais haviam aparecido. Ainda não.

Terminava sua tortinha de maçã quando Sarah e seu noivo, Lorde Roger Hawthorne, aproximaram-se dela.

— Você está com uma aparência muito adulta, Tory — disse Lorde Roger, com um sorriso. — Logo estará tão bonita quanto sua irmã.

— Nem tanto — disse Tory com pesar. Sarah herdara a altura e a beleza loura da mãe, ao contrário de Tory.

— Ainda mais bonita. — Sarah tomou o braço de Roger com a autoconfiança de uma mulher que sabe que é amada. — Ela parece uma fadinha. Com esse cabelo escuro e esses olhos azuis encantadores, Tory terá os jovens cavalheiros de Londres aos seus pés quando for apresentada.

— Espero que tenha razão! — disse Tory com uma risada. Observou-os com uma pontinha de inveja à medida que o casal se afastava. Eles tinham aquilo que Tory desejava: não apenas um "bom casamento", mas também uma união de amor. Lorde Roger era gentil, espirituoso e bonito, com uma carreira promissora no Parlamento. Sarah iria gostar de ser esposa de político e os dois eram loucos um pelo outro. O que mais uma garota poderia desejar?

— Tory, Tory, Tory!

Mal se virou a tempo de pegar o sobrinho antes que ele a atropelasse.

— Como vai esse Jamie? — perguntou ela, passando a mão pelos cachos louros e macios. — Está se comportando como um perfeito querubim hoje?

Cecília, a bela e loura esposa de Geoffrey, riu.

— Querubim definitivamente não, mas estamos nos divertindo. — Ela levantou Jamie nos braços. Ele estava ficando pesadinho. — Está quase na hora da soneca.

Uma agradável voz masculina disse:

— Bom dia, senhoras. Ambas estão muito bonitas.

Apesar da vigilância, Tory não tinha visto Edmund chegar. Corou com o elogio ao se virar para cumprimentá-lo. A vida universitária caíra bem a Edmund. Ele sempre fora um garoto bonito. Agora, apresentava a segurança tranquila de um homem.

Por sorte, seu vestido de musseline estampado com raminhos de flor era novo e a fita de cetim azul-safira que o arrematava ressaltava a cor dos seus olhos.

— Edmund! — disse ela, alegremente. — Você também está ótimo. Quero saber tudo a respeito de Cambridge.

Edmund ofereceu o braço a Tory.

— Que tal admirarmos o mar enquanto eu lhe conto as histórias da vida universitária? Mas não posso lhe contar *tudo*. Sua mãe não aprovaria!

Rindo, ela tomou seu braço e eles caminharam na direção do penhasco que delimitava os jardins. Havia, definitivamente, admiração nos olhos de Edmund. Saber que ele a achava atraente era inebriante. Sentia-se agitada e ofegante, como experimentara ao voar.

Não devia pensar naquilo. A magia era apenas um detalhe irrelevante em sua vida. Edmund era real.

Tory sentiu uma pontada de inveja ao ouvir as histórias de Edmund.

— Suas aulas parecem tão interessantes — observou. — É uma pena que mulheres não possam frequentá-las. Minha madrinha acha que deveria haver faculdades para garotas.

— Cambridge não é um lugar para mulheres. — Ele sorriu para ela. — Você é bonita demais para se enterrar em livros poeirentos, Lady Victoria.

Ele disse que ela era bonita! Embora adorasse aprender sobre História e outros países, ser considerada bonita era tão prazeroso que estava disposta a ignorar aquela crença tola de que garotas e livros não combinavam.

Chegaram à trilha que contornava o penhasco e viraram à direita. Quando o vento fustigou a saia de Tory, ela puxou Edmund para longe da beirada.

— Fique longe da beira. A chuva amoleceu o solo e é comum haver desmoronamentos.

Ele se afastou gentilmente da borda acidentada.

— Fiquei feliz quando o dia amanheceu tão claro e ensolarado. Venho esperando pela festa de Fairmount durante todo o verão.

O prazer que ela sentiu com suas palavras foi minado pela preocupação de que sua mãe pudesse ter invocado o bom clima. Se ela fosse flagrada fazendo esse tipo de coisa, sua reputação estaria arruinada.

Será que seu pai desprezaria a mãe como esposa? Tory achava que não, mas... não tinha certeza. O pai levava muito a sério sua dignidade e as responsabilidades. Ele perderia sua influência na Câmara dos Lordes caso seus pares descobrissem que sua condessa era uma maga.

Os dois caminharam pela borda do penhasco. Tory nunca se cansava de contemplar o mar e, na companhia de Edmund, era ainda melhor.

Quando a trilha terminou na sebe que dividia os jardins do pasto, eles deram meia-volta e refizeram o caminho. Edmund disse:

— Devo voltar para Cambridge para o período escolar de outono, mas virei para casa no Natal. — Ele a olhou bem nos olhos, demorando-se.

— Espero vê-la, então.

Tentando não parecer ofegante, ela respondeu:

— Esperarei ansiosamente. — Estava muito ciente do braço forte sob sua mão. Seria ele o *pretendente perfeito* para ela? Talvez, mas precisava ser apresentada a Londres antes de fazer a escolha final de um marido.

Outras pessoas também passeavam pela trilha do penhasco. Uns cem metros à frente, seu irmão caminhava com alguns dos seus amigos. Tory sorriu ao ver o sobrinho correndo até o pai, movendo as perninhas gorduchas alegremente, por ter conseguido escapar da mãe.

— Papai, papai! — gritou Jamie com animação. Ele seguiu para a trilha do penhasco.

O sorriso de Tory se congelou, chocado, quando a terra desmoronou sob os pezinhos retumbantes. A cabecinha loura desapareceu e ele caiu do penhasco, ainda gritando:

— *Papai!*

Cecília, que seguia o filho a passos rápidos, parou de súbito, horrorizada. Então, segurou a saia e correu para o penhasco, gritando.

— Jamie! *Jamie!*

Geoffrey saiu correndo de perto dos amigos e alcançou a esposa na beira do penhasco de onde Jamie caíra. Mais uma porção do solo úmido desmoronou sob os pés de Cecília.

Geoffrey agarrou a esposa, puxando-a para trás com um grito rouco.

— Cecília!

Eles tombaram sobre a segurança do chão firme, mas Cecília imediatamente se livrou do marido e começou a engatinhar para o penhasco.

— Ele só saiu das minhas vistas por um segundo! — gritou ela, em agonia.

Tory se lançou na direção deles, mas foi subitamente detida quando Edmund agarrou seu braço.

— Quanto menos pessoas ali, melhor — disse ele, muito sério. — Essa seção toda está instável.

Ela mordeu o lábio, sabendo que ele tinha razão. Vários anos atrás, durante as chuvas de inverno, um bloco do tamanho da sala de estar da mansão Fairmount desmoronara no mar.

— Para trás! — Acenando para seus amigos recuarem, Geoffrey se pôs de barriga para baixo e avançou lentamente em direção à borda. Após um momento, ele gritou: — Graças a Deus! Jamie está preso em uma moita na metade do caminho. Jamie, está me ouvindo?

— Me desculpe, papai — soou uma vozinha tristonha. — Eu não queria cair.

— Vamos trazer você para cima em segurança — prometeu o pai. A voz de Geoffrey estava calma, mas havia pavor em seu rosto.

Tory se pôs de quatro e se moveu lentamente até a borda, de forma que pudesse ver. Edmund agarrou-a pelo tornozelo.

— Pare! O penhasco é perigoso demais.

Ela se livrou da mão dele e continuou engatinhando.

— É meu sobrinho! Preciso ir lá olhar — retrucou. — Vai dar tudo certo. Não peso muito.

O solo estava macio sob suas mãos e joelhos, e ela sentiu um calafrio de medo. Obrigou-se a pensar em como estava arruinando o vestido novo, em vez de paralisar com medo de que aquela parte do penhasco também desmoronasse.

Chegou à beirada e se estendeu na grama. Abaixo, cerca de cem metros à sua direita, Jamie se equilibrava precariamente na forquilha de um galho que brotava da face do penhasco. Estava em segurança por ora, mas o arbusto poderia se soltar a qualquer momento. Jamie também poderia se cansar e se soltar dos galhos finos. Ou o vento forte poderia derrubá-lo.

A criança olhou na direção dela. E, embora machucada e muito suja, sorriu em meio às lágrimas.

— Tia Tory! — Seus olhos eram do mesmo azul intenso que os dela. Ele soltou a mão esquerda e a estendeu para ela, balançando-se com um solavanco. — Estou com medo!

Tory se contraiu.

— Segure firme no arbusto, Jamie! Vamos tirar você daí logo.

Ele agarrou novamente o galho com expressão triste:

— Depressa! — Sua voz quase foi levada pelo vento.

Quando a terra se esfacelou sob a mão esquerda de Tory, Edmund exclamou:

— Lady Victoria, volte já daí! Você não pode fazer nada, e não é seguro.

— É seguro o bastante. Jamie sabe que estou aqui. Não vou abandoná-lo.

— E se ele caísse... Seu coração se contorceu de agonia. Seria uma traição imperdoável ser covarde demais para testemunhar os últimos instantes dele.

Após uma longa pausa, ele disse:

— Muito bem, se você tem certeza. Vou me juntar aos homens. Quando trouxerem as cordas, precisarão de alguém que desça pelo penhasco e traga a criança para cima. Sou mais leve que os outros, então talvez possa ajudar.

— Vá depressa! — Ela olhou rapidamente sobre o ombro, lutando contra as lágrimas. — Ele não vai conseguir se segurar por muito tempo.

— Tome cuidado, Lady Victoria. — Edmund se afastou na direção dos resgatadores enquanto Tory se virava novamente para Jamie. Será que o arbusto estava começando a ceder por causa do peso do garoto?

Ela se apoiou nas mãos e se ergueu um pouco, para enxergar melhor. O solo se moveu de forma ameaçadora. O pânico percorreu seu corpo... até ela se lembrar da sua desprezível habilidade. Se o solo desmoronasse, conseguiria se equilibrar e flutuar de volta em segurança. Por causa da indesejada magia, era a única pessoa ali que não tinha nada a temer.

As cordas chegaram e Geoffrey estava sendo amarrado a um arreio improvisado. Ela franziu a testa. É claro que seu irmão estava desesperado para resgatar Jamie, mas era alto e encorpado. Pesado demais para a frágil borda do penhasco. Ela fez uma prece desesperada à medida que ele baixava pela borda, as cordas seguras por meia dúzia de homens. Se Geoffrey caísse...

Os espectadores ofegaram quando a terra desmoronou sob o peso do seu irmão. As cordas fizeram Geoffrey parar de repente e ele se chocou contra a parede do penhasco, com uma força capaz de machucar. Embora o arreio o tivesse salvado, terra e pedregulhos foram lançados para baixo, atingindo Jamie.

A criança gritou e quase se soltou enquanto seu pai era puxado para terreno seguro em meio a uma chuva de escombros que desmoronavam.

— *Papaaai! PAPAAAAI!*

Tory já não podia mais segurar as lágrimas. Jamie não conseguiria se segurar por muito mais tempo e ela sabia, com uma apavorante certeza, que os homens não o alcançariam a tempo.

Era a única pessoa que podia salvar seu sobrinho.

Saber aquilo era paralisante. Se fosse bem-sucedida, revelaria seus poderes diante de todas as pessoas importantes do condado. Perderia tudo.

Tory chorou baixinho. Não podia fazer aquilo, *não podia*. Nem sequer tinha certeza de poder flutuar naquele vento intenso. Uma lufada mais forte poderia atirá-la de encontro às rochas abaixo.

O vento se estabilizou por um instante e ela ouviu os soluços desesperados de Jamie. Mordeu o lábio até sangrar, sabendo que não tinha escolha. Precisava salvá-lo.

Se não tentasse, ninguém conheceria sua covardia, mas ela, sim. E jamais, jamais seria capaz de se perdoar.

Com a atenção de todos voltada para os socorristas, poderia alcançar Jamie sem ser vista. Rezando para que seu misterioso e destreinado poder não lhe falhasse, virou-se e, com medo, atirou-se de costas no abismo.

CAPÍTULO 3

Quando Tory se abaixou sobre o penhasco, achou que sua magia fosse sustentá-la. Porém, para seu horror, ao pisar no vazio, sentiu-se cair com uma velocidade alarmante. Soltou um grito estrangulado e tentou, freneticamente, agarrar-se à parede do penhasco, quebrando as unhas na terra e nas pedras.

Clique! Ela parou no ar. Suas mãos se agarraram à parede, mas foi a magia que a sustentou.

Respirou fundo, estremecendo, ao olhar para as ondas que arrebentavam lá embaixo. Seus sapatos tinham caído e não havia nada além de ar entre o oceano e os pés envoltos em finas meias. Rapidamente, ergueu os olhos até Jamie. Ele estava de olhos fechados e havia sinais de lágrimas nas suas bochechas redondas, mas ainda se segurava.

Olhando mais acima, viu que as tentativas de resgate haviam cessado temporariamente enquanto os homens discutiam o que fazer. Ninguém olhava para ela ou para Jamie. Talvez pudesse salvar o sobrinho e se afastar dali antes que alguém a visse. Ele era tão pequeno e estava tão alterado que uma narrativa deturpada de como fora resgatado certamente seria desconsiderada.

Apegando-se àquela esperança, flutuou para a direita. Os cem metros que não aparentavam tanto do nível do solo, ao olhar de cima, agora pareciam uma infinidade. Tocar a parede áspera e úmida do penhasco a fazia sentir-se mais segura, embora soubesse que a segurança era apenas ilusória. Se sua magia falhasse, estaria perdida.

O vento fustigou à sua volta, erguendo a barra do seu vestido a níveis indecentes. Ignorando aquilo, concentrou-se no sobrinho. *Aguente só mais um pouquinho, querido!*

Ao se aproximar da criança, ela disse, baixinho:

— Jamie, estou aqui.

Ele virou a cabecinha loura, piscando como uma coruja.

— Tia Tory — choramingou. — Eu sabia que você viria. — E se atirou na direção dela, caindo do galho.

— Jamie! — Com o coração acelerado de medo, ela voou para baixo e o apanhou. Ele era mais pesado do que ela esperava e, por um pavoroso instante, ambos caíram.

Ela se aferrou à magia e eles pairaram no ar, tão baixo que os borrifos frios das ondas gelaram seus pés. Tentando parecer calma, disse:

— Passe os braços em volta do meu pescoço e as pernas em volta da minha cintura, Jamie. Em alguns minutos, estaremos em segurança.

Obediente, ele se agarrou a ela como um macaquinho, com a cabeça cacheada em seu ombro. Ela passou o braço direito em volta do corpinho sólido e começou a flutuar para a esquerda e para cima.

Subir foi mais difícil, com os quilos extras do menino a sobrecarregando. Com firmeza, Tory ignorou a exaustão crescente e a dor de cabeça. Valia a pena usar toda a força que lhe restava para se afastar daquele ponto o máximo possível. Quanto mais eles se distanciassem de onde Jamie havia caído, menor a probabilidade de serem vistos.

Desejando ter o poder de se fazer invisível, além de voar, utilizou os resquícios de força para elevá-los sobre a borda do penhasco até o chão firme. Cambaleou e quase caiu, mas conseguiu manter o equilíbrio. Tonta de alívio, colocou Jamie no chão e tentou limpar, em vão, o vestido enlameado.

O vento parou por um momento. No silêncio, Tory ouviu uma mulher ofegar:

— Meu Deus do céu, Lady Victoria *voou*! Como é que uma Mansfield pode ter magia?

Em pânico, Tory se empertigou e viu o que pareciam ser todos os convidados dos seus pais. Eles haviam sido atraídos até o penhasco pelo drama e, apesar da distância que se deslocara, emergira às vistas da multidão.

Aquele primeiro grito chocado fez com que todos os olhares se voltassem para Tory. Ela congelou, como um coelho encurralado por uma raposa, conforme as expressões foram passando pela surpresa, pelo horror e pela desaprovação. Quis sumir, mas era tarde demais.

— Jamie! — Cecília atravessou a multidão, o rosto radiante de alívio. Caiu de joelhos ao abraçar o filho, balançando-o para frente e para trás.

Jamie se agarrou à mãe como se nunca mais fosse se soltar.

— Desculpe, mamãe — choramingou ele. — Eu não quis cair.

Machucado e sujo de terra, Geoffrey correu atrás de Cecília. Pôs-se de joelhos e agarrou a mulher e o filho em um abraço forte.

— Deus seja louvado — disse ele, com a voz entrecortada. — E graças a Deus por você, Tory!

Com Jamie em segurança, a atenção da multidão se voltara para Tory, que acabava de dar provas chocantes de ser maculada por poderes mágicos.

— Deplorável! — a srta. Riddle fungou perceptivelmente. A herdeira idosa de uma fortuna em mineração se virou enfaticamente e se afastou na direção da casa. Acabara de lhe "dar o gelo", um gesto que proclamava Tory como alguém praticamente invisível. Abaixo de qualquer consideração.

Além de qualquer salvação.

O gesto da srta. Riddle foi como o romper de um dique. Um coro sibilante de comentários encheu o ar.

— Quem poderia imaginar...?

— Uma Mansfield! Que terrível para a família!

— Chocante! Simplesmente chocante. Deve haver sangue ruim ali.

Tory observava, angustiada, os convidados dos seus pais se virarem, presenteando-lhe com uma parede de costas que se afastavam. Amigos e vizinhos, homens adultos, matronas, crianças... todos a rejeitavam. Algumas expressões continham pesar, mas, mesmo assim, todos deram as costas a ela.

Em um único gesto, ela passara de "uma de nós" a "uma *deles*".

O reverendo Fisk, pai de Louisa, sustentou seu olhar por um longo instante. Tory passava tanto tempo na casa paroquial que os Fisk se referiam a ela como segunda filha.

Ele apertou os lábios em uma linha fina e Tory soube que havia sido julgada e condenada.

— Nunca desconfiei que você tivesse sangue ruim — disse ele, com frieza, antes de dar meia-volta e se afastar. A sra. Fisk fez a mesma coisa, embora com tristeza no rosto.

Desesperada, Tory procurou Louisa. Certamente sua melhor amiga não a rejeitaria!

Louisa estava ao lado de Frederick Mason, seu rosto bonito distorcido por choque e aversão.

— Tory, como *pôde*?

Não, não Louisa! Quando sua amiga tomou o braço do sr. Mason e se afastou, Tory gritou, a voz entrecortada:

— Por favor, Louisa! Não sou diferente agora do que era ontem! Não pedi para ser assim!

Porém, Louisa não olhou para trás.

Edmund Harford parecia estarrecido e enojado, embora houvesse um vestígio de pesar em seus olhos. Então, virou-se e foi embora, deixando ali apenas a família de Tory.

Lorde Roger e Sarah olhavam um para o outro, não para Tory. A expressão dele era de angústia. Chorando, Sarah estendeu a mão para ele, insegura. Lentamente, ele lhe tomou a mão, mas, quando caminharam juntos de volta para a casa, ambos estavam de cabeça baixa, entristecidos.

Pior de tudo, os pais de Tory a observavam com desolação no olhar. Tory sentiu que a mãe estava com medo. Temia por Tory? Ou será que temia que Tory revelasse que a mãe também era maga?

Seu pai se aproximou com passos pesados. Alto e aristocrático, nascera para exercer autoridade, mas havia envelhecido duas décadas em questão de minutos.

— Você deverá ir para a Abadia de Lackland. Espero que possam curá-la rapidamente e reduzir os danos causados ao nome da nossa família — disse, bruscamente. — Prepare-se para partir logo cedo. — Com as costas eretas, ele tomou a esposa pelo braço e a conduziu de volta para casa.

Apenas seu irmão e a esposa continuavam ali, com Jamie seguro nos braços da mãe. Geoffrey se levantou e puxou Tory em um abraço. Ela se afundou nele, incapaz de controlar as lágrimas.

— Geoff, o que eu vou fazer? Todos me desprezam!

— Eu não — disse ele numa voz abafada. — Jamais esquecerei o que você sacrificou para salvar meu filho, Tory. Sempre será bem-vinda na minha casa.

— Sempre — ecoou Cecília quando se levantou. — Se Lorde Fairmount ficar muito... difícil, pode vir para a nossa casa quando sair de Lackland. — Seu sorriso trêmulo demonstrava gratidão e total consciência do apuro em que Tory se encontrava. — Agora tenho de levar Jamie para dentro e aquecê-lo.

Geoffrey passou um braço forte em volta da mulher e do filho.

— Você é uma heroína, Tory. Eu... espero que isso lhe traga algum consolo.

Seu irmão e sua pequena família se afastaram. Jamie espiou sobre o ombro da mãe. O rosto coberto de lágrimas se iluminou ao lhe dar um aceno antes de se acomodar novamente nos braços de Cecília.

Tory estava sozinha na beira do penhasco. Tremendo, virou-se para o mar. As ondas verde-acinzentadas eram tão familiares quanto sua própria pulsação. Será que alguém lamentaria se saltasse do precipício? Era uma maga, um constrangimento para sua família e seus amigos. Tudo seria mais simples se desaparecesse.

Tão mais simples...

Horrorizada com seus pensamentos, soltou uma praga que teria chocado seus pais. Malditos fossem todos eles! Não tinha culpa de como havia nascido. Não daria àqueles que a haviam rejeitado a satisfação de destruir a si mesma.

Lady Victoria Mansfield iria para a Abadia de Lackland e aprenderia a controlar seus poderes. Estaria em casa, curada, antes mesmo que sentissem sua falta. Seria tão bonita e encantadora que os herdeiros de ducados *implorariam* por sua mão em casamento.

E se o desonroso Edmund Harford tentasse desculpar-se e compensá-la pela forma mesquinha como a havia tratado, ela... ela o *chutaria*.

CAPÍTULO 4

Depois que voltou para seu quarto, Tory dormiu como uma pedra, acordando apenas no início da noite. O desespero tomou conta dela quando os músculos e as juntas doloridos a fizeram lembrar que o resgate e suas consequências funestas não haviam sido apenas um pesadelo.

Normalmente, a festa ainda estaria acontecendo àquela hora; dessa vez, no entanto, os jardins já estavam vazios, exceto por alguns criados fazendo a limpeza. Os acontecimentos da tarde lançaram uma mortalha sobre a festa. Tory abriu a porta e espiou pelo corredor. Algum guarda a impediria de fugir?

Nenhum guarda. Seu pai devia saber que não tentaria escapar, já que não tinha para onde ir. Pensara em sua família e em todos os amigos antes de, tristemente, aceitar que nem mesmo sua carinhosa madrinha a acolheria. Era uma pária, e morreria de fome se fugisse de casa.

Tory vagou pelo seu quarto, tocando com a ponta dos dedos os móveis e as cortinas, como se sua presença sólida a mantivesse nos eixos. Abriu gavetas, tocando em pequenos tesouros, como a primeira pena de pavão que encontrara na vida, um broche de camafeu de sua madrinha e a pepita cintilante de ouro bruto que um amigo do seu pai lhe dera.

Os Mansfield viviam em Fairmount havia séculos. Segundo as lendas familiares, alguns ancestrais foram donos daquelas terras ainda antes da invasão normanda, mais de sete séculos antes. As ruínas do antigo castelo eram agora o local ideal para piqueniques. Viver em Fairmount era tão parte de Tory quanto seus próprios ossos.

No entanto, como sua mãe havia trazido sangue maculado para a família, Tory seria exilada do seu lar. Fúria e ódio queimaram dentro dela, mas, rapidamente, tornaram-se cinzas. Era impossível odiar de verdade sua mãe.

Condessas normalmente deixavam os filhos a cargo dos empregados, mas Lady Fairmount costumava ir até o quarto das crianças para brincar e ler histórias. Ela ensinara Tory a administrar uma casa, a controlar os empregados e a servir chá de forma graciosa. Louisa sempre tivera inveja porque sua própria mãe nunca lhe dedicara muito tempo.

Tory não suportava nem pensar em Louisa.

Percebeu que lágrimas escorriam por seu rosto. Encolheu-se como uma bola no meio do tapete e passou os braços em volta dos joelhos, balançando para frente e para trás. Não era *justo* que fosse punida por fazer a coisa certa!

Por fim, as lágrimas se esgotaram e ela ficou em um estado de exaustão deprimida. Naquela casa era seu pai quem mandava, e ele decretara que Tory seria mandada para longe. Cautelosamente, pôs-se de pé. Precisava fazer suas malas para a escola, mas seu cérebro estava cansado demais para pensar no que levar.

Uma lista. Faria uma lista.

Seu pai foi a seu quarto enquanto ela decidia o que precisava levar. Lorde Fairmount tinha a expressão amarga de um juiz condenando alguém à morte.

— Pedirei a um criado para trazer um baú, Victoria. O sr. Retter e a esposa irão acompanhá-la até Abadia de Lackland. A carruagem estará pronta logo após o desjejum.

— Vai me mandar embora com o mordomo? — perguntou ela, amarga. — Não vai nem mesmo me levar pessoalmente para o exílio?

— O escândalo será menor se eu continuar com meus afazeres como de costume.

Ela duvidava muito. Suas ações deviam ser o assunto do momento na região. As pessoas fariam *tsc-tsc* e diriam como era lamentável que os Mansfield tivessem uma filha com habilidades mágicas, ao mesmo tempo que, secretamente, ficavam alegres em ver a família mais rica da área tão humilhada. Seu pai ficar em casa não mudaria aquilo. Ele apenas não queria estar perto dela.

Ela piscou furiosamente, decidida a não chorar.

— Não significa nada que minha magia terrível tenha salvado a vida do seu único neto? Do futuro Conde de Fairmount?

— É claro que significa. — Ele fechou a cara. — Perder Jamie teria arrasado a todos nós, mas não altera o fato de você ter se revelado maga nas circunstâncias mais públicas possíveis. Nossa família inteira foi envergonhada.

A expressão em seu rosto a fez se sentir nauseada. Embora ele fosse normalmente ocupado e distante, sempre achara que gostava dela. Porém ela era apenas uma filha que, ainda por cima, causara um escândalo público para a família Mansfield. Ele jamais a perdoaria por isso.

— Então devo ser jogada fora, como uma boneca de trapo — disse ela, com voz vacilante. — Quanto antes eu for esquecida, melhor.

— Você não será esquecida, Victoria — disse o conde, sem jeito. — O propósito da Abadia de Lackland é curar os jovens das suas aflições. Se você se esforçar e for bem, pode voltar para casa. Embora não vá conseguir o casamento brilhante que poderia ter tido, é muito provável que se case com um homem de classe média e tenha uma vida decente.

Ele achava que se casar com um "homem de classe média" era aceitável para sua filha caçula? Com a raiva superando a tristeza, ela retrucou:

— Você permitirá que seus convidados me vejam ou serei escondida no sótão como uma tia louca?

A boca do pai endureceu, e ele saiu do quarto sem responder. Tory fechou os olhos, lutando contra as lágrimas. Seu poderoso pai, um dos mais poderosos homens da Inglaterra, era covarde demais para falar com a própria filha.

Alguns minutos depois, um lacaio trouxe seu baú. O caixote com bordas metálicas era pequeno demais para conter uma vida inteira.

Acabara de embalar o livro *Controle da Magia* quando sua mãe chegou, usando um vestido preto de luto.

— Ah, Victoria, eu sinto tanto! Se houvesse alguma forma de salvá-la de Lackland, eu o faria!

Segurou as mãos da filha como se pudesse fisicamente evitar que ela fosse embora.

— Minha menina corajosa! O que você fez exigiu muito mais coragem do que eu tive em minha vida inteira. Eu... vou sentir muita saudade de você.

Tory puxou suas mãos das da mãe.

— Você ao menos tentou convencer o papai a me deixar ficar?

— Sim. — Sua mãe suspirou. — Ele não quis nem ouvir. Com tudo que se refere à honra e à reputação da família, ele é inabalável.

Embora Tory soubesse que a mãe não podia ir contra a vontade do conde, ainda assim se sentia traída. Uma condessa deveria ser capaz de fazer *alguma coisa*.

— Hoje eu me dei conta de que o clima sempre está bom nos dias de festa, mamãe — disse ela, irritada. — Seria apenas uma questão de sorte?

A mãe desviou o olhar.

— Que pergunta estranha! Seu pai jamais contrataria um mago climático para uma recepção.

O que não respondia nada. Apesar de a mãe não admitir, Tory tinha certeza de que a condessa havia controlado o clima todos aqueles anos. *E tinha ficado impune!* Tory usara a magia uma vez para salvar a vida de uma criança e, agora, seria exilada.

— Magia climática é uma coisa muito útil. Como será que é feita, hein?

O olhar de Lady Fairmount voltou rapidamente para a filha.

— Você sabe que não deve pensar nessas coisas, Victoria! A magia é algo sedutor... por isso é tão perigosa. Seduz as pessoas para longe do comportamento adequado. Na Abadia de Lackland vão ensiná-la a conter seus poderes. Concentre-se em aprender para voltar logo para casa.

A raiva de Tory pela mãe se esvaiu, superada pela tristeza.

— Não há nada que eu queira mais, mamãe.

A expressão da condessa se suavizou e ela tomou Tory em um abraço que dizia mais do que as palavras tensas que haviam trocado.

— Boa noite, minha menina querida — sussurrou ela. — Se precisar de qualquer coisa, escreva. Mandarei imediatamente.

Tory desejou que o abraço nunca terminasse, mas, finalmente, sua mãe se afastou. Piscando com força, ela segurou a maçaneta.

Tory, então, perguntou:

— Papai está culpando você pela minha magia? Está questionando se você tem algum poder, já que normalmente é coisa de família e nunca houve magos do lado dos Mansfield?

A condessa paralisou.

— Ele não perguntou nada. Não quer saber. — Então, saiu do quarto silenciosamente.

Tory se perguntou quantas famílias teriam perguntas que nunca eram feitas e verdades que nunca eram ditas. Sua mãe mentira a vida inteira sobre seus poderes.

Pelo menos Tory não precisaria mentir. Todo mundo já sabia o que havia de errado com ela. Talvez, em longo prazo, tivesse mais sorte do que a mãe, que ocultara um segredo tão grande e destrutivo a vida toda. O medo a tornara retraída.

Ao olhar com raiva para a porta, fez um juramento particular. Não seria mentirosa nem covarde. Apesar de ter sido amaldiçoada com aquela magia miserável, à sua própria maneira, viveria com honra.

Quando Tory se virou para o baú, sua criada, Molly, entrou no quarto e lhe perguntou:

— A senhorita precisa de ajuda com as roupas?

Tory assentiu, agradecida.

— Estou tendo dificuldade para pensar no que precisarei.

— Nada requintado demais. Roupas sensatas que possa vestir sem a ajuda de uma criada.

Molly abriu a repartição superior do guarda-roupas e começou a escolher peças.

— Leve as roupas mais quentes. A Abadia de Lackland fica bem no Canal da Mancha, então recebe o vento frio do mar do Norte.

— Como sabe tanto sobre a escola? — perguntou Tory.

— Minha prima trabalhava para uma família cujo filho foi mandado para lá. — Molly tirou do guarda-roupa dois pares de sapatos confortáveis e um par de botas curtas.

Quase com medo de saber a resposta, Tory perguntou:

— Ele... voltou para casa?

Molly assentiu.

— Sim. Depois, entrou para o exército e morreu lutando contra os franceses. — Ela acomodou os sapatos no fundo do baú. — Que *desperdício*!

Captando o tom na voz de Molly, Tory perguntou:

— O que você acha da magia?

Molly ergueu os olhos, com uma expressão cautelosa.

— A senhorita quer a verdade?

— Sim — disse Tory, direta. — Já houve muitas mentiras por aqui.

— Pessoas como eu acham que os bem-nascidos são completos tolos por se oporem tanto à magia. — Molly colocou vários pares de meias no baú. — Quando meu pai se machucou feio em um acidente de carroça, foi o curandeiro local quem salvou sua vida e sua perna. Isso não pode ser ruim.

— Mas a magia também pode ser usada para causar dano — disse Tory, pensando em todos os argumentos usados contra a prática da magia. — É anormal. Uma forma desonrosa de trapacear.

— Como a magia pode ser anormal se tanta gente a possui? Bem que eu gostaria de ser maga. Ganharia muito mais do que como criada. — Molly tirou várias chemises do armário. — Anormal é fingir que a magia não é real quando ela *é*.

— Imagino que isso faça sentido. — Tory franziu a testa. — Apenas não sei o que pensar. Minha visão de mundo virou de cabeça para baixo hoje.

— E vai mudar ainda mais. — Molly a olhou com solidariedade. — Sair de casa é duro, senhorita, mas você é forte o bastante. Foi algo maravilhoso a forma como salvou o menino. Podia ter decidido que seu irmão e a esposa são jovens e que podem ter outros filhos, e deixado a criança cair. Ninguém saberia.

Tory estremeceu.

— Que forma horrível de pensar!

Molly assentiu, movendo as mãos com rapidez à medida que ia dobrando as chemises, colocando-as no baú.

— Sim, mas existem pessoas egoístas o bastante para colocar seu próprio conforto acima da vida de uma criança. — Seu olhar era aprovador.

O que dizia sobre a vida de Tory o fato de ela ficar grata pela aprovação de uma criada? Porém, talvez uma empregada pudesse ser mais sábia que um lorde.

Juntas, ela e Molly terminaram de arrumar as coisas. Quando acabaram, Molly disse:

— Boa sorte, senhorita. — E hesitou. — Eu tenho um pouco de vidência e acho que se sairá muito bem. Melhor do que pode imaginar no momento.

— Obrigada — disse Tory, vacilante. — Preciso mesmo ouvir que minha vida não está terminada.

Tory estava colocando um livro de poesia no seu baú quando recebeu outra visitante; dessa vez, sua irmã, Sarah. Elas se olharam com cautela.

— Você e Lorde Roger ainda estão noivos? — perguntou Tory.

Sarah assentiu.

— Eu... não sei se poderia ter vindo aqui me despedir se ele houvesse rompido o noivado. Roger ficou chocado ao ver você voando. Todos ficaram. Mas ele a admira por ter salvado Jamie. Os pais dele ficarão bravos quando souberem sobre você, mas ele já é maior de idade e tem uma renda independente, portanto pode fazer o que bem entender. — Ela piscou para segurar as lágrimas. — Graças a Deus, ele me ama o bastante para se casar comigo mesmo assim.

— Fico feliz. É muito bom que tenha a coragem de não culpar você pelas minhas falhas. — Pensando no que Molly dissera, Tory prosseguiu: — Se ele houvesse rompido o noivado, você teria preferido que eu tivesse deixado Jamie cair? Se não tivesse agido, ninguém saberia que há magia na família Mansfield.

— Que pergunta horrível! — Sarah pareceu chocada, depois pensativa. — Perder Roger seria horrível, mas perder Jamie seria pior. Você fez a coisa certa. — E abraçou Tory. — Cuide-se, fedelha. Vou sentir sua falta.

— Também sentirei a sua falta. — Tory rompeu o abraço. — Você também tem poderes mágicos que vem escondendo?

Sarah desviou os olhos, exatamente como sua mãe fizera antes.

— Dizem que todo mundo possui um pouco de magia, então, talvez, eu tenha alguma coisa. Certamente não o bastante para ser maga.

— Certamente — disse Tory com secura, achando que a irmã protestara demais. Portanto, todas as mulheres da família Mansfield tinham algum talento mágico.

No entanto, Tory seria a única a ser castigada por isso.

CAPÍTULO 5

Ninguém foi se despedir de Tory na manhã seguinte. Tudo fora dito na noite anterior. Ela subiu na carruagem se sentindo a própria Maria Antonieta a caminho da guilhotina.

Seus acompanhantes, o sr. e a sra. Retter, eram pálidos e sem graça. Não sabiam exatamente como tratá-la, portanto, evitavam olhar ou mesmo lhe dizer qualquer coisa. Isso fez deles acompanhantes extremamente tediosos durante a viagem pela Inglaterra até Kent.

O tédio a tornou profundamente ciente do que a circundava. Tory sempre fora hábil em perceber as emoções alheias, embora nunca houvesse pensado nisso como magia. Agora, tentava voluntariamente ler as pessoas que encontrava nas estalagens em que paravam ao longo do caminho. Quando chegavam a uma cidade em dia de feira, sentia alegria antes mesmo de ver as barracas. Quando pararam em uma estalagem na periferia de Londres, ela soube imediatamente que se tratava de um lugar triste. Mais tarde, ficou sabendo que o pai do proprietário, um homem já idoso, falecera uma semana antes.

Também reconheceu que sua mãe tinha razão: a magia era sedutora. Tory apreciava saber mais sobre o que acontecia à sua volta. Embora quisesse desesperadamente conter seus poderes, flagrou-se analisando a todos que encontrava, aguçando sua sensibilidade mágica. Resgatar Jamie abrira uma porta que ela não parecia ser capaz de fechar.

Aparentemente, não era uma maga climática, já que seus desejos para que a chuva atrasasse a viagem haviam sido inúteis. O tempo estava perversamente bom e chegaram à Abadia de Lackland na tarde do quarto dia. A propriedade da escola era rodeada por uma muralha alta de pedra que se estendia a uma distância enorme em cada direção.

O porteiro carrancudo abriu os imensos portões de ferro e a carruagem de Fairmount entrou, sacolejando. Assim que cruzaram os portões, Tory sentiu como se um cobertor sufocante tivesse caído sobre ela, reduzindo suas percepções mágicas a quase nada. Acostumara-se com o pulsar suave da vida na sua mente. Agora, apenas um fiapo de consciência fora deixado. *Detestou* ver seus sentidos tão diminuídos.

Enquanto a carruagem percorria o longo caminho até um amplo complexo de edifícios de pedra clara, ela cerrou os punhos, lutando contra a raiva e a aflição que sentia. A escola parecia mais fria, intimidadora e velha do que era possível imaginar.

Porém, havia uma compensação. Quando Tory desceu da carruagem na entrada do prédio maior, sentiu aroma salgado na brisa fria. Molly estivera certa sobre a localização. Tory se sentiu melhor por saber que o mar estava próximo.

Detestou deixar a carruagem luxuosa. Os assentos de veludo e o brasão dos Mansfield pintado nas portas eram a última ligação tangível com seu lar.

De cabeça erguida, subiu os degraus até a entrada, com os Retter logo atrás. Encolheu-se ao passar pela pesada porta em arco. A atmosfera no prédio era ainda mais opressora do que lá fora.

Um porteiro de aparência fria os recebeu. O sr. Retter disse:

— Estamos trazendo Lady Victoria Mansfield para a escola. — Ele procurou no interior do seu casaco e tirou um pacote achatado. — Seus documentos.

O porteiro recebeu os papéis.

— Esperem aqui.

A recepção era de pedra fria, com bancos rígidos de madeira em duas das paredes. Os Retters se sentaram lado a lado em um dos bancos, enquanto Tory ficou andando de um lado para outro. Tinha medo de congelar, caso parasse de se mexer.

Finalmente, o porteiro retornou.

— Por aqui, senhorita.

Os Retter se levantaram para acompanhá-la. O porteiro balançou a cabeça.

— Seu trabalho está feito. Podem ir agora.

Após um momento de incerteza, o sr. Retter disse:

— Muito bem. Vou providenciar para que seu baú seja trazido para cá, Lady Victoria.

Com uma expressão solidária, a esposa acrescentou:

— Toda sorte do mundo para a senhorita. Tenho certeza de que voltará logo para casa.

E, então, eles se foram. Tory nunca se sentira tão sozinha na vida.

— A diretora está esperando — disse o porteiro, bruscamente.

Empinou o queixo e o seguiu por mais uma porta arqueada até um corredor úmido. Tory tentou captar informações com seus sentidos mágicos, mas sua consciência ainda estava abafada pelo peso que sentira ao chegar àquele local horrível.

Um curto percurso os conduziu até outra porta pesada. O porteiro a abriu, revelando um pequeno escritório. A mulher grisalha atrás da mesa ergueu os olhos, apertando-os ao examinar Tory.

— Chame a srta. Wheaton e a srta. Campbell — ordenou ao empregado.

O porteiro assentiu e fechou a porta atrás de Tory. Embora as paredes e o piso do escritório também fossem da pedra clara local, um tapete decente protegia seus pés. Havia uma bonita paisagem campestre decorando uma das paredes e um vaso de flores de fim de verão iluminava um canto da pesada escrivaninha de carvalho.

A diretora não era tão agradável quanto o escritório. Seu cabelo estava preso na nuca, afastado do rosto anguloso, e os olhos eram frios como pedra. Não a convidou para se sentar.

— Sou a sra. Grice, diretora da escola feminina. Vejo aqui que você é a srta. Victoria Mansfield.

Tory se empertigou o máximo que podia.

— *Lady* Victoria Mansfield.

— Não usamos títulos aristocráticos aqui. Enquanto for aluna na Abadia de Lackland, será srta. Mansfield.

— Por quê? — perguntou Tory. — Meu pai é um conde. Tenho sido Lady Victoria minha vida inteira.

— A prática da magia é a única base legal para um nobre deserdar um filho — respondeu a diretora. — O filho de um lorde pode ser louco, malvado ou criminoso e, ainda assim, legalmente, será seu herdeiro. Apenas a magia autoriza a deserdação. Se seu pai não ficar satisfeito com seu progresso, pode legalmente renegá-la e, então, seu título lhe será tirado.

— Eu... não sabia disso — ofegou Tory, sentindo o estômago se revirar.

— A lei não é executada com frequência. Devido à questão sentimental, a maioria dos homens prefere dar uma chance de se redimir aos filhos que têm poderes mágicos. É por isso que existe a Abadia de Lackland. — E abaixou o tom de voz, de forma ameaçadora. — Sua casta não importa aqui. Alguns alunos se gabam dos antepassados ilustres. Outros não dizem nada, por vergonha. Eu sugiro a humildade. Não há lugar para orgulho familiar em Lackland, srta. Mansfield. Não para aqueles que desgraçaram o nome da família.

Tory queria explodir de raiva. Não apenas perdera sua casa, como também estavam lhe tirando a identidade.

Em vez disso, fez o melhor que pôde para parecer dócil e obediente. Se para escapar daquela escola horrorosa tivesse de usar da humildade, seria a garota mais humilde daquele maldito lugar.

A sra. Grice entregou um folheto a Tory.

— Uma breve descrição da história da escola, de seus objetivos e regras. Leia e guarde-os na memória. Tem alguma pergunta? A maioria dos alunos chega aqui notavelmente ignorante do que vai encontrar.

Tory baixou os olhos. *Escolas da Abadia de Lackland* estava impresso na frente do folheto.

— Escolas, senhora?

— Há uma escola feminina e uma masculina — explicou a diretora. — A abadia foi construída para abrigar instituições religiosas de irmãos e irmãs, e nós mantivemos essa separação. Meninos e meninas raramente têm permissão de se misturar.

— Por que as escolas ficam ao lado uma da outra se pode haver problemas com a proximidade entre meninos e meninas? Certamente seria mais fácil se os alunos estivessem distantes, não?

A sra. Grice franziu a testa.

— Ambas as escolas tinham que ser estabelecidas aqui porque a magia não funciona no terreno da abadia. E não finja que não tentou usá-la aqui. Todo aluno novo faz isso. É por isso que você tem que ser curada da sua perversão. É repulsivo, *desonroso* o jeito como os magos são capazes de causar danos às pessoas normais!

Não era de admirar que a atmosfera na abadia fosse tão opressora. Obediente, Tory perguntou:

— E alguém sabe por que a magia não funciona aqui, sra. Grice?

— Os antigos monges encontraram uma forma de bloquear os poderes mágicos para que suas preces não fossem corrompidas. — A diretora pareceu nostálgica. — Talvez seus métodos sejam descobertos algum dia, de modo que se possa conter a magia em toda a Grã-Bretanha.

— Como a magia pode ser contida se é legal? — perguntou Tory, espantada. — As pessoas comuns a utilizam regularmente.

— E é por isso que são pessoas comuns — disse a sra. Grice, com desgosto. — A eliminação da magia fará desta uma nação melhor, mais forte e mais refinada. Nosso objetivo em Lackland é não apenas curar jovens bem-nascidos, mas também, com o tempo, acabar com a magia de uma vez por todas.

A veemência da diretora era completamente assustadora. Apesar de Tory querer se livrar da magia, parecia errado tirar os poderes de pessoas como Molly, que os achavam úteis.

— Como é que a abadia cura os alunos, senhora?

— Você terá aulas de controle mágico. Quando o controle de um aluno é suficientemente forte, a magia pode ser permanentemente contida.

— Como isso é feito?

A sra. Grice franziu a testa.

— Esforce-se e aprenderá quando for a hora.

Ouviu-se uma batida à porta. Após a autorização da sra. Grice, uma mulher jovem entrou. Sua aparência era neutra a ponto de quase ser invisível. Altura e rosto medianos. Cabelo marrom, vestido marrom com um xale de um tom um pouco mais escuro. Um pardal, não um canário. Tory achou que devia ter aproximadamente 30 anos, embora fosse difícil julgar sua idade.

— Esta é a srta. Wheaton, professora de controle mágico — disse a diretora. — Srta. Wheaton, esta é nossa nova aluna, Victoria Mansfield. Prepare-a.

A professora disse, em um tom suave:

— Não vai doer nada, srta. Mansfield.

E pousou a mão de leve na cabeça de Tory, fechou os olhos por um instante... e o mundo de Tory mudou novamente. Embora sua magia já houvesse diminuído assim que a carruagem entrara na Abadia de Lackland, percebeu que havia retido um pouco de sua percepção.

Agora até isso havia desaparecido. Sentiu-se como se tivesse ficado cega e surda. Essa remoção dos seus poderes só podia ter sido feita por magia... no entanto, como a srta. Wheaton podia fazer isso dentro da abadia, onde a magia supostamente estava bloqueada? A mulher disse, em um tom tranquilizador:

— A sensação de estar magicamente bloqueada é bastante estranha, mas você vai se acostumar. Amanhã suas habilidades acadêmicas e mágicas serão testadas para sabermos qual é a melhor forma de curá-la. — Ela inclinou a cabeça. — Tenha um bom-dia, Sra. Grice.

A srta. Wheaton saiu, movendo-se tão silenciosamente que não devia nem deixar pegadas na lama. A diretora disse, com austeridade:

— Não perca tempo pensando na sua vida anterior, srta. Mansfield. Seu futuro depende de quanto está disposta a trabalhar para ser curada das suas habilidades vis.

Outra batida à porta.

— Entre! — exclamou novamente a sra. Grice.

Dessa vez, foi uma garota que entrou no escritório. De estrutura física miúda e cabelo louro caindo pelos ombros, parecia uma criança, mas os enormes olhos verdes não eram tão jovens assim.

— A srta. Campbell lhe mostrará a escola, depois a levará até seu quarto. — A diretora franziu os lábios. — Só há uma cama disponível, então terá que compartilhar o quarto com a srta. Stanton. Esforce-se, srta. Mansfield, e a Abadia de Lackland lhe fará muito bem. — E baixou os olhos para seus papéis.

Em silêncio, Tory saiu do escritório atrás da sua guia. Sua sentença de prisão havia começado.

CAPÍTULO 6

No corredor onde ficava o escritório da diretora, a guia virou para a direita, na direção oposta à da entrada. A menina era mais baixa do que Tory, que já não era muito alta. Enquanto caminhavam juntas, Tory perguntou:

— Você trabalha aqui, srta. Campbell?

— Não, também sou aluna — respondeu a garota. — Geralmente usamos nossos nomes de batismo aqui. Sou Elspeth.

— Meu nome é Victoria, mas me chamam de Tory. — Depois de meia dúzia de passos, perguntou, hesitante: — O que você fez para ser mandada para cá?

— Não falamos dessas coisas. — Elspeth indicou o folheto nas mãos de Tory. — Aí estão as regras oficiais, mas os alunos novos conhecem a escola sempre guiados por um aluno mais velho capaz de explicar as regras não oficiais. — O sorriso fugaz era mais visível nos seus olhos do que no rosto. — Geralmente me chamam porque eu sou um mau exemplo útil.

— Por quê?

— A média de permanência em Lackland é de aproximadamente três anos. E eu já estou aqui há cinco.

Cinco anos? Uma eternidade!

— O que foi aquilo que a srta. Wheaton fez comigo? Foi *horrível.*

— Os diretores da escola alegam que a magia não funciona em Lackland, mas não é exatamente verdade — disse a garota. — Pessoas com poderes muito fortes geralmente retêm certa dose de magia, então a srta. Wheaton a bloqueia. Você deve ter uma quantidade muito grande de poder para ter sentido tanto assim.

Tory mordeu o lábio, não querendo acreditar que tivesse grandes poderes.

— Como agora não tenho poder nenhum, isso significa que estou curada? Posso ir para casa?

Elspeth balançou a cabeça.

— Você não está curada. Se sair do terreno da abadia, a maior parte dos seus poderes voltará imediatamente, e o feitiço de supressão da srta. Wheaton desaparecerá logo em seguida.

Confusa, Tory disse:

— Ela deve ser muito poderosa para conseguir conter os alunos, já que o terreno da abadia bloqueia grande parte dos poderes mágicos.

— Ela tem a capacidade de resistir a esse efeito amortecedor que Lackland produz em todos os demais — explicou Elspeth. — Ela precisa avaliar os alunos e ensiná-los a controlar a magia.

— Tem algum professor como ela no lado dos meninos?

Elspeth assentiu, enquanto abria a porta de carvalho no final do corredor.

— Sim, o sr. Stephens. Ele e a srta. Wheaton foram alunos em Lackland. Escolheram permanecer aqui para ajudar a curar outros. Muito nobre da parte deles. — Havia um sarcasmo inconfundível em sua voz.

Elas saíram para o jardim de um claustro. Passarelas cobertas percorriam os quatro lados do pátio para que os alunos caminhassem protegidos em dias chuvosos.

— Aqui é o coração da escola feminina — disse Elspeth. — A escola masculina é um espelho desta.

Tory analisou as antiquíssimas e desgastadas paredes de pedra. Canteiros coloridos de flores e uma fonte murmurante no centro do pátio criavam um jardim sereno e encantador.

No entanto, cada aluna estava ali contra a sua vontade. Todas estavam presas e procuravam freneticamente uma saída. Aquele pensamento ampliou a sensação de sufocamento.

— Como suporta ficar aqui? — explodiu. — Cheguei há menos de uma hora e já estou desesperada para ir embora.

Elspeth suspirou.

— Aprende-se a suportar quase qualquer coisa. Até mesmo Lackland. — Ela apontou para a sua esquerda. — As salas de aula ficam naquele lado e nossos alojamentos ficam à direita. Os professores têm quartos separados em outro prédio. A seção em frente a esta contém as salas comunitárias dos alunos, como a sala de jantar, a biblioteca e as cozinhas.

— Que matérias são ensinadas, além do controle da magia? — perguntou Tory quando entraram no jardim.

— Há diferentes cursos acadêmicos, dependendo do nível de educação que a garota tenha ao chegar aqui. — Os olhos de Elspeth cintilaram. — Você também será avaliada quanto às habilidades refinadas de uma dama, como música, desenho e bordado.

— Qualquer coisa que torne uma garota mais casadoura é útil — concordou Tory. — Principalmente porque, por termos poderes mágicos, já somos menos desejáveis.

— O casamento não é o único caminho possível para uma mulher — disse Elspeth calmamente.

Tory a encarou tão chocada que não sabia como responder. O casamento era o objetivo de toda mulher normal, embora nem sempre fosse alcançado.

Mas é claro... Elspeth não era normal. E a maior parte das pessoas diria que Tory também não era.

— Por que está aqui há tanto tempo?

— Quer saber para não cometer os mesmos erros? — perguntou Elspeth, com outro sorriso rápido.

— Exatamente — disse Tory, sem sorrir.

— A sra. Grice diria que eu sou pouco cooperativa. — Os olhos verde--claros de Elspeth se estreitaram como os de um gato. — Ela tem razão, mas não poderão mais me manter aqui quando eu fizer 21 anos. Lackland não é uma prisão. Não exatamente.

Risadinhas ecoaram lá de cima, acompanhadas por projéteis atirados na direção delas. Tory deu um pulo para trás.

— Cuidado!

Rapidamente, Elspeth levantou uma mão. Os objetos foram desviados e caíram no gramado a um metro de distância. Revelaram ser meia dúzia de ovos, agora espatifados no chão.

Tory nunca tinha visto magia em ação e achou bastante intimidante. Não era de se espantar que todos em Fairmount tivessem ficado tão perturbados com o que ela fizera.

— Por que estão jogando ovos em nós?

— Não se preocupe, os ovos não eram para você — disse a garota, inabalável. — Não sou muito popular em algumas partes.

— Então você nos protegeu com magia. — Tory se perguntou se teria sido capaz de fazer a mesma coisa. Iria precisar... *Não!* Não devia pensar nessas coisas. — Você deve ser muito poderosa para usar magia aqui.

— E sou. — Elspeth correu os dedos pela água ao passar pela fonte. — Meus poderes estão reduzidos, mas ainda são fortes o bastante para lidar com ovos voadores.

— Poderiam fazer coisa pior com você?

— Não se atreveriam. — Elspeth retomou a caminhada através do jardim.

Tory decidiu que não queria Elspeth como inimiga.

— Por que algumas alunas não gostam de você?

— Porque aprecio a magia. Talvez tenham medo de que seja contagioso e de que elas também comecem a gostar dos seus poderes. — Elspeth a conduziu até uma passagem aberta que atravessava o prédio diante delas. — Aquela torre no outro lado da escola é a nossa capela. Todas as manhãs devemos assistir à missa e rezar pela cura das nossas aflições.

Uma missa diária em uma capela fria e cheia de correntes de vento não era nada atraente.

— As orações ajudam?

— Não que eu saiba — respondeu Elspeth. — Os alunos em Lackland se encaixam em três categorias. A maioria não quer nada além de ser curada o mais depressa possível para poder voltar para casa, então obedece às regras e não causa problemas. Alguns ficam tão furiosos por serem mandados para cá que atacam em todas as direções.

— E atiram ovos. Qual é o terceiro grupo?

— Pessoas como eu, que aceitam seus poderes, apesar de toda essa pressão para abrir mão deles. — Elspeth indicou à direita da passagem. — Como estamos em uma abadia, a sala de jantar aqui é chamada de refeitório. A comida normalmente não é tão horrível.

— Nossa, que elogio! — Tory pensou com saudade no talentoso chef de cozinha em Fairmount Hall. Elas chegaram aos jardins atrás da escola. — Que bonito — elogiou ela ao seguir o caminho de tijolinhos que atravessava os elegantes canteiros de flores.

— Os pomares e as hortas ficam à direita, atrás dos jardins ornamentais. — Elspeth apontou. — À esquerda, fica a escola dos meninos. No outro lado do muro de pedra com lanças de ferro no alto.

O muro talvez tivesse uns três metros e meio de altura e as lanças tinham ponteiras afiadas. Ainda assim, se a magia de Tory funcionasse ali, ela poderia flutuar por cima...

Imediatamente abafou o pensamento.

— As escolas são bem-sucedidas na separação entre meninos e meninas?

— Não tanto quanto gostam de pensar. — Elspeth virou para um caminho ao longo do muro cheio de lanças. De perto, Tory podia ver que o divisor era, na verdade, uma treliça pesada de pedra. A escola dos meninos ficava totalmente visível através dos buracos quadrados, de aproximadamente um palmo de largura.

Elspeth se deteve e se esticou um pouco para espiar por um dos vãos.

— Naturalmente, os alunos conversam sempre que têm uma chance.

Tory olhou por uma abertura no nível de seus olhos e viu um campo esportivo no outro lado, onde acontecia um jogo de futebol. Os jogadores variavam entre meninos de 11 ou 12 anos a jovens adultos. Metade usava uma faixa vermelha amarrada em um braço, enquanto a outra metade usava faixa azul.

— Se a política oficial é manter meninos e meninas separados, por que não fecham esses buracos com tijolos?

A outra garota riu.

— Uma das encantadoras esquisitices de Lackland é que este muro contém algum tipo de magia antiga que faz com que os tijolos caiam dos buracos, se alguém tentar fechá-los. A magia interfere em todas as formas de bloqueio, além de tornar quase impossível derrubar o muro.

— Então, meninos e meninas podem se encontrar e flertar — Tory apertou os lábios e estimou a largura da pedra. — O muro é grosso demais para permitir beijos, mas os dedos podem se tocar. Bilhetes podem ser passados.

— O muro é bastante romântico. — A voz de Elspeth era irônica. — No outro lado há membros atraentes do sexo oposto que também sofrem com a maldição da magia indesejada. Tão perto e, no entanto, impossível fazer mais que um rápido toque de dedos! Namoros não são nada incomuns, com alunos se casando ao serem liberados de Lackland.

Tory olhou para cima, pensando que as lanças não pareciam uma barreira tão grande assim.

— Os buracos facilitariam a escalada do muro. Funcionariam como uma escada.

— Ah, mas a magia do muro inclui um véu invisível de poder que provoca dores excruciantes quando alguém tenta escalá-lo — disse Elspeth. — Ou, pelo menos, foi o que disseram.

— Isso é muito mais desanimador do que as lanças. — O olhar de Tory se voltou para o buraco diante de seus olhos. Sua atenção foi atraída por um jovem alto de cabelo escuro e silhueta ágil e atlética. Sentiu uma estranha vibração por dentro, como o tremor que havia sentido ao tentar flutuar. — Quando os alunos saem daqui, voltam à sua antiga vida?

— Ninguém nunca sai daqui da mesma forma que entrou. — As palavras baixas de Elspeth soaram como um epitáfio.

— A mudança provavelmente é inevitável — disse Tory, com certa relutância. — Mas o que acontece com a maioria dos alunos, depois que são curados e vão embora de Lackland?

— A maioria encontra lugar em uma classe social mais baixa do que aquela em que nasceu. Os garotos encontram alguma profissão, talvez no exército ou na marinha, ou vão estudar Direito ou se tornar vigários. As meninas procuram o melhor marido que as aceite. Não é incomum se casar com um comerciante de sucesso que queira se conectar a uma família aristocrática. Quando não conseguem encontrar um marido e a família as abandona, geralmente tornam-se governantas.

Embora Tory gostasse de aprender, não tinha a menor vontade de passar a vida como governanta.

— E quanto àqueles que acolhem seus poderes, como você?

— Nós nos tornamos magos e somos deserdados por nossa família — disse Elspeth, secamente. — Alguns se mudam para as colônias, onde a magia é mais aceitável.

— O que você espera para o futuro?

— Ir para algum lugar longe daqui — disse Elspeth, com mais secura ainda.

Pensando que já estava na hora de mudar de assunto, Tory observou o rapaz alto correr pelo campo, controlando habilidosamente a bola enquanto avançava na direção do gol.

— Quem é o sujeito alto com a bola?

— É Allarde. — Havia um tom de divertimento na voz de Elspeth. — Você tem um bom olho. É o Marquês de Allarde, meu primo em segundo grau. Como filho único do Duque de Westover, é o melhor partido em Lackland.

— Pensei que os alunos não usassem títulos de nobreza.

— Normalmente, não, mas há algumas exceções. — Elspeth se virou e continuou por um caminho que levava a um pasto sarapintado de ovelhas e construções antigas meio em ruínas.

Tory ficou contente em se afastar da opressão de pedra que era a abadia. Embora houvesse muros fechando o terreno de ambos os lados, aquele campo verde e aberto era uma mudança de cenário bem-vinda. Sentiu-se ainda melhor quando ouviu os grasnados das gaivotas e percebeu que estavam perto do mar.

Uma caminhada de cinco minutos as levou até um penhasco muito acima do Canal da Mancha. O porto de Dover ficava a apenas alguns quilômetros ao sul e Lackland contava com as famosas falésias de calcário branco pelas quais Dover era conhecida. Tory inalou aquele ar pungente.

— É como na minha casa. Cresci com os penhascos e com o mar.

— Lindo, não é? — O cabelo louro de Elspeth açoitava suas costas no vento forte. — Estamos bem no Estreito de Dover, na parte mais afunilada do canal. — E apontou. — Está vendo aquela linha escura? É a costa francesa. Estranho pensar que os exércitos de Napoleão estejam tão perto. É o mar que mantém a Grã-Bretanha em segurança.

Tory estremeceu, e não apenas por causa do vento brusco. A França parecia tão *perto*. Achou estranhamente fácil imaginar regimentos de soldados franceses alinhados no outro lado, armados e ansiosos para cruzar o canal.

— Saber quão perto estamos da França faz com que a guerra pareça muito mais real do que quando eu estava em casa.

— Às vezes tenho pesadelos de que os franceses invadiram e estão queimando e matando tudo em seu caminho. Vão desembarcar nesta costa. Talvez na praia logo abaixo deste penhasco. — O rosto de Elspeth ficou tenso e ela deu as costas para o canal.

Tory se demorou um pouco mais. Tinha uma sensação estranha de que aquele lugar e o inimigo no outro lado da água seriam relevantes em sua vida, embora não soubesse como.

Virou-se e andou rapidamente para alcançar Elspeth.

— Como somos curadas da magia? A sra. Grice disse que vou descobrir quando chegar a hora.

— Uma vez que o aluno adquire um nível realmente bom de controle, a srta. Wheaton lança um feitiço de bloqueio que sela os poderes mágicos tão hermeticamente que jamais poderão ser usados de novo. — Elspeth deu uma risadinha. — Irônico, não é? A magia é usada para curar a magia.

— Talvez seja inevitável. — Tory franziu a testa. — Então, quanto antes eu aprender a controlar minha magia, mais rapidamente poderei ir para casa?

— Sim. — Elspeth lhe dirigiu um olhar de viés, enigmático. — Se for isso o que desejar.

— É claro que é o que desejo!

— Não tenha tanta certeza — disse Elspeth, baixinho. — Desejos mudam.

Tory não queria acreditar naquilo, mas... acreditava.

Maldição, ela acreditava.

CAPÍTULO 7

De volta à escola, Elspeth conduziu Tory até o alojamento, escadaria acima.

— Aqui fica uma sala de estar para uso geral. — Abriu a porta, revelando uma coleção de poltronas e sofás, antes de seguir até o final do corredor.

Parou diante da última porta.

— Seu quarto tem uma vista bonita do mar. As aulas estão terminando, então Cynthia Stanton logo estará aqui.

— Obrigada pelo passeio e pelas informações — disse Tory. — Vejo você no jantar.

Elspeth sorriu.

— Não vai querer ser vista conversando comigo. Seria ruim para sua reputação. Tenha um bom dia, Tory. — Deu meia-volta e se afastou. Com o cabelo louro caindo até a cintura, de costas, ela parecia uma criança. Tinha sido uma guia intimidante, mas Tory gostara das respostas diretas.

Imaginando como seria a srta. Cynthia Stanton, Tory abriu a porta e contemplou melancolicamente sua nova moradia. Seu baú a esperava ali, portanto devia ser o lugar certo, mas o cômodo estava muito longe do quarto elegante e feminino que tinha em casa. Mais parecia o alojamento de uma criada de nível superior. Uma governanta, talvez.

Avançou quarto adentro. O tamanho era razoável, e Elspeth estivera certa em relação à vista do mar. Porém, ao passo em que as paredes azul-claras eram reconfortantes, a mobília era surrada e nem quando nova devia ser elegante.

As duas metades do quarto eram mobiliadas como imagens em um espelho. Cada lado contava com uma cama, uma pequena escrivaninha, um armário, um lavatório e uma cadeira. A cama do lado direito devia ser a de Cynthia Stanton, visto que a ela tinham sido acrescentados um tapete ao lado e travesseiros extras.

A metade da esquerda deveria ser de Tory, mas sua companheira de quarto havia tomado conta de todo o espaço. Vestidos caros estavam jogados sobre o colchão nu, livros, papéis e frascos se empilhavam com desleixo sobre a escrivaninha e o armário estava entulhado de roupas. Cynthia Stanton devia ter trazido tudo o que possuía... e ela possuía um monte de coisas.

Tory ponderava se deveria esperar pela colega de quarto ou se começava a abrir espaço para suas coisas quando a porta se abriu e uma garota alta e loura entrou. Ela era bem bonita, com belos traços e cabelos dourados presos em um nó elegante. Seu vestido verde de brocado de seda era mais adequado a uma dama de Londres do que a uma estudante do campo.

Tory abriu a boca para se apresentar, mas foi interrompida pela garota, que disse, bruscamente:

— Quem é *você*?

– Victoria Mansfield — respondeu, espantada. — Tory. Sua nova companheira de quarto. Você deve ser Cynthia Stanton.

A loura fechou a cara.

— Este é o *meu* quarto!

— A sra. Grice disse que não havia mais nada disponível. — Tory deu um sorriso apaziguador. — Temos que ficar juntas.

Cynthia olhou para o baú de Tory.

— Pelo menos você não tem muita coisa. Pode usar seu baú como armário.

A colega de quarto de Tory esperava continuar usando seu armário? Inaceitável. Cynthia Stanton podia ser mais velha, mais alta e mais bem-vestida, mas isso não lhe dava o direito de ocupar o quarto inteiro.

Tory não era filha de um conde à toa.

— Eu vou usar meu armário — disse com uma segurança tranquila. — Ajudarei você a tirar suas coisas. — Abriu o armário e tirou uma pilha de meias dobradas. — Onde devo colocar isto?

— De volta ao lugar onde estavam! — Cynthia olhou feio para ela.

Tory encarou a outra garota, sabendo que deveria fincar o pé ou Cynthia Stanton tornaria sua vida insuportável.

— Se você optar por não tirar suas coisas... — Ela puxou um roupão dobrado de algodão cor-de-rosa e adornado de fitas lindamente bordadas. — Terei que cortar este aqui um pouquinho para que me sirva — disse ela, segurando a peça de roupa diante de si. — Mas a cor ficará perfeita em mim.

Cynthia arrancou o roupão da mão de Tory.

— Como se atreve? Meu pai é um duque!

— Que bom para você! O meu é um conde. Não é um status tão alto, mas é um título bastante antigo. — Tory a observou com cautela, perguntando-se se a garota mais alta recorreria à violência física. Provavelmente não. E se o fizesse... bem, embora Tory fosse menor, tinha sido moleca quando pequena, subindo em árvores e lutando com os meninos da vizinhança.

No entanto, não queria brigar. *Controle é uma questão de força de vontade.* A frase do livro de magia saltou em sua mente.

Embora o assunto fosse o controle dos poderes mágicos, as palavras podiam ser aplicadas em qualquer âmbito. Como lidaria com a arrogante Cynthia? Tory não queria desafiá-la, mas precisava deixar claro que não seria intimidada.

Sustentou o olhar em Cynthia e concentrou sua considerável força de vontade.

— É claro que você não quer alguém se mudando para cá depois de ter tido o quarto todo para si, mas devemos tirar melhor proveito dessa situação. Não serei uma companheira de quarto difícil, mas preciso da minha parte do espaço e da mobília.

Elas se encararam como gatos desconfiados. Cynthia cedeu primeiro.

— Estes quartos não são grandes o bastante para duas pessoas — disse, mal-humorada.

Tory preferiu não comentar que não haveria problema algum se Cynthia não tivesse tantas coisas.

— Isto não é algo com que nenhuma de nós esteja acostumada — concordou ela enquanto retirava do armário uma pilha de chemises da garota e as colocava impecavelmente perto da parede, na metade de Cynthia. — Já perguntou se poderiam trazer outro armário? Ou, talvez, o carpinteiro da propriedade possa construir estantes para você, naquele canto vazio.

Cynthia olhou para o canto, com a testa franzida.

— Imagino que pode dar certo.

A porta se abriu e uma criada entrou com uma pilha de roupas de cama. Ela parou, nervosa.

— Sinto muito, senhoritas. Não sabia que havia alguém aqui. Fui mandada para fazer a cama da srta. Mansfield.

— Entre. — Tory tirou uma braçada de roupas de Cynthia de cima da sua cama e depositou no encosto da cadeira da garota. — Sabe se há algum armário extra? A srta. Stanton precisa de um.

— Acredito que tenha um no porão — disse a criada. — Está velho, mas dá para usar. Devo perguntar se pode ser trazido para cá, srta. Stanton?

— Mande trazerem *imediatamente*, Peggy — disse Cynthia, pomposamente. — Não quero que me façam esperar.

A criada assentiu, então se concentrou em arrumar a cama o mais depressa possível para poder escapulir. Tory desconfiava de que Cynthia fosse o tipo de mulher que atira escovas de cabelo e frascos de perfume em serviçais como Peggy.

Quando a criada se foi, Tory observou:

— Fico contente em saber que temos criadas. Não tinha muita certeza do que encontraria por aqui.

— É claro que temos criadas! Nossas famílias certamente pagam o suficiente para que estudemos em Lackland. Temos direito a comodidades básicas. — Cynthia parecia escandalizada com a ideia de que as alunas tivessem de se cuidar sozinhas.

— Nossas famílias pagam para estarmos aqui? — perguntou Tory, surpresa. — Achei que fosse administrada pelo governo, como uma prisão.

— É a escola mais cara da Grã-Bretanha — disse Cynthia, com um orgulho perverso. — É preciso ser de família rica para fazer parte dela. Lackland não é luxuosa, mas Allarde me disse que é melhor do que Eton, onde ele estudou antes de ser mandado para cá.

O interesse de Tory foi despertado. Será que Cynthia flertava com Allarde através do muro?

— Eu vi Lorde Allarde jogando bola. Elspeth disse que ele é herdeiro de um ducado, é isso?

Cynthia assentiu.

— Dizem que seu pai não quer deserdá-lo, mas, mesmo que Allarde herde o ducado, será difícil encontrar uma esposa do mesmo nível agora que todos sabem que ele tem magia. — Ela olhou de relance para seu espelho, com um sorriso de satisfação. — É provável que se case com alguém que também tenha estudado em Lackland.

Não precisava ter magia para adivinhar quem Cynthia via como esposa adequada para Allarde. Bem, teria de pegá-lo primeiro. Certamente a família de Allarde preferiria que ele se casasse com uma garota de família não mágica, ainda que de um nível inferior.

Tory se ocupou com a arrumação. Um armário velho e surrado chegou com uma rapidez surpreendente. Não tinha certeza se fora a posição social de Cynthia ou seu mau humor o que despertara tamanha agilidade.

Sua nova colega de quarto deixou as pilhas de roupa desalojadas onde Tory as colocara. A criada, Peggy, teria o trabalho de guardar tudo mais tarde.

Tory terminava de arrumar suas próprias coisas quando ouviram uma sineta pelos corredores.

— Jantar. — Cynthia saiu do quarto sem esperar por Tory.

Não importava. Tory não achava mesmo que estivessem destinadas a se tornar confidentes. Com uma pontada de dor, pensou em Louisa e na proximidade que haviam compartilhado e que, agora, se fora para sempre.

Olhou para o pequeno espelho na porta do armário para ver se sua aparência estava respeitável. Depois de ajeitar o cabelo, saiu para o corredor e viu outras meninas emergindo dos seus quartos. Uma morena gorducha e animada disse, com um sorriso:

— Você é nova. Sou Nell Bracken.

Tory retribuiu o sorriso, grata por encontrar um caráter bom e descomplicado.

— Tory Mansfield. Cheguei esta tarde.

— Venha se sentar comigo e com minhas amigas, Tory. — Nell abaixou a voz, em tom de segredo: — Somos as mais normais daqui.

Tory sorriu com ironia.

— Normal seria muito bem-vindo.

Nell manteve o tom de voz baixo.

— Meus pêsames por ter caído com a queridinha filha do duque.

Tory mal conseguiu segurar uma risada. Elas desceram ruidosamente as escadas até o térreo, então seguiram por um corredor que levava até o refeitório. Meia dúzia de mesas compridas estavam arrumadas para a refeição. Havia lugar para quarenta ou cinquenta alunas.

Nell a levou até uma mesa no extremo do salão, onde uma dúzia de outras garotas já se havia acomodado.

— Esta é nossa aluna recém-chegada, Tory Mansfield — disse ela, antes de apresentar rapidamente as amigas.

Tory sorriu e tentou se lembrar de todos os nomes. Todas eram da sua faixa etária, variando em um ou dois anos, e pareciam simpáticas. Ninguém olhou feio nem atirou ovos.

Sentou-se em silêncio, achando sensato segurar a língua até entender melhor o funcionamento de Lackland. Claramente, Nell e as amigas faziam parte da maioria que só queria se comportar bem e voltar para casa o mais depressa possível.

Cynthia se unira a um grupo de garotas sofisticadas em outra mesa. Todas pareciam dedicadas a fazer da vida das serventes um inferno. Definitivamente, elas eram do tipo que atira ovos.

Elspeth estava sentada com outro grupo, menor. Estavam à vontade e contentes na companhia umas das outras, sendo ignoradas por todas as demais. Deviam ser as alunas que assumiam a magia.

Como Elspeth dissera, a comida não era horrível, mas a rabada, a carne cozida e as batatas estavam muito aquém do nível de Fairmount Hall. Quando a refeição principal terminou e elas estavam esperando pela sobremesa, Tory perguntou:

— Como são os professores e as aulas?

Uma menina chamada Marjorie fez uma careta.

— A srta. Wheaton é a única que realmente importa, já que tem o poder de nos mandar para casa.

— Eu a conheci brevemente esta tarde. Ela é... — Tory hesitou, incerta de como descrevê-la. — Muito calada.

— É, mas pelo menos não é cruel — disse Nell. — Amanhã você será testada em francês, cálculo e outras matérias, para que descubram o que você precisa aprender.

— Por que ensinam essas coisas? — perguntou Tory, curiosa. — Para ficarmos ocupadas e não criarmos problemas?

Outra menina, cujo nome Tory não conseguia lembrar, disse:

— A verdadeira razão é para que possamos arrumar emprego como tutoras, caso não encontremos um marido.

— Tutoras ou governantas — disse Marjorie, com tristeza.

Tory estremeceu diante dessa ideia.

— Com que frequência isso acontece?

As meninas trocaram olhares.

— Frequência demais — disse Nell.

— O que devo saber a respeito dos professores?

— A srta. Macklin é horrível — disse Nell. — Fale o menos possível.

Outros comentários sinceros se seguiram. Tory tomou nota de tudo mentalmente.

— O que mais devo saber? Elspeth Campbell me mostrou a escola hoje. Disse que existem regras não oficiais.

— Evitar Elspeth é uma delas — disse Marjorie, francamente. — Ela é bem simpática, mas você não quer ser vista com aquele grupo. Elas *gostam* de ter poderes mágicos.

Tory indicou o grupo mal-humorado com a cabeça.

— E aquelas meninas?

— Mantenha distância — disse Nell. — Se puder. São maldosas como serpentes. — Seu olhar se desviou para Cynthia. — Assim como nós, elas querem ser curadas o mais rápido possível para voltar para casa, mas são terrivelmente esnobes. Como se só elas fossem filhas de lorde!

A criada veio servir uma tigela de pudim de pão, então a conversa parou. Tory atacou o doce. Estava muito saboroso, com maçãs e creme.

Sobrevivera ao primeiro dia na Abadia de Lackland.

O dia seguinte seria pior.

CAPÍTULO 8

O sino de despertar tocou tão alto que Tory acordou assustada, perguntando-se se havia adormecido em uma torre de igreja. Então se lembrou de que estava em Lackland. Bocejando, sonolenta, sentou-se na cama. Ela fora avisada sobre os sinos na noite anterior. As alunas tinham meia hora para se levantar, se lavar, se vestir e ir até a capela para a missa matinal. Depois, seguiriam até o refeitório para o desjejum.

Tory não dormira bem no quarto estranho, e Lady Cynthia a repreendera por se remexer a noite toda. Em casa, o dia começava quando uma criada trazia água quente para ela se lavar, enquanto outra vinha com uma bandeja com chocolate quente, pão fresco, geleias de fruta e manteiga.

Piscou para afastar as lágrimas. Por que não valorizara aqueles confortos quando os tinha?

Lembrando-se de que pelo menos havia uma criada — e que Peggy trouxera jarros de água na noite anterior —, saiu da cama. O chão estava *gelado*, mas ela não reclamaria. Seria um modelo de bom comportamento, tão cooperativa e não mágica que a mandariam para casa em quinze dias. Porém, caso isso não acontecesse, escreveria para a mãe e pediria um tapetinho para pôr ao lado da cama, como o de Cynthia.

Depois de se lavar na água fria, foi até o seu armário e analisou o conteúdo, enquanto tremia, só de chemise. Primeiro, o corpete, uma peça leve e confortável que se amarrava na frente.

Ponderou sobre qual vestido usar, dado que queria parecer recatada e não mágica. Não o vestido matinal azul-escuro; fazia seus olhos parecerem brilhantes demais. Não o cor-de-rosa de musseline, que ressaltava demais sua pele. O de linho marrom seria melhor. Embora fosse de bom corte, marrom não era a cor que melhor lhe caía e o efeito era discreto.

Vestiu o traje, feliz por ter seguido o conselho de Molly e levado peças que pudesse vestir sem ajuda. Preferiria cavalgar nua por Coventry, como Lady Godiva, a pedir a ajuda de Cynthia.

Bem, talvez nem tanto, mas, quanto menos precisasse se relacionar com a queridinha do duque, melhor. Soltou o cabelo da trança que usava para dormir e começou a escová-lo.

Cynthia só agora saía da cama, com movimentos lânguidos. Ao vestir um xale quente que fora deixado sobre a cadeira, perguntou:

— Como é, hein, passar a vida como um pardal marrom comum?

Tory paralisou, chocada pela maldade da outra garota. Cynthia tinha o dom de encontrar o ponto fraco. Sempre estivera consciente de que a irmã, Sarah, era a bela da família, embora jamais se gabasse daquilo. Sempre fora rápida em dizer que Tory era tão bonita quanto ela, só que em um estilo diferente, o que era muito gentil, ainda que não fosse verdade.

Porém, Cynthia não era gentil e havia mirado muito bem seu dardo. Sabendo que seria fatal demonstrar que as palavras a haviam atingido, Tory disse, com frieza:

— Pardais são bonitinhos e charmosos. Como é, hein, passar a vida como uma víbora de língua ferina?

Cynthia ofegou, furiosa.

— Como se *atreve*?

Tory enrolou o cabelo em um coque na nuca e espetou grampos com muito mais força do que era necessário.

— Me atrevo porque não vou permitir que me insulte impunemente. — Virou-se e encarou a colega de quarto. — Trate-me com grosseria e eu irei retribuí-la. Trate-me com civilidade e também irei retribuí-la.

Cynthia parecia uma chaleira prestes a entrar em ebulição, mas foi poupada de ter de responder quando outra menina entrou no quarto. Tory a reconheceu como uma das companheiras de Cynthia no jantar. Ela parecia um coelho bonito, com cabelo castanho-claro e olhos azuis que piscavam depressa demais. Assim como Cynthia, usava roupas elaboradas demais para um dia de aula.

A recém-chegada analisou Tory.

— É esta a menina que lhe impuseram?

— É — disse Cynthia, bruscamente. — Ela já está de saída. Você está atrasada, Lucy. Terá que se apressar para fazer meu cabelo antes da capela.

Adivinhando que Cynthia forçara a menina a atuar como sua criada particular, Tory disse, com seu sorriso mais encantador:

— Que prazer conhecer você, Lucy! Sou Victoria Mansfield. Por favor, pode me chamar de Tory. Tenho certeza de que vamos nos ver com muita frequência.

Lucy piscou. A descrição que Cynthia fizera da colega de quarto certamente a pintara como medonha.

— É um prazer conhecê-la, srta. Mansfield — disse a outra menina, com um sorriso tímido. — Tory.

Contente por ver Cynthia espumando, Tory pegou seu xale mais simples e saiu do quarto. Ao se aproximar da escada, duas garotas saíram do último quarto do corredor. Penélope e Helen fizeram parte do grupo com o qual jantara na noite anterior, e a cumprimentaram com amabilidade.

Depois de retribuir os cumprimentos, Tory perguntou:

— Posso ir à capela com vocês? Elspeth Campbell me mostrou a torre ontem, mas ainda não estive lá.

— Você não sabe o que a espera — disse Helen, melancólica. — É gelado como uma cripta, mesmo no auge do verão. Quando chegar o inverno, então, estaremos nos amontoando como ovelhas para nos aquecer.

— Imagino que não tenham tijolos aquecidos para os pés, como na igreja da minha família, em casa — disse Tory ao acompanhar as duas garotas.

Penélope suspirou.

— As condições em Lackland são bem melhores se comparadas às de um reformatório, mas não chegam nem perto do nível a que todas nós estamos acostumadas.

No pé da escada, elas viraram para a esquerda e passaram por uma porta que se abria atrás do prédio. A névoa do mar pairava sobre o terreno. A capela mal estava visível, flutuando misteriosamente nas brumas.

— Sinto como se tivesse entrado em um romance gótico — murmurou Tory.

— Mas nenhum conde charmoso chamado Orlando virá nos resgatar — disse Helen, sorrindo.

Rindo, elas se juntaram ao grupo de alunas que entravam na capela. Porém, apesar do frio cortante lá dentro, Tory a achou mais simpática do que a abadia principal. Freiras rezaram e cantaram ali por séculos. Talvez as paredes lembrassem a sua devoção.

Sentou-se na ponta de um banco de madeira, ao lado das companheiras. Conforme a capela se encheu, viu que as meninas se separavam em grupos, como no jantar.

Elspeth foi uma das últimas a entrar. Seu olhar se encontrou com o de Tory e ela ergueu uma sobrancelha irônica, como se dissesse: *Agora você entende por que é melhor não ser vista comigo*. E tomou assento no último banco, com o rosto sério.

Tory sentiu uma pontada de culpa. Gostaria de conhecer Elspeth melhor, mas, como queria desesperadamente ser curada e ir embora de Lackland, devia se juntar com meninas que compartilhavam desses objetivos.

Um sacerdote de aparência azeda entrou na capela e olhou feio para elas. O grupo se silenciou, obedientemente.

— O nome dele é sr. Hackett — sussurrou Penélope.

Ele varreu a congregação com o olhar e parou em Tory.

— Uma aluna nova — disse, asperamente. — Dê graças a Deus, menina, que você pôde vir para esta excelente escola e ter o mal eliminado da sua alma imunda!

Tory empalideceu diante de tanto veneno. Por sorte, a atenção dele foi desviada e ele começou a entoar uma oração, que foi seguida pela condenação do vigário à magia e aos magos, com descrições de como as meninas padeceriam no inferno se não renunciassem à natureza maligna, ordenando que elas orassem por salvação.

Tory se sentiu fustigada pelas palavras de Hackett. Se fosse atrevida, teria saído da capela. Ela era aquilo que Deus fizera e, por mais que sua magia não fosse aceitável, não era *maligna*. Deixar que Jamie morresse quando poderia tê-lo salvado... isso, sim, teria sido maligno.

Algumas meninas assentiam em concordância, mas a maioria exibia uma expressão neutra. Deviam estar acostumadas à virulência de Hackett. Percebendo que deveria aprender a ignorar o veneno do sujeito, Tory olhou para frente e tentou pensar em coisas melhores.

A imagem de um atleta ágil e forte veio à sua mente. Allarde. Sonhar com o Marquês de Allarde faria o tempo voar.

Quando a missa terminou, um rebanho de meninas esfomeadas saiu para a manhã nebulosa em direção ao refeitório. Tory caminhou ao lado de Elspeth Campbell. Falando baixinho para não atrair atenção, perguntou:

— O sr. Hackett é sempre assim tão ruim?

— Geralmente, pior — respondeu Elspeth. — Principalmente aos domingos, quando tem mais tempo para nos criticar.

— Se ele despreza tanto a magia e aqueles que a possuem, por que trabalha aqui?

— Acho que ele gosta de gritar ameaças odiosas a salões cheios de garotas jovens e bonitas.

Tory pensou na intensidade febril com que o clérigo atacava com palavras.

— Acho que você certa. Como suporta isso todo os dias?

— Repasso exercícios de controle mágico mentalmente. — Elspeth sorriu. — É excelente para minha disciplina porque, durante meia hora, não há nada melhor a fazer.

Dizendo a si mesma que aquele era um uso melhor do tempo do que sonhar acordada com um rapaz que mal tinha visto, Tory disse:

— Farei isso amanhã. Qualquer coisa é melhor do que ouvir o sr. Hackett.

Em frente à porta do refeitório, Elspeth disse, baixinho:

— Boa sorte com as suas avaliações. — E atravessou o salão para se unir às amigas.

Tory examinou o salão comprido. As mesas continham chaleiras fumegantes, utensílios de mesa e pequenos potes de geleia e manteiga. No extremo mais distante, uma mesa comprida estava posicionada perpendicularmente às outras. Duas serventes de cozinha lidavam com a comida enquanto as alunas faziam fila para ser servidas.

Quando Tory foi em direção à mesa para se servir, uma menina alta de nariz empinado se aproximou. Tory a notara na noite anterior como um membro do grupo de Cynthia.

— Sou Margaret Howard, a monitora — disse a garota, rispidamente. — Depois do desjejum, vá até o escritório da srta. Macklin, no prédio das salas de aula.

Antes que Tory pudesse pedir mais orientações, Margaret se fora. Monitores e monitoras eram, tradicionalmente, alunos mais velhos escolhidos para exercer autoridade sobre os colegas. O irmão de Tory, Geoffrey, dissera que os monitores em seu colégio, Eton, eram normalmente uns pedantes. Margaret Howard parecia ser desse tipo.

Lembrando-se de que na noite anterior as meninas descreveram a srta. Macklin como uma pessoa particularmente difícil, Tory entrou na fila para o desjejum. Era a última garota da fila e, quando sua vez chegou, o mingau quente havia terminado, só restavam pãezinhos. Pegou um e foi para a mesa de Nell Bracken.

Nell serviu uma xícara de chá e a empurrou na direção de Tory.

— Bom dia. Como dormiu?

— Suficientemente bem. — Tory adicionou açúcar e leite ao chá antes de tomar um gole demorado. Agradecida pela quentura, disse: — Disseram para eu me reportar ao escritório da srta. Macklin depois do desjejum. Onde fica?

— Quando entrar no prédio das salas de aula pela entrada principal, é a primeira sala à direita — disse Helen. — Boa sorte com a avaliação.

Tory franziu a testa.

— Você é a segunda pessoa que me deseja isso. Por que eu precisaria de sorte?

— A srta. Macklin acredita que, por serem bem-nascidas, as alunas chegam aqui cheias de orgulho — respondeu Nell. — E que é tarefa dela nos tirar esse orgulho.

A srta. Macklin não fora muito bem-sucedida com Cynthia Stanton, mas Cynthia, provavelmente, era um caso perdido. Tory disse:

— Serei a aluna mais humilde que ela já avaliou.

— Isso pode ajudar — disse Penélope, sem parecer muito otimista.

Já que não tinha como evitar a srta. Macklin, estendeu a mão para o pote de geleia de groselha. Enfrentar uma professora difícil seria mais fácil com o estômago cheio.

CAPÍTULO 9

— Entre — gritou a srta. Macklin quando ela bateu à porta.

O coração de Tory se apertou quando viu a professora magra, com cara de ameixa e perita em desaprovação. Parecendo tão dócil e não mágica quanto possível, Tory disse:

— Sou Victoria Mansfield, srta. Macklin. Me disseram que você queria me ver.

A srta. Macklin pressionou os lábios enquanto analisava Tory.

— A maioria das meninas que vem para cá possui habilidades ditas refinadas, como música, aquarela e bordado, mas são terrivelmente ignorantes quanto às matérias acadêmicas. Você estudou os mapas? Literatura? Matemática?

— Sim, srta. Macklin — disse Tory, reprimindo a aversão pela mulher. — Meu pai acreditava que as meninas deviam ser ensinadas, então tivemos uma tutora muito competente.

A srta. Macklin não pareceu achar aquilo satisfatório. Manteve Tory de pé enquanto lhe atirava perguntas sobre geografia, Shakespeare e vários poetas, testando Tory em cálculo logo em seguida. A garota achou as perguntas fáceis.

Parecendo ainda mais irritada, a srta. Macklin mudou para francês e perguntou se Tory podia falar a língua. Como a maioria dos filhos da aristocracia, Tory aprendera francês logo cedo e sua tutora havia nascido em Paris.

— *Oui*, Mademoiselle Macklin.

Após vários minutos de conversa, a srta. Macklin disse, a contragosto:

— Seu francês é regular. Fala italiano? — Quando Tory negou com a cabeça, a professora disse: — Estenda suas mãos com a palma para cima.

Obediente, Tory estendeu as mãos. A professora ergueu uma régua de metal e golpeou violentamente suas palmas.

— Por que fez isso? — ofegou Tory, piscando forte para segurar as lágrimas.

— Você é arrogante, srta. Mansfield — disse a professora, triunfante. — Arrogante e cheia de orgulho. Garotas como você acham que seu status social irá protegê-las do desprazer. No mundo lá fora, isso pode ser verdade, mas não na Abadia de Lackland. Sua família lhe enviou para cá porque você está maculada pela magia e é tarefa da escola fazer tudo que consideremos necessário para torná-la adequada ao convívio numa sociedade decente.

Tory olhou para suas mãos, onde marcas vermelhas já se formavam.

— Mas eu não fiz...

Seus protestos foram interrompidos quando a srta. Macklin golpeou novamente com a régua, dessa vez em seus dedos.

— Já basta, srta. Mansfield! — grunhiu a professora. — Nunca mais responda para mim!

Com as mãos doendo, Tory cambaleou para longe da escrivaninha e se chocou contra a porta. Queria contra-atacar de qualquer forma que pudesse, mas o desafio era exatamente o que a srta. Macklin queria. A professora ansiava por uma desculpa para lhe causar mais dor.

Obrigando-se a não atacar, Tory gaguejou:

— Eu... vou me lembrar de não responder, srta. Macklin. Deseja me avaliar em mais alguma matéria?

A professora pareceu decepcionada pela resposta dócil. Levantou sua pena de escrever e preencheu várias linhas em uma folha de papel. Entregando-a para Tory, disse:

— Aqui estão suas aulas. É melhor se esforçar. Uma menina como você, sem graça e amaldiçoada pela magia, pode no máximo aspirar trabalhar como tutora para uma família de classe média.

Até mesmo a vida de tutora seria melhor do que ficar naquela escola horrível. Lutando para não desmoronar, Tory disse:

— Bom dia, srta. Macklin.

Saiu rapidamente para o corredor, com as mãos doendo tanto que mal podia segurar a maçaneta. Ao se virar para escapar dali, chocou-se contra alguém. Antes que pudesse se afastar novamente, uma voz baixa disse:

— Venha até meu escritório, srta. Mansfield.

Tory engoliu as lágrimas e viu que era a srta. Wheaton, a professora maga que a examinara no dia anterior. Embora estivesse novamente vestida de forma monótona, havia simpatia nos seus olhos enquanto segurava aberta a porta do escritório no outro lado do corredor.

Com cautela, Tory entrou. A sala era pequena, mas acolhedora. Aquarelas bonitas de flores alegravam as paredes, o piso era suavizado por um tapete puído, mas colorido, e a pequena estante de livros estava cheia a ponto de transbordar.

A srta. Wheaton franziu a testa ao ver os vergões deixados pela régua.

— Suas mãos devem estar doendo.

— Só o que fiz foi responder às perguntas da srta. Macklin. — Tory tentou evitar que sua voz tremesse. — Estava tentando mostrar que sou cooperativa e que não vou causar nenhum problema, mas ela me bateu com a régua. Du... duas vezes.

— Os alunos de Lackland estão acostumados com riqueza e privilégios e, às vezes, precisam ser lembrados de que sua situação mudou — disse a srta. Wheaton em uma voz neutra. — Alguns professores acham que isso deve ser feito de forma bastante enfática.

— Então querem nos domar como se domam cavalos sob a sela — disse Tory com amargura.

— Nem todos concordam com essa abordagem. — A srta. Wheaton tomou gentilmente as mãos de Tory. — Deixe-me ver se posso fazer algo com relação à dor.

Tory se retraiu quando a professora cuidadosamente endireitou seus dedos inchados, mas segurou um gemido. A srta. Wheaton moveu sua mão pelo ar acima da mão de Tory.

— Felizmente, não há nenhum osso quebrado.

— Aquela mulher brutal quebra ossos? — ofegou Tory, esquecendo-se de que não deveria criticar uma professora diante de outra.

— Às vezes, quando uma garota se sai particularmente bem na avaliação acadêmica. Talvez acredite que uma boa educação torne a pessoa orgulhosa. — A srta. Wheaton acalentou a mão direita de Tory entre as suas. — Vamos ver o que eu posso fazer.

O calor começou a fluir para a palma e os dedos de Tory. Depois de um ou dois minutos, ela exclamou:

— A dor está passando! Você deve ser curandeira.

A srta. Wheaton assentiu e transferiu sua atenção para a mão esquerda de Tory.

— Poderia fazer mais se estivesse longe de Lackland, mas tenho um pouco de poder até mesmo aqui.

— Os alunos são espancados regularmente? — perguntou Tory, com cautela. Embora tivesse apanhado algumas vezes quando pequena, seus pais achavam inadequado bater em um filho mais velho.

— Os meninos, sim, mas não é frequente com as meninas — respondeu a srta. Wheaton. — Não posso dizer que aprove, mas todos os colégios masculinos permitem que os alunos sejam espancados com vara.

— Meu irmão me contou que em Eton eles dizem que o espancamento ajuda a desenvolver a personalidade. Imagino que as meninas apanhem menos porque não acreditam que tenhamos lá muita personalidade.

— Que é o tipo de coisa que os homens dizem quando não conhecem nenhuma mulher. — A srta. Wheaton riu, parecendo mais jovem e muito mais bonita. — A névoa já se dissipou, então vou levá-la até o vilarejo para sua avaliação mágica.

— Vamos sair de Lackland? — A perspectiva animou Tory. Ela limpou o rosto com a mão, esperando que não houvesse marcas de lágrimas. — Seria maravilhoso.

Ao ver o gesto de Tory, a srta. Wheaton disse:

— Vou lhe emprestar um xale e uma touca para que você não precise voltar ao quarto.

A srta. Wheaton era tão *gentil*! Era como conversar com Sarah, sua irmã. No entanto, apesar da gentileza, a srta. Wheaton tinha poder supremo sobre as meninas de Lackland.

Enquanto a professora tirava xales e toucas de um gancho, Tory estudou seu horário de aulas. Todas estavam marcadas como avançadas, exceto língua e literatura italianas, com a srta. Macklin. Embora Tory sempre tivesse desejado aprender italiano, não estava nem um pouco ansiosa por ter uma professora tão brutal. Decidiu que se sentaria no fundo da classe.

Havia também uma observação para que suas "aptidões" fossem avaliadas. Nell mencionara isso no jantar. Uma tutora devia ensinar desenho, música e bordado, mas, na prática, todas as garotas mandadas para Lackland tinham essas aptidões, e Tory não era exceção.

Assuntos acadêmicos eram outra coisa. Algumas meninas chegavam a Lackland ignorantes de tudo que não fosse ler, escrever e aritmética básica. Embora ainda estivesse zangada com seu pai, pelo menos ele acreditara em educar as filhas tão bem quanto o filho. Tory e Sarah não só sabiam pintar aquarelas e tocar piano, como também estudaram latim.

A srta. Wheaton lhe entregou uma touca de palha e um xale azul de tricô e elas partiram. O dia estava agradável, com mais sol do que nuvens. Um bom dia para uma caminhada.

Uma calçada atravessava o terreno da escola até o portão principal. Quando chegaram lá, a srta. Wheaton disse:

— Está na hora de retirar o bloqueio que coloquei ontem. — Ela fechou os olhos e levou rapidamente a base da mão à testa de Tory.

Então, passaram pelo portão. Tory suspirou diante do fluxo de sensações. No dia que se passara desde a sua chegada, começara a se acostumar à atmosfera sufocante da abadia. Agora, sentia como se despertasse de um sono profundo. Ela girou, em um círculo, deliciando-se com a vitalidade do mundo normal.

— Tudo parece tão *vivo*.

— Agora você recuperou seu eu completo. — A srta. Wheaton liderou a caminhada pela estrada até um calçamento público que se estendia entre dois campos de cevada. — Depois de ter sido privada dos seus sentidos mágicos por algum tempo, deve estar ainda mais ciente deles.

Tory se contraiu.

— Então, vou me sentir pior quando voltar à escola?

— Quanto mais consciente estiver dos seus poderes, mais falta sentirá deles quando forem bloqueados — disse a professora. — Mas hoje é um dia para aprender e compreender. Pode me perguntar o que quiser sobre magia e, se souber a resposta, eu ficarei feliz em explicar.

O que Tory realmente queria perguntar era: *Por que eu?* Mas não era uma pergunta à qual a srta. Wheaton pudesse responder.

— Os alunos cuja magia é cancelada alguma vez se arrependem de tê-lo feito?

— Ninguém nunca me perguntou isso. — A professora franziu as sobrancelhas. — Não que eu saiba, mas é claro que não vejo os alunos depois que partem de Lackland. Do jeito que são as coisas, deve haver alguns que se arrependem, mais tarde, de terem negado essa parte da sua natureza.

Tory não achou aquilo muito tranquilizador.

— Irei sentir falta dessa consciência tão intensa da natureza. Sempre a tive, porém é mais forte agora que minha magia despertou.

— Você saberia descrever como se sente?

Tory procurou pelas palavras certas.

— Tudo ao meu redor pulsa com vida, até mesmo a grama. Ou... é como um zumbido suave que acrescenta riqueza ao fato de estar vivo.

— Muito bem. Consegue perceber a diferença entre a grama e uma árvore?

Tory tentou, por alguns momentos. Sentiu uma corrente viva e lenta de... de *verdor*, mas nada mais específico.

— Não. Deveria?

A srta. Wheaton sorriu.

— Não, é apenas um teste de sensibilidade. Se pudesse distinguir entre árvore, grama e moita tão pouco tempo depois do despertar de seus poderes mágicos, provavelmente teria uma forte habilidade de cura. Mas, em si, identificar plantas não é algo particularmente útil. No entanto, A diferença entre plantas e animais pode ser conveniente. O que pode me dizer sobre aquele arbusto ali na frente?

Tory voltou a atenção para o arbusto, procurando conscientemente por diferentes padrões de energia. Franzindo a testa em concentração, ela disse:

— O arbusto está silenciosamente vivo, mas há centelhas de uma energia mais brilhante dentro dele. Coelhos?

— Pássaros pretos, mas você fez bem em sentir a diferença.

Ficou contente, até se lembrar de que não queria que a srta. Wheaton achasse que ela dominava poderes mágicos fortes. Uma forte desconfiança a atingiu.

— Você usa a magia para convencer as garotas a falarem mais abertamente?

A srta. Wheaton fez uma careta.

— Sim, embora as alunas raramente percebam isso.

— Não é suficiente controlar nosso corpo? — explodiu Tory, sentindo-se traída. — Vocês querem também nossa mente. Se dissermos a coisa errada, ficaremos aqui mais tempo?

— Não! — respondeu a srta. Wheaton, com veemência. — Não gosto de usar a magia dessa forma, mas preciso conhecer os pensamentos verdadeiros de cada aluna a respeito de seus dons mágicos para ajudá-la a escolher o caminho que for melhor para ela. Nada que você diga será usado contra você.

— Você diz "dons", mas, para a maioria de nós, a magia é uma maldição — retrucou Tory. — É por isso que estamos nesta prisão!

A professora ficou em silêncio pelo tempo de 12 passos.

— A diferença entre um dom e uma maldição pode ser como você se sente a respeito dele. A maior parte dos magos sente que os poderes enriquecem sua vida, portanto, para eles, é um dom. Muitos invejariam suas habilidades.

Tory pensou em sua criada, Molly, que desejava ter poderes mágicos.

— Isso pode ser verdade para as classes mais baixas, mas para nós, bem-nascidos, é um desastre.

— O perigo vem da sociedade, e não da magia em si — ressaltou a srta. Wheaton. — Embora o preço pela magia seja alto para os aristocratas, aceitar os próprios dons pode ser algo profundamente compensador. Por isso escolhi ensinar em Lackland... para ajudar as meninas a decidirem o que realmente desejam.

— Você está tentando me convencer a adotar a magia? — perguntou Tory, incrédula. — Você deveria, supostamente, me curar!

— Recusar a magia é tão difícil quanto acolhê-la. — Havia profunda tristeza na voz da srta. Wheaton. — Meu trabalho não é convencer, mas informar minhas alunas para que elas tenham total compreensão das consequências antes de escolherem qual caminho seguir.

A raiva de Tory arrefeceu.

— As consequências foram ruins para você?

— A magia me traz muita alegria e muitas recompensas — respondeu a professora. — Mas eu gostaria de não ter precisado escolher entre meus poderes e minha família.

— Não quero ter que fazer essa escolha — disse Tory, direta. — Quero minha família e uma vida normal. Como a magia é anulada? Ou isso é segredo?

A expressão da srta. Wheaton sugeria que Tory ainda não sabia o que queria, e ela disse apenas:

— Todos os alunos estudam controle mágico. Pense nesse controle como correntes. Quando elas são fortes o bastante, um mago pode usá-las para restringir seus poderes mágicos, como os laços que prendem um touro.

Aquilo fazia sentido, mas Tory franziu a testa.

— Então, quando eu estiver curada, sempre me sentirei tão embotada e pesada quanto me sinto em Lackland.

— Você vai se adaptar e se sentir exatamente como a maioria das pessoas se sente durante a vida toda — tranquilizou-a a professora. — Não é uma tragédia. Mas lembre-se de que ter os próprios poderes bloqueados não é uma cura verdadeira, já que os poderes podem ser passados para os filhos.

— O que representa uma desvantagem no mercado matrimonial. — Embora Tory tivesse aprendido em Lackland que não gostava de perder suas percepções mágicas, seria maravilhoso voltar para casa, ainda que não pudesse mais ter esperança de arrumar um marido de alta posição social. Um marido a quem pudesse amar significava mais do que um título. — Quanto tempo leva para desenvolvermos controle suficiente para bloquear nossos poderes?

— Não creio que alguém tenha sido curado em menos de um ano. — Elas chegaram a uma cerca e a srta. Wheaton usou os degraus da escadinha de madeira para passar por cima. — Alunos que são extraordinariamente poderosos normalmente precisam de mais tempo para desenvolver seu controle.

— Eu não tenho muito poder! Quase nada. — Tory subiu na escadinha, ironicamente ciente de que repetia o que sua mãe e sua irmã haviam dito. — Foi o mais leve acaso que fez com que eu fosse vista fazendo algo mágico.

— A carta do seu pai disse que você podia voar. É um poder relevante.

— Não *voar* — disse Tory, pouco à vontade. — Só... flutuei um pouquinho. A srta. Wheaton sorriu.

— Mostre-me. — Ao ver a hesitação de Tory, acrescentou: — Não há necessidade de esconder seus poderes de mim. Você é o que é. Espero que acredite que quero ajudar.

— Eu acredito. — A voz de Tory era cortante. — Mas você está usando magia para me fazer confiar em você?

— Não. — A srta. Wheaton sustentou o olhar de Tory. — Magia não pode induzir confiança verdadeira, nem eu faria algo tão desprezível, mesmo que pudesse.

As palavras da professora foram convincentes, mas, mesmo que estivesse mentindo, o que Tory podia fazer a respeito? Estava presa em Lackland até que a srta. Wheaton permitisse que fosse embora. Cooperação era a única escolha.

Fechou os olhos. Esvaziou a mente agitada. Pensou em flutuar, no centro do seu corpo, no clique...

— Meu Deus do céu! — ofegou a srta. Wheaton.

Os olhos de Tory se abriram rapidamente conforme ela se lançou no ar. Soltou um gritinho de surpresa diante da ascensão tão súbita e agarrou freneticamente um galho de árvore. Não queria descobrir até que altura podia chegar, mas ficou extasiada por segurar o galho trêmulo.

— Nunca tive uma aluna que pudesse fazer isso antes. — A srta. Wheaton parecia estar com inveja. — Você está bem, aí em cima?

— Ainda não estou acostumada com isso! — Tory espiou entre os galhos e viu duas corujinhas encarando-a de um buraco no tronco. Mentalmente, disse às corujas que não iria machucá-las, esperando que entendessem. Elas piscaram, mas não se esconderam no buraco.

Voltou a atenção para a paisagem rural. A Abadia de Lackland estava lá atrás, com suas paredes imensas e hostis. Mais adiante, viu o pináculo da igreja paroquial do vilarejo de Lackland. O mar era um brilho prateado à esquerda, enquanto os campos e as colinas se espalhavam em outras direções. Sentiu-se gloriosamente livre. Muito embora, se fosse começar a voar com frequência, iria precisar de roupas mais modestas do que saias e anáguas!

Mas é claro que não voaria novamente. Era só para a avaliação da srta. Wheaton. Passada a animação, ela escolheu um ponto no chão e se concentrou em pairar seguramente nele. Tropeçou ao pousar, mas estava melhorando com a prática.

A srta. Wheaton agarrou o braço de Tory para equilibrá-la.

— Seu controle é surpreendentemente bom para uma maga iniciante. Você teve aulas?

Tory negou com a cabeça.

— Havia um livro na biblioteca do meu pai chamado *Controle da Magia*, escrito por Uma Dama Anônima. Falava sobre direcionar as próprias energias para o centro de si, para encontrar equilíbrio. Conhece esse livro?

A professora riu.

— Eu o escrevi. Os exercícios são muito parecidos com os que você vai estudar nas minhas aulas, embora eu tenha aprendido algumas técnicas novas desde que o escrevi.

Tory piscou. A srta. Wheaton era surpreendente. Analisou a professora, usando todos os seus sentidos.

— Você tem muitos segredos.

— E quem não tem? — A srta. Wheaton mudou de assunto. — Como descobriu que podia voar?

— Acordei de um sonho flutuando acima da cama — disse Tory. — Achei que fosse capaz de esconder minha habilidade e continuar vivendo como de costume, mas... não foi possível.

— A carta do seu pai descreveu como você salvou seu sobrinho. — A srta. Wheaton retomou a caminhada pelo calçamento. — Você demonstrou grande coragem, srta. Mansfield.

Tory deu de ombros ao acertar o passo com a companheira.

— Na verdade, não. Estava apavorada, mas não podia simplesmente ficar ali e ver Jamie morrer.

— Essa é a definição de coragem verdadeira — disse a professora em voz baixa. — Ter medo e, mesmo assim, fazer o que é certo.

Ser corajosa não havia impedido seu pai de mandá-la embora. Tory esperava obter, no céu, sua recompensa por haver salvado Jamie, já que isso não havia acontecido na Terra.

CAPÍTULO 10

Lackland era um bonito vilarejo de pescadores erguido em volta da foz do Lack, um riozinho que cortava os penhascos de calcário para desaguar no Canal da Mancha. Algumas casas se espalhavam pelos penhascos acima, mas a maior parte ficava na encosta que descia até o nível do mar.

As ruas estreitas bordeadas de casas lembravam Tory da vila perto de Fairmount Hall, embora os penhascos ali fossem muito mais brancos. Ao passarem pela igreja paroquial, ela observou:

— Vejo que a igreja é de São Pedro do Mar. Imagino que seja porque São Pedro é o padroeiro dos pescadores.

— Sim, e é um lugar muito bonito. Gostaria de entrar? — Quando Tory assentiu, a srta. Wheaton a conduziu para dentro da igreja.

Tory suspirou, relaxada. A igreja era realmente linda, e elas eram as únicas ali. Ao contrário da capela da escola, não havia nenhum vigário desagradável para arruinar a paz. Conforme se deslocaram pela igreja, admirando os vitrais e os buquês de flores e folhas, Tory perguntou:

— Qual tipo de magia é o mais comum?

A srta. Wheaton ponderou.

— A maior parte dos magos tem ao menos um pouco de habilidade de cura, mas a intuição é ainda mais comum. É a habilidade de saber algo sem conhecimento racional. Muitas pessoas que não se consideram magas têm intuição, embora nem sempre a usem.

Tory franziu a testa.

— Como se pode diferenciar intuição de simples emoções? Desejar demais algo não vai interferir na sensação mística?

— Assim como tudo o mais, requer prática — respondeu a professora. — A próxima vez que precisar decidir sobre alguma coisa, esvazie sua mente e veja qual escolha parece certa. Quanto mais fizer isso, mais precisa se tornará.

Ainda cética, Tory perguntou:

— A sua intuição é sempre precisa?

— Às vezes minhas emoções atrapalham — admitiu a srta. Wheaton. — Mas, se eu parar um pouco para esvaziar minha mente de pensamentos e sensações, o que resta, no geral, é a verdade.

— Vou tentar. — Tory fechou os olhos. — Vejamos... estou com fome, e agora que esvaziei minha mente... tenho uma forte intuição de que, em algum lugar perto do porto, há uma casa de chá que vai curar esse problema.

A professora riu.

— Que intuição excelente! Acredito que realmente haja uma casa de chá por ali. Vamos procurar?

Sorrindo, continuaram a descer a colina, com a srta. Wheaton descrevendo tipos diferentes de habilidades mágicas. A casa de chá era muito agradável, com excelentes enrolados de salsicha e bolos confeitados. Tory ficou feliz quando elas sentaram perto de uma janela com vista para o pequeno porto. Não se sentia tão feliz assim desde que acordara flutuando sobre sua cama.

Ao saírem da casa de chá, perguntou:

— Fui testada o suficiente?

A srta. Wheaton assentiu.

— Você tem uma grande quantidade de poder e tem uma boa noção inicial de como controlá-lo. Vou colocá-la na minha turma intermediária.

Pelo menos Tory não precisaria começar com os iniciantes, mas ainda teria de ficar aprisionada na Abadia de Lackland por pelo menos um ano, provavelmente mais. Olhou com nostalgia para o porto. Vários píeres se estendiam para a água, com barquinhos atracados de ambos os lados. Barcos maiores estariam pescando no canal a essa hora.

— Sempre traz as alunas aqui?

— Regularmente, mas não tanto quanto elas gostariam. — Quando deram meia-volta para retomar o caminho, a srta. Wheaton parou de repente, com uma expressão de surpresa no rosto. — Aquele cavalheiro na esquina é um dos professores do colégio de meninos, o sr. Stephens.

Os olhos de Tory se estreitaram. O professor tinha uma constituição física compacta e uma forma ágil e vigorosa de se mover.

— Ele é um mago, não é? Dá aulas de controle, como você?

— Você, definitivamente, tem talento para ler as pessoas, srta. Mansfield. — A srta. Wheaton hesitou. — Preciso falar com ele. Se importaria em dar uma volta sozinha até a orla? Irei buscá-la quando minha conversa houver terminado.

Vagar livremente, ainda que por apenas alguns minutos!

— Eu adoraria. — Já que a srta. Wheaton ainda parecia um tanto hesitante, Tory acrescentou: — Não vejo como alguém poderia se envolver em problemas em um vilarejo tão pequeno.

— Certamente você tem razão. Muito bem, eu vejo você em alguns minutos. — A srta. Wheaton se dirigiu pela rua em direção ao sr. Stephens. Tory viu a explosão de energia do professor quando ele a viu se aproximando.

Curiosa, observou o encontro dos dois. Eles não se tocaram nem fizeram nada de inapropriado, mas, quando a srta. Wheaton olhou para o sr. Stephens, eles se *eletrizaram* um pelo outro. Então, a srta. Wheaton tinha um namorado. Um muro alto de pedras os separava e, provavelmente, tinham pouquíssimas oportunidades de se encontrar.

Achando aquela ideia perversamente gratificante, Tory desceu a ladeira até a orla com passos compridos e descontraídos. Gostava daquela ilusão de liberdade. Nada a impedia de fugir de Lackland, exceto o bom senso.

Percorreu o píer mais extenso, inalando os aromas litorâneos mesclados de algas e maresia. A brisa sacudia sua saia e sua touca, então tirou a touca, sentindo o vento nos cabelos.

Uma gaivota pairou no ar até se empoleirar na estaca mais próxima, parecendo esperançosa. Como Tory guardara um biscoito de gengibre da casa de chá, quebrou um pedacinho e o atirou para a estaca.

A gaivota se lançou, apanhando o pedacinho no ar, e voltou a se empoleirar. Outras gaivotas apareceram. Tory balançou a cabeça.

— Desculpe, o resto é para mim.

Uma voz bem-humorada atrás dela disse:

— Gaivotas respondem?

Assustada, deu meia-volta e viu um rapaz da sua idade. Ele tinha lindos cabelos louros e um sorriso travesso.

— Não falo gaivotês — respondeu ela —, mas imagino que estejam pedindo: "Mais, mais!"

— É um bom palpite. — Ele a olhou de cima a baixo, com despudorada curiosidade. — Como é uma das pobres tolas da abadia, talvez possa realmente falar com pássaros.

Tory se eriçou.

— Nenhum cavalheiro chamaria uma dama que acaba de conhecer de tola.

— Você, provavelmente, é uma dama, mas eu não sou nenhum cavalheiro — disse ele, animado.

— Isso é óbvio — disse ela, ácida. — Quem está aprisionado em Lackland certamente é digno de pena, mas por que nos chama de tolos?

— Porque vocês têm os maiores poderes que alguém pode desejar e estão tentando destruí-los.

Ela estreitou os olhos e o analisou em todos os níveis. Suas roupas e pronúncia eram decentes, ainda que não fossem de classe alta, e aqueles ombros largos eram esplêndidos. Supôs que fosse filho de um comerciante próspero ou um profissional local. Porém, havia mais do que isso...

— Você também tem magia — disse ela, de forma direta.

— Sim, e tenho muito orgulho de ser um mago. Sou Jack Rainford, o melhor mago climático da Grã-Bretanha. — Vendo as sobrancelhas de Tory se arquearem, ele sorriu. — Bem, o melhor em Kent, de qualquer maneira. Sempre houve magos climáticos na minha família e minha mãe diz que afiei meus dentes de leite em nuvens. Este dia ensolarado que você está desfrutando? Pode me agradecer por ele.

Ela riu.

— E eu pensando que era Deus quem fazia o clima.

— Ele faz, mas eu posso alterá-lo. — Jack fez um gesto indicando o sul. — Está vendo aquela linha escura de nuvens de chuva se deslocando para o canal? Teriam caído aqui, mas já tivemos chuva o bastante, então eu as empurrei para o sul, onde tem estado mais seco.

Lembrando-se de que sua mãe possuía um pouco de habilidade climática, Tory perguntou:

— Como o clima é controlado?

— É difícil explicar. — Ele franziu a testa. — Você precisa ter o talento climático, é claro. Daí, é só se conectar com o ar e senti-lo. Eu posso sentir ventos e tempestades de longe. Sobre o Atlântico, no Continente. Não posso invocar uma tempestade do nada, mas posso trazer tempestades de longe e acumulá-las conforme se aproximam. É mais fácil empurrar as nuvens para longe, quando quero um pouco de sol.

— Pode me mostrar?

— É um desperdício de energia, mas já que você tem olhos azuis tão lindos...

Tory queria acreditar que Sarah tinha razão a respeito de seus olhos encantadores, mas era mais provável que Jack Rainford fosse apenas um galanteador incorrigível. No entanto, era interessante falar com algum mago que tinha orgulho de sê-lo.

Jack concentrou o olhar nas nuvens de chuva que apontara. Tory sentiu uma espécie de... tensão no ar. Supôs que fosse a sensação de magia poderosa sendo exercida.

Após alguns minutos de silêncio, ele murmurou:

— Essa tempestade é das teimosas. Está me dando dor de cabeça.

— Ou talvez você não seja realmente um mago climático — disse ela, decepcionada.

— Sou, sim! — Ele olhou feio para a tempestade... e uma porção de nuvens escuras se separou da tempestade principal e veio na direção deles, movendo-se tão depressa que não era natural.

Ela prendeu a respiração.

— Você realmente fez isso?

— Se você não acredita em mim, vou deixar que chova bem na sua cabeça!

Tory podia ver gotas de chuva caindo das nuvens que se aproximavam.

— Não é necessário — disse, rapidamente. — Estou convencida, e não quero me molhar.

— Vou liberar as nuvens, já que também não quero ficar molhado. — E olhou fixamente para a nuvem. Ela parou de se aproximar deles daquela forma sobrenatural e começou a se deslocar para o leste sobre o canal, em um caminho paralelo à tempestade principal. — Deixe que chova nos franceses — disse Jack, em um tom de voz duro. — Para manter sua pólvora úmida, assim não poderão nos invadir.

Elspeth também mencionara uma possível invasão, e suas palavras ficaram marcadas na cabeça de Tory.

— Acha que vão tentar nos invadir?

— Se puderem, sim — disse ele bruscamente. — Franceses e ingleses vêm lutando desde sempre. Sabe alguma coisa de História? A última invasão bem-sucedida da Inglaterra foi por Guilherme, o Conquistador, e ele era francês-normando.

— Em 1066. — A data estava gravada na mente de todos os estudantes ingleses. — Mas o canal nos manteve em segurança desde então.

— Eu não contaria sempre com isso. — Jack franziu a testa para a costa francesa.

Tory olhou sobre a água e imaginou exércitos grandiosos decididos a conquistar seu país.

— Devemos ter fé na Marinha Real Britânica.

— Nisso e na magia. — Jack já não estava mais sorrindo. — Magos podem ajudar a manter a Inglaterra em segurança. Por isso é tão estúpido que pessoas como você joguem seus poderes fora.

— Estar em Lackland não é escolha minha!

— Mas você vai seguir o rebanho, como uma ovelha obediente — disse ele, sem tentar disfarçar o desdém em sua voz. — Uma pena. Todo esse poder, desperdiçado!

— Ainda que mantivesse meus poderes mágicos, garotas não podem ser soldados nem marinheiros. — Furiosa, vestiu a touca novamente. — Sem falar que ser maga me custaria a maior parte da minha família.

— Você seria inútil na infantaria, mas sua magia ainda poderia ajudar. Mulheres magas podem ser tão poderosas quanto os magos do sexo masculino. — E voltou toda a sua atenção para Tory. — Quando os franceses vierem, você poderia lutar tanto quanto eu para proteger seu país. Mas não vai. Ficará tremendo na sua escola elegante, esperando que não a machuquem.

— Se eu não fosse uma dama, empurraria você deste píer — disse ela, entre dentes cerrados.

— Gostaria de ver você tentar! — Com o bom humor restaurado, ele disse: — Eu não deveria provocar você. Todos vocês, pobres e talentosos aristocratas, são criados para odiar a si mesmos. Apenas alguns têm a coragem e a inteligência para escapar e aprender a ser magos de verdade.

Tory teve uma visão mental repentina de Elspeth sobre os promontórios de frente para a França, os braços levantados no vento enquanto usava seus poderes para deter a invasão.

— Alguns alunos de Lackland estarão ao seu lado se houver uma invasão, mas a maioria de nós apenas quer ir para casa. Isso é tão ruim assim?

— Você não pode voltar para casa, não exatamente, e você sabe. Pobres tolos, como eu disse antes. — Ele a olhou, pensativo. — Mas você está certa, nem todos os alunos de Lackland são ovelhas. Você ficaria surpresa se soubesse o que acontece na abadia.

— Acabo de chegar, então tudo naquele lugar me surpreende — disse ela, irônica.

Ele olhou para os penhascos brancos que se elevavam sobre o vilarejo.

— Estes penhascos de calcário são relativamente macios. Sabia que estão cavando túneis no calcário sob o Castelo de Dover para fazer alojamentos para os soldados nos defenderem contra a invasão? — Seu olhar se voltou para ela. — Dizem que também existem túneis secretos sob a Abadia de Lackland. Túneis antigos, da época em que aquele lugar realmente era uma abadia.

— Nunca ouvi ninguém falar deles — disse ela, intrigada.

— Quem sabe a respeito não falaria sobre eles, não é mesmo? Pelo fato de serem secretos e tal — disse ele com uma paciência elaborada.

Empurrar o sujeito irritante do píer seria realmente gratificante, mas ele era grande demais. A não ser que o pegasse desequilibrado...

Controlando o impulso, perguntou:

— Há alunos que usam os túneis para escapar da abadia à noite?

— Talvez. Ou talvez os usem para ir namorar, já que os túneis devem atravessar ambos os lados da abadia. Não tenho como saber, já que não sou cavalheiro nem aluno de Lackland. — Ele riu. — E, como não sou um cavalheiro, vou perguntar o seu nome, apesar de não termos sido adequadamente apresentados.

Uma jovem dama não daria seu nome a um estranho... mas, como aluna de Lackland, ela não era mais uma dama.

— Victoria Mansfield.

— Lady Victoria, tenho certeza. Ou, talvez, Honorável Victoria Mansfield? Ela fez uma careta.

— Costumava ser Lady Victoria, mas não em Lackland.

— Srta. Vicky. Combina com você.

— Para você, é srta. Mansfield, Sr. Rainford — disse ela, gélida. — Ninguém nunca me chama de Vicky!

— Então vou chamá-la de Tory. Victoria é formal demais. — Seu sorriso era encantador. — Pode me chamar de Jack.

Será que ele usara a intuição para descobrir que ela era chamada de Tory ou fora apenas um lance de sorte, já que Tory era um apelido comum para Victoria? Antes que pudesse chegar a uma conclusão, um movimento às suas costas chamou sua atenção. Virou-se e viu a srta. Wheaton se aproximando pelo píer.

— Salvo pela professora — disse Jack com animação. — Estava começando a pensar que tinha sorte por saber nadar.

Ela o encarou.

— Você lê mentes?

— Não. — Ele deu aquele sorriso enervante de novo. — Mas você parecia prestes a se esquecer de que é uma dama.

Decidindo que era melhor se afastar dele antes de pôr a perder suas alegações de bom comportamento, deu meia-volta e foi na direção da srta. Wheaton. Quando se encontraram, a professora disse, com secura:

— Vejo que você conheceu o sr. Rainford. Ele costuma tentar corromper minhas alunas.

— Elas precisam ser corrompidas, srta. Wheaton — disse Jack com seriedade.

— Não vou tolerar suas bobagens — disse a professora, mas havia divertimento em seu olhar. — Estava se exibindo para a srta. Mansfield e agora está com dor de cabeça. — Ela pressionou a palma da mão à testa dele.

As linhas sutis de tensão desapareceram do seu rosto.

— Obrigada por curar minha dor. Um prazer conhecê-la, srta. Vicky. — Ele se afastou, com um sorriso.

Tory disse, entre os dentes cerrados:

— Alguém já o empurrou na água?

— Não que eu saiba, mas nem todo mundo tem a sorte de encontrá-lo em um píer onde isso seria possível. — A srta. Wheaton estava com um tom de voz paciente. — O sr. Rainford é um jovem mago bastante talentoso, então está sempre interessado em conhecer novos alunos de Lackland.

— Para nos corromper?

— Não é algo ruim conhecer magos que se sintam à vontade com seus poderes. — A srta. Wheaton a conduziu de volta à praia. Quando chegaram ao chão firme, Jack Rainford já havia desaparecido por uma rua.

Tory disse:

— Ele falou sobre a invasão francesa e de como a Inglaterra precisa de magos para se defender. Os franceses vão realmente invadir?

— Não sei. — A srta. Wheaton parecia perturbada. — Certamente é possível.

— Não existem magos que possam dizer o que vai acontecer?

— Ver o futuro é chamado de previsão. Saber antecipadamente. Embora alguns magos tenham habilidade nessas áreas, o futuro não é fixo. Como pode mudar, até mesmo os melhores videntes veem apenas possibilidades.

— O futuro muda?

— Pense num mapa que você esteja seguindo, ao caminhar pela floresta — explicou a srta. Wheaton. — Quando você chega a uma bifurcação no caminho, deve decidir se vai para a direita ou esquerda. Se for para a esquerda, o caminho a levará a um lugar diferente do que se escolhesse o caminho da direita. Cada caminho conduz a outras bifurcações, outras escolhas e futuros diferentes.

— Entendo. É o livre-arbítrio em ação — disse Tory, pensativa.

A professora assentiu.

— Às vezes um evento em particular está tão próximo, ou é tão inevitável, que não se pode desviar dele, mas, geralmente, não temos certeza quanto ao futuro, o que é uma coisa boa. Que triste seria acreditar que nosso futuro está gravado na pedra!

Triste de verdade. Tory precisava acreditar em mudanças. A srta. Wheaton tinha razão. Era melhor não saber o que havia adiante.

Enquanto se dirigiam para a abadia, seus pensamentos se voltaram para a alegação de Jack Rainford de que magas do sexo feminino também poderiam lutar pela Inglaterra. Os antepassados de Tory tinham sido guerreiros — por isso sua família tinha riqueza e status nos dias atuais. Era o sangue daqueles guerreiros que corria em suas veias.

Tanto quanto qualquer homem, ela amava a Inglaterra. A ideia de uma invasão, de estupros, incêndios e massacres a horrorizava. Poderia aprender a ajudar a defender seu país sem perder sua família?

Era algo que pretendia descobrir.

CAPÍTULO 11

... Blem, blem, blem. Tory contou quando o sino da capela deu a hora. Meia-noite, e Cynthia Stanton dormia com respirações lentas e regulares que não eram exatamente roncos.

Cuidadosamente, Tory saiu da cama, completamente vestida, à exceção dos sapatos. Depois de arrumar os cobertores em um rolo comprido sob a colcha, cobriu os ombros com um xale, apanhou os sapatos e saiu do quarto na ponta dos pés.

Na semana que passara desde a avaliação, sua vida se assentara em uma rotina de capela, refeições, aulas e estudos. Agora, era um membro aceito do grupo de Nell Bracken e seu relacionamento com Lady Cynthia estava mais tranquilo, em grande parte porque Cynthia se recusava a falar com ela. Tory descobrira que dar um sorriso animado para a colega de quarto deixava a garota furiosa, e isso era perversamente gratificante.

Embora a maior parte de sua atenção estivesse voltada para a escola e suas novas amigas, ela não conseguia parar de pensar no que Jack Rainford dissera. Túneis sob a abadia. Coisas surpreendentes podiam estar acontecendo lá embaixo.

As perguntas casuais de Tory a respeito de túneis medievais receberam como resposta apenas expressões vagas das demais meninas. Talvez coisas interessantes acontecessem só no lado dos meninos, sem acesso para as garotas. O que não significava que ela não poderia investigar.

Quem mais provavelmente deveria conhecer os mistérios da abadia era Elspeth Campbell, mas a garota era irritantemente esquiva. Tory a via entre as aulas ou no outro lado do refeitório, mas Elspeth sempre conseguia escapulir antes que a interceptasse.

Portanto, Tory havia começado a fazer algumas explorações discretas. Imaginava que qualquer entrada para os túneis ficaria no porão de um dos edifícios da abadia. A maioria desses porões ficava trancada para os alunos, portanto Tory não podia investigá-los.

Explorou aqueles nos quais conseguira entrar. Sob o refeitório havia sacas e caixotes de mantimentos, incluindo uma quantidade excessiva de nabos armazenados para o inverno, mas nada remotamente parecido com a entrada de um túnel.

Também havia um porão úmido e desagradável sob o prédio das salas de aula. Encontrou lixo e teias de aranha ali, mas nenhum sinal de movimentação regular, exceto por parte de criaturas pequenas nas quais preferia nem pensar.

Suas buscas ficaram mais fáceis porque a srta. Wheaton não tinha reinstaurado o feitiço em Tory ao voltar à abadia, depois da avaliação. Tory não tinha certeza se fora por acidente ou algo proposital, mas ficou grata por não se sentir tão sufocada quanto no primeiro dia na escola.

Exercitava sua intuição sempre que podia. Embora esta ainda não a houvesse levado a um dos túneis ocultos, tinha uma sensação cada vez mais clara do que era provável ou não. Agora, ela sugeria que a entrada do túnel poderia estar em uma das dependências antigas da abadia.

Não viu movimento algum ao percorrer o corredor escuro e descer as escadas. O dia fora cinzento e chuvoso. Embora o céu tivesse clareado e uma lua crescente iluminasse a abadia e seus arredores, a grama estava molhada e o ar, extremamente gelado. Tory apertou o xale em volta dos ombros. O inverno não demoraria a chegar.

Foi até a extremidade do jardim que seguia para o mar. O campo continha algumas construções dispersas e ruínas que podiam ter sido galinheiros ou celeiros nos velhos tempos.

Deixou a mente vagar. Em qual deles...?

Ali. Naquela ruína de pedra logo atrás da horta. Seus sapatos já estavam ensopados quando chegou lá. A construção original não tinha sido maior do que um quarto e algumas pedras soltas caíram em pilhas na base das paredes irregulares. O local não parecia muito promissor, mas sua intuição dizia para olhar com mais atenção.

Examinou as ruínas, forçando os olhos, contente pela luz da lua. *Hummm.* A grama se achatava em uma trilha quase invisível que ia até a mais alta parede sobrevivente. Cutucou as pedras com o pé. Nada. Então, empurrou a parede. Aquela ruína era mais sólida do que parecia. Empurrou e empurrou de toda forma que pensou, sem obter resposta alguma. No entanto, havia aquela trilha na grama...

Fechou os olhos e tranquilizou a mente. Como...?

Tory se inclinou para frente e girou, na sua direção, a pedra mais próxima. A pilha inteira de pedras se moveu suavemente para um lado, revelando um buraco com degraus que desciam. Deus do céu, havia realmente um túnel oculto!

Agora que encontrara a passagem secreta, percebeu que não tinha pensado no que fazer em seguida. Sem uma tocha ou um lampião, não poderia ir muito longe na escuridão. A luz da lua, no entanto, permitia enxergar ao menos os primeiros degraus.

Cautelosamente, desceu um degrau. Depois, outro. As paredes claras de calcário refletiam todo e qualquer vestígio de luz disponível, então não era tão escuro quanto havia imaginado.

Quando sua cabeça ficou abaixo do nível do solo, a entrada do túnel se fechou acima dela. Seu coração disparou outra vez. Endireitou o corpo e pressionou as mãos no tampo. Para seu alívio, ele se moveu com facilidade. Não estava aprisionada em uma tumba de gesso.

Mais surpreendente ainda: o túnel não era escuro. Conforme seus olhos se ajustaram, viu que, vários degraus abaixo, havia um patamar de alguns metros quadrados. No lado esquerdo, várias esferas levemente luminosas, do tamanho aproximado de uma maçã, estavam encostadas à parede.

Ajoelhou-se para examinar a pilha de luzes incandescentes. Não eram velas nem faróis, mas pura luz. Com cautela, tocou a esfera no alto da pilha, usando a mão esquerda, caso houvesse algum perigo. A luz fez sua mão formigar, mas não a queimou e seus dedos não caíram. A luz continuou a brilhar mansamente.

Uma luz mágica. Uma garota capaz de flutuar não deveria se surpreender com aquilo, embora se perguntasse como uma magia tão poderosa podia funcionar dentro do terreno da abadia. Se bem que não estava exatamente *em* Lackland, mas sob o lugar. Aquilo parecia fazer diferença.

Seria possível segurar uma daquelas luzes? Deslizou a mão sob a que estava mais próxima. Ela se acomodou em sua palma, formigando de leve. Agora tinha luz suficiente para continuar a descer a escada.

Contou os degraus à medida que os descia. Depois de 32, chegou ao fundo. Um túnel se estendia adiante. O corredor era praticamente retangular, com marcas de ferramentas aparentes nas paredes, no teto e no piso. Embora houvesse espaço suficiente para caminhar, um homem alto talvez se arriscasse bater a cabeça.

A parte central do túnel estava mais lustrosa e desgastada pelos anos de uso. Podia sentir a energia antiquíssima no ar frio e úmido. Uma imagem cintilou na sua mente; freiras se deslocando por aquela passagem a passos leves e silenciosos. Avançou pelo corredor de forma cautelosa, desejando ter mais luz.

A esfera clareou.

Será que a luz respondera aos seus pensamentos? Até que ponto podia ficar mais clara?

A esfera se inflamou tanto que a luz feriu seus olhos e o latejar em sua mão aumentou a ponto de fazê-la soltar a bola. Era luz demais! Queria que diminuísse novamente.

Quando a esfera chegou ao piso do túnel, a luz já havia diminuído à intensidade original. Então, a magia realmente funcionava ali, embaixo da abadia. E quanto à sua capacidade de flutuar?

Um instante depois, sua cabeça se chocou contra o teto. Praguejando baixinho, baixou novamente, tomando o cuidado de fazê-lo lentamente.

Estava cheia de energia. Apanhou a esfera e desejou que se iluminasse um pouco mais. A luz obedeceu gentilmente, então Tory continuou a seguir pela passagem.

Quase morreu de susto quando viu uma centelha de movimento à frente. Respirou com alívio ao perceber que era um gato cinza malhado. Esperava que estivesse mantendo o túnel livre de bichos peçonhentos.

O túnel virava à direita e cruzava com outro túnel, que parecia exatamente igual. Parou. Seria muito fácil se perder naquelas passagens indistintas.

Ou será que não eram tão indistintas assim? Ao examinar as paredes e os cantos, encontrou um leve brilho azul perto do teto, à sua direita. Estendeu a mão e tocou o ponto brilhante. A cor se intensificou por alguns instantes antes de empalidecer de novo. Quando avançou alguns passos e se virou, viu um ponto de luz azul idêntico, visível para quem viesse do outro lado.

Curiosa, examinou o cruzamento dos túneis e encontrou pontos dourados nas mesmas localizações. Tocou-os rapidamente e eles se iluminaram. Adivinhando que eram as cores que identificavam o caminho, continuou pela passagem assinalada em azul.

O cruzamento seguinte estava marcado em verde-claro. Será que pessoas não mágicas conseguiriam ver os pontos de cor? Desconfiava que não. Elas se perderiam, o que era, provavelmente, a razão pela qual os túneis haviam sido escavados de forma tão confusa. Tory sempre tivera um bom senso de direção e pensou estar sob a escola dos meninos, mas podia facilmente estar enganada. Até onde iriam aqueles malditos túneis?

Ouviu um ruído leve à frente. Conforme foi avançando, o ruído se transformou em um murmúrio de vozes. Os sons baixos e sussurrantes fizeram seus cabelos na nuca se arrepiarem.

Mordeu o lábio, de repente nervosa. Embora supusesse que qualquer pessoa que estivesse ali embaixo seria da escola, e se contrabandistas houvessem encontrado os túneis? Eles geralmente usavam grotas marinhas para esconder aguardente, seda e outras mercadorias levadas ilegalmente da França. Adorariam túneis bem-feitos como aqueles e não tratariam estranhos com muita gentileza.

Fechou os olhos e usou sua percepção mágica para explorar os sons sibilantes. Uma grande intensidade de magia a envolveu. Havia magos à frente, e não contrabandistas.

Tirando os sapatos, avançou em silêncio. Depois de uma última curva, a passagem terminava abruptamente em um salão amplo, de teto alto. Havia cerca de duas dúzias de jovens ali, todos sentados em dois círculos irregulares, com mais meninos do que meninas.

— Olhem! — disse uma voz masculina.

Conforme Tory prendia a respiração, várias pessoas se levantavam e caminhavam em sua direção. A mais próxima era uma garota de cabelo muito louro.

— Eu me perguntava quanto tempo levaria para você nos encontrar — disse Elspeth com um sorriso lento.

CAPÍTULO 12

— Que lugar é este? — perguntou Tory, aliviada ao ver um rosto conhecido.

— Estavam esperando que eu viesse?

— Certamente que sim. — Um sorridente Jack Rainford surgiu atrás de Elspeth. — Eu soube assim que nos conhecemos que você não era uma das ovelhas, Vicky.

— É Tory — retrucou ela. — O que está fazendo aqui?

— Volte para a aula, Jack. Haverá tempo para conversar mais tarde. — Quem falou foi o sr. Stephens, o professor de controle mágico da escola dos meninos. Com ele, estava a srta. Wheaton. Havia *professores* participando daqueles eventos misteriosos!

A srta. Wheaton fez um gesto com a mão para que Jack e o sr. Stephens se afastassem.

— Vão indo, vocês dois. Elspeth e eu explicaremos o Labirinto à srta. Mansfield.

Sorrindo, eles voltaram para seus grupos, enquanto Tory observava os arredores.

— Este lugar é chamado de Labirinto? Bem adequado.

O salão estava mobiliado como uma sala de estar espaçosa, mas decadente, com grupos de móveis e um tablado de aulas diante de um conjunto de cadeiras. Lâmpadas mágicas faziam com que o centro do salão fosse tão claro quanto a luz do dia. Nem mesmo o salão de bailes mais deslumbrante e cheio de velas se compararia àquela esplêndida caverna.

A srta. Wheaton guiou Tory e Elspeth até um conjunto de poltronas puídas. A professora se acomodou, indicando que as garotas fizessem o mesmo.

— Alunos que parecem seriamente interessados em magia recebem dicas suficientes para vir em busca do Labirinto. Você não demorou nada.

— Jack Rainford me disse que coisas misteriosas podiam estar acontecendo sob a abadia. — Como aquele canto do salão estava escuro, Tory disse mentalmente à esfera de luz que ainda tinha na mão para se iluminar até que pudesse enxergar o rosto de suas acompanhantes.

A srta. Wheaton perguntou:

— Seus poderes parecem mais fortes aqui embaixo?

Tory esfregou o ponto dolorido no topo de sua cabeça, onde a batera contra o teto.

— Certamente que sim! — Querendo liberar a outra mão, ordenou à luz que pairasse sobre elas. O globo flutuou e se deteve no ar. — Estas luzes são maravilhosas!

— Lâmpadas mágicas — disse Elspeth. — Nem todo mundo pode criá-las, portanto os globos de luz são deixados nas entradas do Labirinto. Você está lidando muito bem com essa aí.

— Os túneis são codificados em cores, não são? — Quando Elspeth assentiu, Tory perguntou: — Como a magia pode funcionar aqui, se não funciona lá em cima?

— A crença oficial é que a Abadia de Lackland foi criada para suprimir a magia — respondeu a srta. Wheaton. — Na verdade, é o oposto. A magia não funciona bem na superfície porque os criadores de Lackland quiseram concentrar o poder nos subterrâneos, onde treinavam os noviços. Dizem que foi o próprio Merlin quem construiu estes túneis.

— Merlin? — perguntou Tory, incrédula. — Ele é apenas uma lenda.

— É provável que seja — concordou a professora —, mas é uma lenda que nos beneficia. Merlin, o Rei Artur e os Cavaleiros da Távola Redonda se dedicavam a defender a Grã-Bretanha.

— Porque não estamos aqui só para estudar magia. — Os olhos verde--claros de Elspeth estavam sérios. — Estamos nos preparando para defender a Grã-Bretanha contra Napoleão, caso haja uma invasão.

Tory sentiu o queixo cair.

— Haverá realmente uma invasão, srta. Wheaton? Você me disse que ninguém pode prever o futuro de forma confiável.

— Verdade, mas todos os videntes britânicos concordam que as probabilidades de Napoleão invadir são muito altas. — A expressão no rosto da professora era sombria. — Tenho pesadelos sobre o que pode acontecer. A Grã--Bretanha e a França têm sido inimigas há séculos e, agora, somos os inimigos mais ardentes de Napoleão. Se os franceses vierem... — Ela balançou a cabeça.

— Pode ser que Napoleão não invada, mas, se ele tentar... bem, alguns dos melhores magos da Grã-Bretanha estarão posicionados contra seus exércitos. — Os olhos de Elspeth se estreitaram como os de um gato. — As tropas regulares da Grã-Bretanha são o exército e a milícia; portanto, nos denominamos Irregulares. Os Irregulares de Merlin.

Tory refletiu sobre qual tipo de magia poderia impedir uma invasão.

— Vocês usariam magia climática? Poderia deter os invasores, como o furacão que destruiu a Armada Espanhola em 1588.

— Foram magos britânicos que invocaram aquele furacão — disse a srta. Wheaton, com um sorriso. — O canal sempre foi nossa maior defesa. Se Deus quiser, será novamente.

— É por isso que Jack Rainford está aqui?

— Sim, ele é nosso mago climático mais forte. Vários outros magos talentosos locais também são Irregulares. — O gesto de Elspeth abrangeu o salão. — A maioria é da Abadia de Lackland, mas, independentemente de qual seja nossa posição social, compartilhamos a mesma determinação de desenvolver nossa magia e usá-la para defender nossa pátria. Nós nos tratamos pelos prenomes para nos lembrar de que somos iguais em nosso estudo da magia.

A causa era vital, mas ser patriota e assumir a magia significaria se separar completamente da sociedade normal. Tory mordeu o lábio. Embora quisesse ser uma guerreira pela Inglaterra, também queria voltar para casa.

— Todo aluno que encontra o caminho até aqui se une aos Irregulares?

A srta. Wheaton negou com a cabeça.

— Por mais que os alunos possam se sentir atraídos pela magia, optar por se tornar um Irregular é caminhar para o desconhecido.

— O que acontece com os que se negam? Certamente contam aos demais o que descobriram aqui.

— O sr. Stephens ou eu os enfeitiçamos para que despertem na manhã seguinte achando que foi um sonho — disse a srta. Wheaton. — O sonho se esvanece e eles não sentem qualquer vontade de falar a respeito.

Tory perguntou:

— Só os magos climáticos são úteis?

— Todo mundo que tenha magia pode ajudar, independentemente de quais sejam seus poderes específicos — disse a srta. Wheaton. — Além de dar treinamento geral, também ensinamos a compartilhar magia uns com os outros. Se uma dúzia de magos emprestarem seus poderes a Jack, ele pode trazer sistemas climáticos de grandes distâncias e produzir tempestades mais fortes do que poderia fazer sozinho.

— É a mesma coisa com relação à cura — disse Elspeth. — Quando vários de nós trabalhamos juntos, podemos fazer mais do que o melhor dos curandeiros faz individualmente.

Tentada pela ideia de aprender mais sobre magia, Tory disse, hesitante:

— Minhas habilidades não são muito úteis, mas talvez eu pudesse ajudar os outros. Vocês se reúnem aqui todas as noites?

— Apenas três noites por semana. Não devemos privar vocês de muito sono! — respondeu a srta. Wheaton, em um tom muito professoral.

— Os diretores da escola são enfeitiçados para não descobrir a respeito dos túneis? — perguntou Tory.

Elspeth sorriu ironicamente.

— Os diretores da escola sabem sobre o Labirinto, embora, provavelmente, não o que fazemos aqui. De tempos em tempos, eles tentam invadir os túneis para nos apanhar. Não têm muito sucesso. É muito fácil se perder aqui embaixo se você não consegue ver os códigos mágicos de cores.

— Por que simplesmente não bloqueiam as entradas?

— Eles tentam, mas os bloqueios nunca duram muito — disse a srta. Wheaton. — A magia do Labirinto é tão poderosa que as entradas sempre reabrem. As autoridades se frustram, mas têm sido incapazes de impedir nosso trabalho. Decidiram nos ignorar, desde que não causemos problemas lá em cima.

— Eles sabem que você e o sr. Stephens ensinam magia aqui embaixo?

A srta. Wheaton negou com a cabeça.

— Podem ignorar os alunos, cujas famílias estão pagando valores altíssimos, mas nós, professores, seríamos despedidos imediatamente.

— O Labirinto deve sofrer uma vistoria a qualquer momento — disse Elspeth, de forma pensativa. — Faz pelo menos um ano que não fazem uma.

— Gostaria de pensar que eles desistiram, mas imagino que não teremos tanta sorte assim — disse a professora com um suspiro.

Tory imaginara a si mesma como uma guerreira patriota lutando por seu país, tão corajosa quanto qualquer homem. Porém, agora que tinha a chance de fazê-lo, não sabia se estava à altura desse desafio.

— Preciso decidir agora?

— Não já, mas antes de ir embora esta noite. Pense a respeito. Converse com Elspeth. Se decidir ficar, gostaria de falar com você novamente. — A srta. Wheaton tocou levemente no ombro de Tory antes de voltar às aulas, nos fundos do salão.

Elspeth perguntou:

— Tem mais alguma pergunta?

— Não sei o que perguntar. — Tory sacudiu a cabeça. — É uma causa nobre, mas não sei se sou corajosa o bastante.

— Pelo que sei, ninguém sabe quão corajoso pode ser até se ver face a face com o perigo. — Elspeth brincou com uma mecha do cabelo louro. — Espero estar à altura do que quer que aconteça, mas simplesmente não sei. Quando eu era pequena, sempre ficava apavorada quando outras crianças me atacavam por causa da minha magia.

Tory estremeceu.

— Você desenvolveu seus poderes ainda criança?

— Criança demais. Consegui esconder o que era dos meus pais por algum tempo, mas as outras crianças sentiram que eu era diferente antes mesmo que minha magia começasse a se manifestar. — Seu olhar ficou obscurecido pelas lembranças ruins.

— No entanto, agora você enfrenta alunas que a desprezam por aceitar sua magia.

O sorriso de Elspeth era incerto.

— Aprender a usar meus poderes me deu autoconfiança. Pode ser que ainda sinta medo, no futuro... mas, talvez, não tanto.

— Então, se eu me recusar a me unir aos Irregulares hoje, vocês vão me mandar de volta e me fazer esquecer a respeito do Labirinto — disse Tory. — Mas e se eu decidir aprender mais sobre magia e mudar de ideia mais tarde? Serei punida?

— Não, apenas será colocada sob um feitiço de esquecimento.

— Então posso dizer sim agora e me arrepender depois? — Quando Elspeth assentiu, Tory perguntou: — Isso seria desonroso?

— Não, mas é incomum. A maioria dos alunos de Lackland descobre que gosta de aprender a dominar a magia. — Elspeth balançou a cabeça. — Usar seus poderes mágicos é exaustivo, às vezes assustador, mas também inebriante. Você não sentiu isso?

Tory se lembrou do medo e da excitação de voar.

— Sim. Parece errado gostar tanto assim de algo.

— Como pode ser errado, se não fazemos mal algum? A igreja não condena a magia. Apenas a aristocracia pensa que é uma desgraça para nossa posição elevada.

— Venho pensando sobre isso desde que minha magia apareceu — concordou Tory. — Mas as pessoas que desprezam a magia são nossos amigos e nossa família.

Elspeth pareceu nostálgica.

— Já pensei muitas vezes que teria sido melhor se houvesse nascido plebeia. — Ela se levantou com graça. — Tenho uma esperança egoísta de que você se junte aos Irregulares. Mas é uma decisão que tem que tomar sozinha.

Quando a outra garota se afastou, Tory enrolou nervosamente a franja do seu xale. Tinha sorte por seu irmão e sua irmã ainda a aceitarem. Podia facilmente ter perdido Sarah se Lorde Roger houvesse rompido o noivado.

Seu pai já estava perdido para ela. Assim como Louisa e aquele horrível Edmund Harford. Mesmo que voltasse para casa no dia seguinte, o estrago já estava feito. Aos olhos daqueles que desprezavam os magos, ela estava irremediavelmente maculada.

Porém, embora soubesse que jamais poderia retomar sua antiga vida, assumir a magia ia contra tudo que lhe haviam ensinado em seus primeiros 16 anos. Com as emoções confusas, levantou-se e se aproximou dos demais alunos.

Várias garotas eram companheiras de jantar de Elspeth, mas havia duas que ela não reconheceu. Pelas roupas, supôs que fossem do vilarejo. Uma parecia ser irmã de Jack Rainford. Reconheceu vários garotos de Lackland, de tê-los visto jogando pelo muro que separava as escolas.

Homens e mulheres, com idade variando entre, talvez, 13 e 20 anos, estavam sentados e trabalhando como iguais. O que também parecia ser o caso dos dois professores.

Aquela igualdade fascinava Tory. Podia não ter a permissão de estudar em Oxford ou Cambridge, mas, ali, o que importava era o talento e a dedicação.

Respirando fundo, aceitou o fato de que Lady Victoria já não existia mais. A morte de seu antigo eu doía, mas agora estava livre para se tornar o que desejasse. E essa ideia era ao mesmo tempo excitante e assustadora.

Uma onda de risos percorreu um dos círculos de alunos. Um sujeito de cabelo escuro ergueu os olhos... e o olhar de Tory encontrou o de Allarde, herdeiro do Duque de Westover. Ela ofegou, chocada. Certamente ele tinha mais a perder do que qualquer um ali!

A energia reverberou entre eles como uma corda de harpa estirada. Seus olhos cinzentos eram pura fumaça e magia.

Ele se virou e ela soube, além de qualquer dúvida, que ele também sentira o estalo de energia. E que não havia gostado nem um pouco disso.

Tomou sua decisão. Se o Marquês de Allarde podia arriscar um grande título e uma grande fortuna em nome do seu país, ela também podia.

Ao menos, podia tentar.

CAPÍTULO 13

Decisão tomada, Tory se acomodou em uma cadeira às margens do grupo da srta. Wheaton. A professora sorriu ao vê-la se unir ao círculo.

— Parece que temos uma nova Irregular.

Todo mundo, em ambos os grupos, virou-se para olhar para Tory. Ela ficou ruborizada.

— Sim, srta. Wheaton. Quero fazer o que puder para ajudar, ainda que seja de forma irregular.

O sorriso da professora se ampliou.

— Vamos todos dar as boas-vindas a Victoria Mansfield.

Quando um rápido aplauso ecoou pelas paredes pétreas, Jack Rainford exclamou:

— Hora do chá! Devemos celebrar nossa nova integrante.

— Ainda não — disse a srta. Wheaton, com firmeza. — Pratique seus exercícios de elevação enquanto converso com Victoria. — Deixando o grupo, ela se aproximou de Tory e a conduziu até o canto onde haviam conversado antes.

— Nas suas aulas em Lackland, eu me concentro em como controlar a magia de forma que possa ser bloqueada. Agora é hora de conversarmos um pouco sobre a teoria da magia — disse a professora. — Você conhece os exercícios que ensino sobre visualizar seus poderes presos por cordas prateadas?

Tory assentiu.

— Parece fácil demais. Pensei que fosse haver feitiços ou poções.

— A magia vem da mente, quer você queira contê-la ou desenvolvê-la. Alguns magos usam feitiços e rituais porque isso os ajuda a canalizar seu poder e sua vontade, mas as tradições mágicas da Inglaterra pregam a visualização. Imagine o resultado que deseja, então direcione seu poder àquela imagem.

— É assim que eu faço para flutuar! — exclamou Tory. — Penso em me elevar e funciona. Não tinha percebido que estava fazendo isso corretamente.

— Você tem bons instintos — respondeu a srta. Wheaton. — Gostamos de dizer que o poder segue o pensamento. Quanto mais claros e fortes forem seus pensamentos, mais rápido e eficiente será o resultado.

— Descobri isso na primeira vez que bati a cabeça no teto!

— Um galo na cabeça vale mais do que uma hora de falação sobre teoria — disse a professora, sorrindo. — Não existem dois magos nesta sala com habilidades idênticas. Com o treinamento, você aprenderá quais são as suas. A maior parte dos magos é boa em uma ou duas áreas, e tem habilidades mais modestas em várias outras. Como já falei, a maioria dos magos pode curar ao menos um pouco, mas poucos têm o talento de cura que Elspeth e eu temos.

— É a mesma coisa em relação ao clima e a Jack Rainford?

— Exatamente. Qualquer mago pode aprender a mover uma nuvem ou provocar uma brisa, mas poucos podem formar ou movimentar uma grande tempestade. Jack é o melhor que temos e estamos desenvolvendo técnicas para alimentá-lo com nossos poderes conforme se fizer necessário.

— Pelo menos eu posso fazer isso. — Tory franziu a testa. — Srta. Wheaton, tenho uma pergunta. Por que os bem-nascidos desprezam tanto a magia, enquanto as classes inferiores a acolhem?

— Alega-se que a magia é perversa, desonesta e manipuladora. — A professora franziu a testa, contemplando suas mãos entrelaçadas. — Mas eu acho que a verdadeira razão é que, para se tornar um mago, deve-se nascer com talento e se dedicar muito para desenvolvê-lo. Dinheiro não compra talento. Homens que são ricos e poderosos em termos mundanos se ressentem muito pelo fato de não poderem comprar esse tipo de poder. E, já que não podem comprar talento, apenas contratá-lo, eles condenam a magia.

— Portanto, se pais bem-nascidos dizem aos seus filhos que a magia é errada, as crianças crescerão desprezando a magia e passarão essa condenação adiante, aos próprios filhos — disse Tory. — Pessoas de classe média que gostariam de ter nascido com status mais alto copiam as atitudes dos aristocratas para se sentir superiores, então também desdenham da magia.

— Sempre há pensadores independentes que chegam a outras conclusões, mas esses são raros. — A srta. Wheaton fez um gesto que abrangia aqueles no salão. — A maioria das pessoas aceita aquilo que dizem sem pensar muito a respeito. Não é fácil nadar contra a correnteza, mas, às vezes, é necessário.

— E se os franceses não tentarem nos invadir?

— Os Irregulares ainda terão os conhecimentos que aprenderam aqui. Ninguém precisa usar a magia se não quiser... mas é bom ter a escolha. — A srta. Wheaton se levantou. — Hora do último exercício da noite, nosso círculo de união. Todos nos damos as mãos e compartilhamos nosso poder. É uma forma de se harmonizar e de aprender a trabalhar em grupo. Geralmente usamos a energia para aquecer a água para nosso chá. — Ela bateu palmas. — Hora do círculo!

Com um arrastar de cadeiras, os alunos se levantaram e se agruparam em um círculo na parte mais ampla da sala. Conforme Tory se moveu, hesitante, não sabendo onde se posicionar, Elspeth se aproximou e tomou sua mão esquerda.

— A sensação será um pouco estranha, como se todas as notas de um quarteto de câmara estivessem tocando através de você. Com o tempo, você será capaz de reconhecer todo mundo no círculo pelo sabor da energia de cada um.

Jack Rainford apareceu e pegou a mão direita de Tory em um aperto cálido e forte.

— Depois disso, tomaremos chá com biscoitos amanteigados feitos pela mãe de um dos alunos do vilarejo. Alguns Irregulares dizem que só vêm aqui por causa dos biscoitos dela.

Tentando não demonstrar que estava perturbada pelo toque de Jack, perguntou:

— Ninguém poderá ler a minha mente, não é?

Elspeth riu.

— Não, você será apenas mais uma nota na sinfonia dos Irregulares. Seria perceptível se alguém estivesse muito alterado, mas não há ninguém capaz de ler mentes aqui. Apenas feche os olhos e inspire e expire lentamente. Vai sentir Jack e a mim com mais intensidade, já que estamos nos tocando.

Quando todos estavam de mãos dadas, inclusive os professores, o sr. Stephens disse:

— Então, começamos... — A última palavra foi transformada em um zumbido.

Tory fechou os olhos obedientemente e respirou fundo, devagar. Em seguida, exalou intensamente conforme a energia fluía através dela. Embora não fosse realmente como música, não podia pensar em uma comparação melhor. Certamente Elspeth era aquela nota forte, pura como um sino de cristal.

A energia de Jack era mais profunda. Mais selvagem. Continha o poder das tempestades.

Não podia discernir os outros fios de energia, embora adivinhasse que a srta. Wheaton era um poder baixo e verdadeiro que contribuía com estabilidade e conforto. Tory não fazia ideia de qual era sua contribuição para o grupo. Levaria algum tempo até aprender quem era quem, mas o fluxo de energia que passava por ela era arrebatador.

Não saberia dizer quanto tempo ficaram de mãos dadas quando a voz baixa da srta. Wheaton disse:

— E, lentamente, paramos...

Quando o círculo se rompeu, uma garota no outro lado da sala disse, com surpresa:

— A água do chá já está fervendo!

— Você deve ter acrescentado um bom golpe de energia ao círculo, Vicky! — disse Jack, com admiração, sem soltar sua mão.

Tory a puxou.

— Certamente não tanto assim. Sou recém-chegada aqui.

— Talvez Tory ajude a misturar bem as energias — disse Elspeth. — Como a água, que permite que sal e açúcar se dissolvam. A srta. Wheaton mencionou que existem esses talentos. Tory, venha conhecer as outras meninas.

— Habilmente, Elspeth tirou Tory de perto de Jack.

Conforme iam para a parte do salão que parecia ser uma cozinha, Elspeth disse, sussurrando:

— Jack é um bom sujeito, mas gosta de flertar.

Tory sorriu.

— Já percebi.

O sr. Stephens as interceptou.

— Victoria, fico muito feliz que você tenha se juntado a nós. Somos abençoados em poder contribuir com um trabalho tão vital.

Embora não fosse particularmente bonito, ele tinha um sorriso que fazia Tory entender o que a srta. Wheaton via nele. Esperava que ele não pudesse ver a reserva que ainda sentia com relação a assumir sua magia.

— Tentarei ser útil.

O professor a analisou, pensativo.

— Elspeth tem razão. Você tem a rara habilidade de misturar e acentuar a energia de outros magos. É um talento muito útil.

Tory não tinha certeza se devia ficar feliz ou assustada por ter um talento tão especial. Como o professor foi chamado por alguém, Elspeth retomou o caminho até a pequena cozinha. Havia uma bomba para tirar água, armários para guardar louças e utensílios e vários gatos que observavam tudo com interesse. Em vez de uma lareira normal, havia uma comprida e estreita feita de pedra com duas chaleiras grandes fumegando em cima. Não havia qualquer espécie de combustível sob as chaleiras, apenas uma pedra que irradiava calor.

Uma menina mais jovem olhava intensamente para um forno de pedra aberto na frente. Dentro dele, havia bandejas de biscoitos quadrados amanteigados. Tory perguntou:

— Ela está aquecendo os biscoitos com magia?

— Sim, Alice é a melhor entre nós em produzir calor — respondeu Elspeth. — Não podemos fazer fogueiras aqui embaixo por causa da fumaça, então os talentos dela são realmente úteis.

Enquanto Alice se concentrava nos biscoitos, dois garotos se adiantaram para tirar as chaleiras da pedra quente. Eles despejaram água fervente em grandes bules que foram preparados com folhas secas de chá.

Alice se levantou e limpou a saia.

— Você é a menina nova — disse ela com um sotaque do campo. — Como pode ver, venho de uma longa linhagem de bruxas caseiras.

Tory riu e lhe estendeu a mão.

— Um dom muito útil! Acho que não posso fazer nada tão proveitoso assim. Me chamo Tory.

— Você está apenas começando a descobrir o que pode fazer — disse Alice, em tom de consolo. — É algo tão maluco que vocês, aristocratas, sejam punidos por sua magia! Que desperdício!

Elspeth a apresentou às meninas que preparavam o chá e colocavam biscoitos em pratos. Uma garota local que se parecia com Jack revelou ser sua irmã mais nova, Rachel.

Tanto as garotas do vilarejo como as alunas deram as boas-vindas a Tory. Ela começou a relaxar de um jeito que não fazia desde o dia em que acordara flutuando acima da sua cama. Os alunos de Lackland podiam ser párias da sociedade, mas, juntos, formavam uma comunidade.

As pessoas foram pegando xícaras de chá e biscoitos e se juntando às outras. Tory viu grupos de meninos, grupos de meninas e vários grupos mistos. Eles se acomodaram em volta de mesas ou juntaram as cadeiras para conversar. Não havia qualquer noção rígida de divisão, como a que vira na escola.

Havia até mesmo dois casais que encontraram um canto para ficar a sós. Tory viu leves ondas de energia rosada ao redor deles. Romance no Labirinto.

Seu olhar foi até Allarde. Ele a estudava com olhos sérios que a faziam pensar em monges guerreiros medievais. Novamente, aquele estalo de conexão. Ele desviou o olhar e ela fez o mesmo, embora não conseguisse se livrar da sensação aguda de percepção.

Aproximou-se de Elspeth, Alice e várias outras garotas na comprida mesa da cozinha. O chá quente e doce caía muito bem. Após um gole, Tory experimentou um biscoito.

— Delicioso! — disse, em tom de elogio. — As sessões de estudo sempre terminam com essas gostosuras?

— Aprender a dominar nossa magia queima muita energia. — Elspeth jogou pedacinhos de biscoito para dois gatos que se haviam posicionado sob a mesa. — Depois das aulas, precisamos repor nossas forças.

Tory pegou outro biscoito.

— Que desculpa boa para comer mais!

Mordia seu segundo biscoito quando Allarde se aproximou da mesa, com o olhar fixo nela. Tory quase engasgou. Ela o tinha visto apenas a distância. De perto, ele era ainda mais bonito, com cabelos escuros levemente ondulados e olhos irresistíveis. Sua intensidade calma o fazia parecer mais velho do que realmente era.

— Bem-vinda ao Labirinto — disse ele. — Você é parente de Geoffrey Mansfield? Agora Lorde Smithson? Ele era chamado de Mansfield Maior porque havia um Mansfield mais jovem na escola.

Allarde era *alto*. Tory se esforçou para se levantar, de modo que ele não se agigantasse tanto acima dela.

— Geoffrey é meu irmão. O mais jovem era o primo George, da parte da família que vive em Shropshire.

— Mansfield Menor — disse Allarde. Assentindo. — Fui um dos "escravos" do seu irmão e fico feliz por isso. Ele era o melhor entre os veteranos.

"Escravos" eram os alunos do primeiro ano que tinham de servir como criados para os mais velhos.

— Geoffrey sempre foi um bom irmão — disse Tory. — Imagino que nem Eton tenha conseguido transformá-lo num brutamontes.

— Eton nem sempre desperta o melhor nos meninos. — Ele mudou o peso de um pé para outro. — Sou Allarde, a propósito.

— Pensei que no Labirinto usássemos prenomes.

— Na maioria dos casos, sim. — Ele deu de ombros. — Por alguma razão, sou sempre chamado pelo meu título.

— Geralmente sou chamada de Tory. — Ela fechou as mãos com força para resistir ao desejo de tocar em Allarde. Se o fizesse, era certo que voariam faíscas pelo ar. — Você tem algum talento em particular, ou eu não deveria perguntar? Ainda não conheço todas as regras não oficiais.

— É permitido perguntar. — Um vestígio de sorriso tocou seus olhos. — Sou bom em mover objetos... — Um biscoito se elevou graciosamente da mesa e pairou bem na frente de Tory. — E também em tirar conclusões a partir de fragmentos de informações.

Ela piscou e aceitou o biscoito.

— Ambos muito úteis. Juntar informações seria um bom talento militar, imagino.

Os olhos dele cintilaram.

— Minha árvore genealógica é cheia de soldados e marinheiros. Acho que uma grande quantidade deles deve ter tido habilidades mágicas, mas não há qualquer evidência disso. Eram melhores em esconder seus talentos do que eu.

— Você pode ainda ter a chance de se provar em guerra — disse Tory.

— Todos nós teremos. — Ele inclinou a cabeça. — Estou ansioso para... trabalhar com você.

Quando ele partiu, Elspeth deu uma risada baixa.

— Interessante. Muito interessante mesmo.

CAPÍTULO 14

Interessante, de fato. Quando Tory se virou para Elspeth, a menina disse:

— Devemos ir agora. As pessoas vão saindo aos poucos para diminuir a chance de serem notadas.

Tory percebeu que o grupo estava diminuindo, com alunos se afastando em várias direções. Apanhou o xale que pendurara em sua cadeira e se preparou para ir embora.

— Faremos o mesmo caminho que usei para chegar aqui?

— Não, vou lhe mostrar um caminho diferente.

Quando se dirigiram ao túnel, a srta. Wheaton as interceptou e ofereceu a Tory uma pedra pequena, arredondada, que zumbia com poderes mágicos.

— Carregue consigo esta pedra de discrição quando vier ao Labirinto — disse a professora. — Irá impedir que você seja vista.

Tory observou a pedra. Era branca e translúcida, feita de quartzo, talvez.

— Como funciona?

— A pedra é carregada com um feitiço que diminui a probabilidade de as pessoas verem ou ouvirem você. Você não ficará invisível, mas sua colega de quarto provavelmente não perceberá que você saiu e, se alguém a vir, não vai questionar por que está ali. Sem essas pedras, seria impossível irmos e virmos sem ninguém perceber.

— Quem enfeitiça as pedras com essa magia de discrição? — perguntou Tory.

— O sr. Stephens. Ele tem o dom de dissimular coisas. — A srta. Wheaton entregou um saquinho feito de seda crua. — Pode guardar a pedra aqui. A seda ajuda a manter o feitiço forte.

Tory colocou a pedra no saquinho e o guardou no bolso.

— Tenho que esperar dois dias para ter mais aulas?

A professora riu.

— Vai passar rápido. Durma bem. Envio magia energizante através dos nossos círculos de união para compensar o fato de ficarmos acordados até tarde, mas é provável que ainda esteja cansada amanhã.

— Vale a pena!

Quando Elspeth seguiu na direção dos túneis, disse:

— Vamos tomar o túnel prateado, que leva até o porão sob o refeitório. Gosto dele porque é coberto o caminho inteiro.

— Olhei naquele porão e não vi nada quando estava procurando.

— As portas do Labirinto são enfeitiçadas para que não sejam vistas. Mesmo quando alguém está procurando, é difícil encontrá-las. — Quando entraram no túnel azul, Elspeth indicou uma abertura quadrada quase invisível no teto. — Aquele é um dos dutos de ventilação que mantêm o ar fresco aqui embaixo. Na superfície, a maioria fica escondida nas antigas construções externas.

Ela virou em um túnel que se cruzava com o azul. Tory tocou o pequeno ponto colorido acima, que, então, se iluminou, prateado.

— Por que achou interessante o fato de Allarde falar comigo? Foi só porque ele conhecia meu irmão.

— Nunca o vi conversando com uma garota sem que fosse por um motivo relacionado às aulas. Ele é sempre a personificação da cortesia, mas nunca flerta com ninguém. — Elspeth lhe deu um olhar de soslaio. — Ele não foi falar com você por causa do seu irmão, por mais que Lorde Smithson tivesse sido um bom "amo". Eu vi a energia pulsando entre vocês. Com certeza, você também sentiu.

— Senti uma vibração, como a de uma corda de harpa — disse Tory, hesitante. — O que isso significa?

Tory meio que esperava que a outra garota dissesse que era uma conexão altamente romântica, mas Elspeth respondeu:

— Existe uma ligação, que pode ser por várias razões diferentes. Talvez você e Allarde tenham talentos que se misturem bem.

Tinha de admitir que isso parecia mais provável do que um grande caso de amor.

— Se eu começar a comer na mesa com você, será que Nell Bracken e suas amigas vão parar de falar comigo?

— Provavelmente, mas você não precisa se afastar delas. Nell é muito gentil. Sempre acolhe as alunas novas em seu grupo para que não se sintam tão sós e assustadas ao chegarem aqui. — Elspeth sorriu, nostálgica. — Éramos amigas até eu assumir claramente a minha magia. Nell me disse, com muita educação, que sentia muito, mas que não podia arriscar suas chances de ir embora o quanto antes por passar tempo com uma notória admiradora da magia. Ela me desejou tudo de bom e, desde então, não nos falamos mais.

— Não é justo que tenhamos de escolher!

— Não é justo estarmos aqui e ponto-final. Não me importo em ser marginalizada pela maioria das garotas, mas pode ser que você prefira agir como Mary Janeway. Você a notou esta noite? Ela faz parte do grupo de Nell e também é uma Irregular.

— É verdade! Eu sabia que ela me era familiar, mas é sempre muito calada nas refeições. Esta noite, estava rindo e conversando.

— É bom não ter que esconder a própria natureza. Por isso exibo meu jeito maligno para Lackland inteira ver — disse Elspeth, com ironia. — Mas talvez você prefira ser como Mary e se misturar discretamente.

— Você não se importa?

Elspeth balançou a cabeça.

— Você pode me ignorar lá em cima, desde que não vire uma esnobe no Labirinto.

Tory não gostava da ideia de ignorar Elspeth, mas tampouco queria ser ignorada por Nell e pelas demais garotas. O resto do caminho foi percorrido em silêncio.

O túnel terminou em uma parede de pedra. Elspeth tocou no último ponto prateado e um painel em forma de porta girou no eixo, abrindo-se silenciosamente.

— Assim que passarmos pela porta, a intensidade das lâmpadas mágicas diminuirá a pouco menos que uma vela — disse Elspeth, baixinho. — Depois da nossa próxima sessão de estudos, vou mostrar para você um túnel diferente. Você vai conhecer todos muito em breve. Consegue sozinha o caminho até seu quarto?

Mal havia luz suficiente para Tory distinguir os sacos de batatas e nabos e outros produtos alimentares. Um gato malhado passou silenciosamente pelos seus tornozelos, indo do túnel para o porão do refeitório. Quando saltou em perseguição a um ruído farfalhante, Tory disse:

— Vou conseguir. Também conseguirei encontrar o caminho novamente para o Labirinto daqui a dois dias. Muito obrigada por todas as orientações.

Elspeth lhe deu um sorriso fugaz.

— Você também terá a chance de ajudar os outros. Magos ajudam magos. Pode ir agora. Com cuidado.

A luz mágica diminuiu, exatamente como Elspeth previra. Quando Tory saiu do porão, ela já se havia apagado por completo. Ainda podia sentir o poder da pedra de discrição em seu saquinho de seda. A Abadia de Lackland permitia muito mais magia do que sua reputação sugeria.

Moveu-se como sombra pela escola. Saiu do refeitório, entrou no dormitório e subiu a escada. Diante da sua porta, hesitou. Não podia arriscar-se a fazer barulho se despindo lá dentro, já que poderia perturbar Cynthia. Em silêncio, tirou o vestido e ficou só de chemise, que era o que geralmente usava para dormir; amontoou suas roupas e sapatos dentro do xale. Então, girou a maçaneta e entrou no quarto na ponta dos pés.

Cynthia emitiu um ruído e se virou na cama. Tory paralisou, sem se mexer até que a colega de quarto começasse de novo a respirar de forma regular. Cynthia ocupara a cama perto da janela porque tinha uma vista melhor, o que era conveniente agora, já que Tory não tinha de passar por ela para chegar à própria cama.

Depois de esconder a trouxa de roupas no canto entre a parede e seu guarda-roupa, Tory ajeitou as cobertas enroladas que deixara em seu lugar e se enfiou na cama. Agora que estava de volta, sentia-se profundamente exausta, mas também exultante. Que noite! Tinha descoberto todo um mundo novo e uma comunidade de magos que a aceitaram calorosamente.

E um lindo e jovem lorde que nunca falava com meninas... tinha falado com ela.

Blem... blem... BLEM!

O sino acordou Tory com um sobressalto. Abriu os olhos pesados, perguntando-se se havia sonhado com a visita à escola de magos sob a Abadia de Lackland.

Seu olhar recaiu sobre a trouxa de roupas, encostada em seu guarda-roupa. Sua aventura fora real.

Saiu da cama jogando as pernas, contente por sua mãe haver mandado o tapetinho que pedira. Estava menos cansada do que deveria, depois de ter ficado acordada durante metade da noite. A energia extra da srta. Wheaton havia ajudado. Na verdade, sentia-se revigorada.

Cynthia já estava acordada e lutava com seu vestido.

— Amarre aqui nas costas — ordenou. — Lucy está com um resfriado terrível e eu não a quero perto de mim.

— Pobre Lucy. Você é uma patroa muito difícil — observou Tory, colocando-se atrás da colega de quarto para amarrar o bonito laço azul de popeline. — Já pensou em encomendar vestidos que possa colocar sem a ajuda de ninguém?

— Não vou baixar meus padrões! — retrucou Cynthia, alisando a saia do vestido caro. — Você se veste como uma empregada.

— Vejo que está de bom humor, como sempre — disse Tory, rindo. Teve a satisfação de ver Cynthia fechar a cara. Uma boa disposição era o melhor escudo contra o mau humor da colega. — Precisa de mais alguma coisa?

Cynthia levou a mão ao cabelo, como se estivesse cogitando pedir ajuda, então balançou a cabeça.

— Não, mas obrigada. — A cortesia fora relutante, mas ao menos ela agradecera.

Tory terminou de se vestir, apanhou o xale e foi para a capela. Na escada, encontrou-se com Nell Bracken e duas outras garotas. Uma era Mary Janeway; a outra, uma Irregular. O olhar de Mary foi cauteloso, como se temesse que Tory a entregasse.

Tory cumprimentou as meninas da forma costumeira, não dispensando qualquer atenção especial a Mary. Nell Bracken disse:

— Você parece feliz esta manhã, Tory. Boas notícias?

Agir como se nada tivesse mudado podia ser mais difícil do que imaginara.

— Eu havia pedido um tapete para a minha mãe, para colocar ao lado da cama, e ele chegou ontem — explicou. — Incrível como o dia parece melhor quando seus pés não estão congelando.

As outras meninas riram. Nell acrescentou, com certa astúcia:

— Está se adaptando a Lackland, não está?

Tory assentiu.

— Tive uma boa tutora, mas descobri que gosto de frequentar uma escola. — Ela sorriu para as outras. — É bom estar com outras meninas como eu. Até gosto da maior parte das aulas. Com uma exceção.

As outras gemeram em uníssono.

— Qualquer coisa com a srta. Macklin — resumiu Nell. — Ela está me fazendo odiar italiano.

Tory sentia a mesma coisa. Sentava-se nos fundos da sala de aula da srta. Macklin, falava muito pouco e fazia o máximo para não ser notada. Às vezes, isso dava certo.

O outro ponto negativo eram os serviços religiosos com aquele homem terrível. Tory se tornara perita em se desligar das falações e se concentrar nos exercícios de energia. Naquela manhã, contudo, flagrou-se pensando nos Irregulares. Aliar-se com outros magos para defender a Inglaterra parecera romântico e certo na noite anterior.

Agora, de volta ao mundo normal, tinha lá suas dúvidas. O que um grupo de alunos poderia fazer contra os exércitos de Napoleão?

E, de maneira egoísta, ela ainda não estava preparada para abrir mão do sonho de voltar para uma vida razoavelmente normal. Seu irmão e sua irmã ainda a aceitariam se voltasse de Lackland curada, mas será que isso aconteceria se ela assumisse a magia? Era algo que poderia ultrapassar os limites da tolerância.

Não achava que Geoffrey e Sarah fossem capazes de afastá-la totalmente, mas, se Tory fosse publicamente conhecida como maga, talvez não fosse tão bem-vinda nas suas casas. Particularmente depois que as lembranças do resgate de Jamie se esvanecessem com o tempo.

A decisão era importante demais para ser tomada naquele momento. Abaixou a cabeça enquanto Hackett entoava a oração final da missa. Ela se uniria aos Irregulares e aprenderia mais sobre a magia e, se os franceses viessem logo, faria tudo que pudesse para detê-los.

Porém, mentalmente, reservou-se o direito de renegar a magia, caso mudasse de ideia.

CAPÍTULO 15

Apesar das dúvidas, Tory adorava as noites no Labirinto. Aprendia coisas interessantes em todas as aulas. Com a srta. Wheaton, aprendeu a concentrar os pensamentos e as emoções no âmago do seu ser, quando se encontravam desequilibrados, e a focar seus poderes com mais intensidade, uma vez que estivessem centrados.

Com o sr. Stephens, aprendeu feitiços de ilusão. Não tinha grande talento natural na área, mas era muito útil aprender a ocultar coisas que preferia manter em segredo.

Também apreciava conhecer melhor os outros Irregulares. As alunas de Lackland, como Nell, eram agradáveis e boas companhias, mas Tory descobriu que havia um elo mais forte entre os que aceitavam e usavam a magia em vez de negá-la. Talvez por conta dos riscos que estavam correndo, o que tornava a amizade ainda mais profunda.

A única atividade que todos os Irregulares faziam juntos era o círculo de união final. Fora isso, as aulas eram em grupos pequenos com os professores ou com alunos mais avançados. Ela aprendeu os elementos do trabalho climático com Jack Rainford, magia de cura com a srta. Wheaton e com Elspeth, como esquentar ou esfriar coisas com Alice Ripley, a melhor bruxa caseira dali, e a mover objetos com Allarde.

A habilidade de Tory em mesclar as energias dos demais a tornava muito popular nos exercícios que exigiam trabalho em grupo. Uma semana depois de descobrir o Labirinto, teve a oportunidade de ajudar com uma magia bastante prática.

Uma chuva forte começara a cair no final da tarde. Alguns Irregulares tinham a habilidade de repelir gotas, mas vários alunos do vilarejo chegaram ao Labirinto parecendo pintos molhados. Alice teve de esquentar as pedras da cozinha para secar as roupas ensopadas.

Na hora do círculo de união, Jack Rainford informou a todos:

— Lá em cima ainda está caindo mais água do que no tanque da minha mãe em dia de lavar roupa. Não queria ganhar uma dor de cabeça antes da aula tentando fazer a chuva parar, mas, se puder usar a energia do círculo, talvez consiga afastar as nuvens para irmos secos para casa.

— Em vez do círculo, pegue a mão de Tory e veja o que consegue fazer — sugeriu o sr. Stephens. — Alice, você também deveria se unir.

Jack foi até Tory.

— A melhor coisa dessas aulas é a chance de segurar a mão de uma garota bonita — disse ele. Então, estendeu a mão para Alice. — Duas garotas bonitas são ainda melhor!

Todas as meninas do grupo gemeram audivelmente. Jack era provocado com frequência por causa dos flertes. Tory nunca tivera aulas com meninos antes. Descobriu que os dois gêneros tendiam a se tratar mutuamente como irmãos e irmãs. Havia vários relacionamentos românticos, mas provocações amistosas eram muito mais frequentes.

Aprender a relaxar com jovens da sua idade teria sido muito útil se ainda fosse debutar em Londres, o que não aconteceria mais. Meninas que iam para Lackland não eram apresentadas à sociedade.

Descobriu que gostava de ter garotos como amigos. Não sabia muito bem como classificar Allarde e Jack. Nenhum deles era algo tão simples quanto um amigo. Allarde não tinha mais conversado em particular com ela, mas, às vezes, ela sentia seu olhar. E Jack... bem, ele flertava com todas, mas parecia existir um calor especial nos seus olhos em relação a ela. Embora, talvez, todas as meninas achassem a mesma coisa.

Tory, Alice e Jack se deram as mãos.

— Apenas enviem energia para mim — disse ele. — Eu a usarei para afastar as nuvens.

Tory fechou os olhos e deixou a magia fluir. O poder de Alice parecia com o calor que ela gerava tão bem, enquanto Jack era mais tempestuoso. Conforme seus poderes se juntaram, Tory se flagrou acompanhando Jack quando ele lançou a mente para o céu.

Depois de analisar o firmamento, invocou um vento do norte. E Tory estava lá, fazendo parte da magia! Sentiu-se quase tão eufórica como quando flutuava.

Após uns dez minutos, as nuvens de chuva começaram a se dispersar e ir para longe.

— A chuva parou! — disse Jack, triunfante. — Foi bem fácil. Foi um trabalho climático e tanto, mas eu nem senti dor.

— Acho que isso acabou com qualquer dúvida que ainda restasse sobre sua habilidade, Tory — disse o sr. Stephens. — Sua conexão com outros dois talentos fortes possibilitou que Jack usasse suas habilidades climáticas de forma rápida e fácil. Alice, você poderia esquentar a água do chá agora, com a ajuda dos dois?

Alice obedeceu, e a energia entre eles mudou de climática para uma labareda de fogo que não queimava. Era melhor do que caminhar ao sol em um dia de primavera.

— Chega! — exclamou alguém. — A água já está fervendo nas duas chaleiras.

Alice riu.

— Foi o mais rápido que já consegui ferver água! Você é muito útil, Tory.

Tory se iluminou com o elogio. Por ser a mais jovem da família, nunca fora considerada especialmente útil. Aquilo era muito, muito melhor.

— Isso significa que vou participar sempre que for preciso de uma magia poderosa?

— Sem dúvida — disse o sr. Stephens, sorrindo. Em seguida, reuniu os Irregulares com o olhar. — E agora está na hora do nosso círculo de união. Vamos ver se Jack consegue nos trazer sol amanhã de manhã!

Jack pegou novamente a mão de Tory.

— Com a gente aqui, Lackland terá o melhor clima da Inglaterra!

Lá pela quarta sessão de estudos, Tory estabelecera uma rotina para escapulir do quarto. Fez uma trouxa que incluía sapatos e um vestido grosso e simples que era fácil de pôr e tirar. No meio do vestido, a pedra de discrição e, envolvendo tudo isso, seu xale mais quente.

Usou um pouco da manteiga que trouxera do refeitório para lubrificar as dobradiças da porta e do guarda-roupa. Ali guardou sua trouxa, onde não seria notada entre as demais peças. Quando chegava a hora de sair, tirava-a e a levava até o corredor frio e escuro. Vestia-se e descia as escadas, às vezes cruzando com outros Irregulares a caminho do Labirinto.

Estudar com outros magos era energizante. Combinado ao suave poder de cura que a srta. Wheaton acrescentava ao círculo de união, ela nunca se sentia cansada demais para as aulas regulares no dia seguinte.

Na quarta noite, Tory escolheu o túnel que terminava no porão do refeitório. Era sua rota favorita porque o gato malhado da primeira noite se tornara seu amigo e exigia carinhos. Depois de coçar o pescoço e o queixo do gato, abriu a porta para o Labirinto, apanhou uma lâmpada mágica e desceu as escadas.

Naquela noite, teria uma aula de cura com a srta. Wheaton e dois outros alunos que haviam começado naquele período letivo. Essa era outra área em que Tory não tinha qualquer dom especial, mas, como era uma habilidade útil, estava determinada a tirar o máximo proveito de qualquer talento que tivesse. Como os meninos viviam se machucando em seus infinitos jogos, quase sempre havia algum jovem em quem praticar.

Mais da metade dos alunos já estava ali quando Tory chegou ao salão central. Olhou em volta à procura da srta. Wheaton. Ah, ali estava ela, conversando com o sr. Stephens antes do início das aulas. Àquela altura, Tory já se havia acostumado a ver um brilho de energia cor-de-rosa entre eles sempre que estavam próximos. Perguntava-se se eles aproveitavam para trocar uns beijinhos depois que todos iam embora.

Tory atravessava o salão quando ouviu uma voz conhecida dizer, com raiva:

— Que porcaria está acontecendo aqui?

Não, não podia ser! Tory se virou e viu Cynthia Stanton saindo do mesmo túnel que havia usado, tão elegante quanto se estivesse indo a um chá. A bruxa a havia seguido!

— Srta. Stanton. — O sr. Stephens se adiantou para cumprimentar Cynthia. — Que prazer inesperado! Você não vai se lembrar, mas já esteve aqui, assim que chegou a Lackland. Os Irregulares são alunos que escolheram desenvolver suas habilidades e formar uma milícia mágica para defender o país caso Napoleão decida invadir.

Cynthia franziu a testa.

— Até parece útil, mas não me lembro de ter estado aqui.

— Você decidiu não se juntar a nós, então recebeu um feitiço de sonho e foi mandada de volta ao quarto. — O sr. Stephens inclinou a cabeça para um lado, enquanto a analisava. — O que a traz aqui uma segunda vez?

Cynthia apontou um dedo comprido para Tory.

— *Ela* vem escapulindo do nosso quarto. Achei que podia ter encontrado um jeito de chegar à escola dos meninos, então, hoje, eu a segui para ver o que estava aprontando.

— Estudando — disse Tory com acidez. — Se puder ajudar a manter a Inglaterra segura, é o que farei.

— Eu também me importo com o meu país! — retrucou Cynthia. Seu olhar passeou pelo salão. A essa altura, a maioria dos Irregulares já tinha chegado e a observava com desgosto ou admiração, dependendo se eram meninas que a conheciam ou meninos que viam apenas sua beleza loura.

O olhar de Cynthia se deteve.

— Allarde? — disse ela com descrença. — *Você* está aqui? Seu pai vai deserdá-lo!

— Se ele quiser fazer isso, que faça — disse Allarde calmamente. — Muitos dos meus antepassados deram a vida pela Inglaterra nos campos de batalha. Um título é um preço muito pequeno comparado a isso.

— Sou tão patriota quanto qualquer um aqui — disse Cynthia com indignação. — Mas por que estão tão preocupados com essa possibilidade de invasão? A Marinha Real nos protegerá.

— Certamente tentará — respondeu a srta. Wheaton. — Mas alguns dos melhores videntes acreditam que Napoleão vai invadir e que seus exércitos têm boa chance de sucesso. Se Lackland terminar como um campo de batalha, estaremos prontos para ajudar na defesa.

Cynthia mordeu o lábio e seu olhar se voltou novamente para Allarde.

— Se é assim, então também quero ser uma Irregular.

A srta. Wheaton franziu a testa.

— Nunca tivemos um aluno que se recusasse a participar e mudasse de ideia depois.

Tory desconfiava que a professora tivesse visto o interesse de Cynthia por Allarde e estivesse questionando a verdadeira motivação da garota. Com razão. Ao se tornar uma Irregular, a garota conseguiria se aproximar mais facilmente de Allarde. No entanto, a maldita tinha uma aura bastante poderosa de magia à sua volta.

— Deixe-me conversar com o sr. Stephens. — A srta. Wheaton e o outro professor foram para um lado e conversaram em voz baixa. Tory desconfiava que o tom do papo fosse no sentido de "Lady Cynthia é egoísta e está mais preocupada em perseguir Allarde" versus "mas ela realmente tem muito poder e sempre podemos pôr um feitiço de sonho nela e mandá-la embora, se causar problemas".

Depois da conversa, o sr. Stephens colocou os Irregulares para estudar, enquanto a srta. Wheaton voltou até onde Cynthia esperava.

— Seu desejo de servir é louvável — disse ela, com um toque de ironia na voz. — Como se recusou a se unir a nós uma vez, decidimos que deve aceitar um feitiço especial durante o resto deste período letivo. Está disposta a isso?

— O que ele faria? — perguntou Cynthia, desconfiada.

— Você não conseguirá falar do Labirinto nem dos Irregulares quando estiver lá em cima. Parece razoável, já que mudou de ideia duas vezes.

Cynthia lançou mais um olhar a Allarde.

— Eu aceito — disse, rigidamente.

— Muito bem. Tory, esta noite você trabalhará com Elspeth na habilidade de cura porque eu terei de explicar mais sobre o Labirinto à srta. Stanton.

— Imagino que deva lhe agradecer por ter me trazido até aqui para me unir a um trabalho tão valioso — disse Cynthia, com falsa doçura.

— Não precisa me agradecer — respondeu Tory, com igual falsidade. Tentando não parecer afetada por aquilo, virou-se para procurar Elspeth.

Pelo menos não iria mais precisar se vestir no corredor frio e cheio de correntes de ar antes de ir para o Labirinto.

CAPÍTULO 16

Elspeth e Tory conduziram Cynthia de volta à escola quando a sessão de estudos terminou. Durante o círculo final de união, Tory fora capaz de identificar a energia de Cynthia, que era irrequieta e infeliz. Não era de admirar que estivesse sempre mal-humorada. Tory sentiu um pouco mais de empatia pela colega de quarto, mas desconfiava que a garota seria uma energia problemática no grupo dos Irregulares.

Quando estavam saindo do salão, Cynthia disse, irritada:

— Não pensem que vou tratar vocês como amigas só porque estamos estudando juntas.

— Você promete? — murmurou Tory.

Quando Cynthia fechou a cara, Elspeth perguntou:

— Vejo um brilho vermelho intenso ao redor do seu baixo-ventre. Está com cólica?

— E o que você tem a ver com isso? — retrucou a garota.

— Seria uma explicação para seu mau humor — disse Elspeth, com acidez. — Se quiser, posso tirar sua dor.

Cynthia hesitou, dividida entre a dor e aceitar ajuda de uma menina que desprezava.

— O que vai fazer?

— Colocar a mão no seu abdome e enviar energia de cura. Só leva alguns minutos.

— Ela é muito boa — disse Tory, ajudando. — Mas você provavelmente merece sofrer, então espero que recuse.

Dardejando Tory com o olhar, Cynthia disse:

— Vá em frente. Meu pai sempre disse que a cura mágica não passa de encenação.

— Então ele nunca a experimentou. Fique quieta. — Elspeth se aproximou de Cynthia e, gentilmente, colocou a mão aberta sobre o baixo-ventre da menina. Cynthia se retraiu um pouco com o toque, mas não se afastou.

Elspeth fechou os olhos, concentrada. Tory podia ver o fluxo de energia branca de cura que ela emitia.

Depois de um ou dois minutos, Cynthia ofegou:

— Eu me sinto bem melhor!

— Me dê mais alguns minutos e vai melhorar ainda mais — prometeu Elspeth.

As três ficaram em silêncio até que Elspeth abriu os olhos.

— Deve durar até que a menstruação termine, daqui a dois dias.

Cynthia disse, com má vontade:

— Talvez não seja encenação, afinal.

— Mesmo os aristocratas mais teimosos contratam curandeiros quando ficam doentes — disse Elspeth, secamente. — Uma pena que seu pai não tenha sido tão flexível. Sua mãe poderia ainda estar viva.

Cynthia ficou branca, deu meia-volta e quase correu pelo corredor. Elspeth suspirou:

— Não foi muito gentil da minha parte, mas ela consegue ser bem... difícil.

— Fique feliz por não dividir o quarto com ela — respondeu Tory. — Por sorte, ela geralmente me ignora.

Elas chegaram a um cruzamento de passagens. Elspeth disse:

— Vou seguir por esta outra rota até a escola. É covardia da minha parte, mas posso dizer a mim mesma que estou levando em conta os sentimentos da Cynthia, já que ela provavelmente não quer me ver novamente.

— É, definitivamente, covardia — concordou Tory. — Durma bem e, mais uma vez, obrigada pela aula de cura. Nunca serei tão boa quanto você, mas ao menos ajudei um pouco dois meninos que estavam machucados do futebol.

Elspeth virou à esquerda, enquanto Tory seguiu Cynthia a alguns passos de distância. Encontrou a colega de quarto no final do corredor, praguejando baixinho enquanto tentava abrir a porta do porão do refeitório. Virou-se para Tory, furiosa:

— Pensei que tivessem me abandonado aqui embaixo.

— Eu não seria capaz de fazer isso com ninguém. — As palavras *nem com você* pairaram no ar, não ditas. Tory ficou na ponta dos pés para tocar o ponto prateado que controlava a porta, que, silenciosamente, se abriu.

— Como você fez isso? — inquiriu Cynthia.

— Os túneis têm cores-chave para guiar as pessoas pelo labirinto aqui embaixo. Este aqui é prateado — Tory tocou no ponto colorido novamente e a porta se fechou —, que é a cor mais difícil de se ver contra o fundo de calcário branco. Somente aqueles que têm poderes mágicos podem ver as cores e usá-las para abrir portas.

Cynthia tocou a mancha prateada, sorrindo involuntariamente quando a porta se abriu, depois voltou a se fechar com um segundo toque.

— Isso é divertido. Quantos túneis existem?

— Um monte. Estou começando a conhecer os que começam no lado das meninas, mas existe ao menos a mesma quantidade no lado dos meninos, e outros que começam no lado de fora da abadia. É por eles que os alunos do vilarejo vêm.

A cara fechada de Cynthia voltou.

— Nunca pensei que fosse me relacionar com bruxas caseiras de vilarejos! Você parece apreciar a magia, apesar de ela estar destruindo a sua vida. Jamais terá um casamento decente se permitir que o mundo saiba que você é uma maga.

— Você também está se unindo aos Irregulares — observou Tory.

— Se puder ajudar a afastar os invasores usando a magia, é o que farei — disse Cynthia. — Mas não vou me anunciar ao mundo como maga!

Pelo menos Cynthia era honesta quanto aos seus sentimentos ambíguos. Embora os sentimentos de Tory fossem parecidos, ela não falava sobre eles.

— Minha ideia de um casamento decente está mudando. Talvez nenhum lorde me queira, mas existem outros homens bons no mundo. Mais do que existem lordes.

O nariz elegante de Cynthia se enrugou.

— Você quer dizer plebeus asquerosos como aquele garoto louro do vilarejo?

— Jack Rainford? Ele é plebeu, mas não é asqueroso — disse Tory, animada. — Ele é inteligente, divertido, além de ser um mago poderoso e bem bonitão. Poderia ser pior, viu?

Cynthia bufou em discordância e abriu novamente a porta do porão.

— Felizmente, nem todos os garotos nos Irregulares são... — Sua voz desapareceu quando ela atravessou a porta. Espantada, virou-se para Tory. Depois de pigarrear, disse: — Perdi a voz por um instante!

— É o feitiço — disse Tory. — Você não consegue falar sobre a escola na superfície.

Cynthia parecia prestes a explodir. Voltou para dentro do túnel e grunhiu:
— Isso é *deplorável*!

Então, entrou no porão e a luz de sua lâmpada mágica diminuiu. Tory a seguiu, devagar. Quanto tempo levaria para ela desistir novamente?

Não muito, Tory desconfiava. Não muito mesmo.

Porém, Cynthia compareceu à próxima aula, e à seguinte e à outra depois daquela. Estava sempre carrancuda, e os vestidos de seda que usava pareciam refinados demais para estudar magia, mas ia mesmo assim. Embora sua habilidade mágica fosse destreinada, a garota tinha um talento claro para a magia climática, o que significava que tinha de praticar com Jack, o "plebeu asqueroso".

Naturalmente, Jack estava sempre flertando com Cynthia. Tory achava graça, mas sentia também um respeito ressentido pela tenacidade da colega de quarto.

Lá pela metade de outubro, o inverno começou a se mostrar nos ventos frios vindos do mar. Por sorte, Tory aprendera um feitiço com Alice, a bruxa caseira, que a ajudava a se manter aquecida. Alice podia controlar tão bem a temperatura que se sentia sempre à vontade. Tory não era tão boa quanto ela, mas pelo menos não se sentia a ponto de congelar quando saía à noite.

Não aconteceu muita coisa que perturbasse a rotina até a noite em que foi jantar e encontrou Elaine Hammond, uma das meninas do grupo de Nell Bracken, efervescente de felicidade. Elaine tinha 19 anos, era uma menina loura e bonita, de bom temperamento. Estava rodeada de outras meninas que gritavam de alegria e lhe davam os parabéns.

Tory perguntou:

— O que aconteceu de tão maravilhoso, Elaine?

Elaine sorriu para ela.

— A srta. Wheaton disse que estou pronta para ir embora! Meu amado vive dizendo que ainda quer se casar comigo e, finalmente, agora posso aceitar!

— Que maravilha! — Tory abraçou a garota. — Quando vai embora?

— Até sexta-feira, espero!

— Os pais do seu amado não se importam que ele se case com uma garota que esteve em Lackland? — perguntou Tory, com interesse.

— A família dele me adora. *Gostam* da ideia de que nossos filhos possam ter poderes mágicos. O pai de Harry é proprietário de algumas minas em Yorkshire e seus negócios são bastante prósperos.

Tory riu.

— Deixe-me adivinhar. Antes de você vir para Lackland, seus pais desaprovavam seu casamento com um homem cuja família é comerciante, mas, agora, estão felizes que um jovem de família próspera esteja apaixonado por você.

Elaine assentiu vigorosamente.

— Meus pais tinham me proibido de ver Harry, antes de descobrirem meus talentos infelizes. Diziam que ele não era bom o bastante para mim. Agora se resignaram com o fato de que tenho sorte de tê-lo, ainda que sua família seja de comerciantes; portanto, os proclamas do casamento serão publicados imediatamente. Dentro de um mês, estaremos casados!

— Fico muito feliz por você — disse Tory, com sinceridade. Ela se afastou quando outra menina veio dar os parabéns. A situação de Elaine dava esperanças a todas ali, já que seus poderes mágicos tinham, na verdade, removido os obstáculos para que se casasse com o amado. Tory não achava que Elaine tivesse muito poder e a menina tampouco parecia sentir qualquer arrependimento por tê-los bloqueado. E tinha sorte por isso.

Uma criada se aproximou e entregou uma carta a Tory.

— Para você, srta. Mansfield.

A carta tinha o timbre do seu pai, o que significava que "Fairmount" estava escrito no canto superior direito, em sua caligrafia arrojada. Os nobres do reino, como seu pai, tinham isenção de porte postal, então podiam enviar cartas de forma gratuita. Tory nunca havia parado para pensar que homens ricos usavam o Correio Real de graça, enquanto criadas pobres de cozinha e trabalhadores rurais tinham de pagar, mas agora aquilo lhe parecia injusto.

Lorde Fairmount não tinha escrito uma só palavra para Tory nos dois meses em que ela estivera em Lackland. Aquela carta era de sua mãe, que escrevia semanalmente com notícias da casa e dos vizinhos. A situação de Tory nunca era mencionada. Embora não fossem muito satisfatórias, as cartas ao menos provavam que não tinha sido completamente esquecida.

Depois de um parágrafo sobre os inquilinos que estavam doentes e como sua mãe levara geleias e xaropes aos inválidos, o tom ficou sério:

Minha querida, eu sei quão ansiosa você está em vir para casa para o Natal e para o casamento de Sarah. Infelizmente, seu pai a proibiu de fazê-lo. Ele acredita que, quanto mais tempo você passar em Lackland, mais rapidamente será curada. Ficarei muito triste por não vê-la, mas irei escrever todos os detalhes do casamento. Estude bastante, minha menina querida.

Tory quase chorou de decepção. Queria muito voltar para casa e dormir na própria cama, ainda que fosse apenas por quinze dias. Como poderia perder o casamento de Sarah?

Releu a carta como se pudesse mudar as palavras e percebeu o que a mãe fora diplomática demais para dizer: seu pai não queria que os convidados do casamento vissem a filha execrada que fora para Lackland.

Embora o conde não a houvesse deserdado oficialmente, sentia vergonha dela. Talvez jamais permitisse que ela voltasse a Fairmount Hall. Quanto tempo levaria até que esquecessem que Lorde Fairmount tinha uma filha caçula?

Ela já havia começado a desaparecer.

CAPÍTULO 17

O humor de Tory estava sombrio ao se dirigir para o Labirinto naquela noite. Se não era bem-vinda na própria casa, pelo menos era ali.

Não querendo ter de lidar com Cynthia, deixou a garota ir na frente, seguindo-a alguns minutos depois. Naquela noite, teria uma aula com a srta. Wheaton. Quando chegou ao salão central, encontrou a professora escrevendo bilhetes em uma mesa. Aproximando-se, disse:

— Boa noite, srta. Wheaton. O que aprenderei hoje?

A professora levantou os olhos, sorrindo.

— Como conservar cuidadosamente sua energia para não se desgastar depressa demais e ficar exausta.

— Seria ótimo aprender isso! — disse Tory, ocupando uma cadeira à mesa.

— É uma das habilidades mais valiosas que um mago pode ter. — A srta. Wheaton franziu os lábios, pensativa. — Preciso falar com o sr. Stephens sobre praticarmos o que fazer caso façam uma incursão no Labirinto. Já faz algum tempo que não tentam invadir aqui, então ficamos um pouco relaxados. Mas cerca de meia dúzia de novos Irregulares se uniram a nós, portanto precisamos garantir que todo mundo saiba o que fazer.

Tory franziu a testa.

— E o que devemos fazer se as autoridades da escola vierem atrás de nós?

— Basicamente, correr — disse a srta. Wheaton, com uma risada.

— Como galinhas quando uma raposa entra no quintal? — perguntou Tory, incerta.

— Não, há monitores para os três grupos — explicou a professora. — Allarde para os garotos de Lackland, Elspeth para as meninas e Jack Rainford para os alunos do vilarejo. Eles garantem que todos em seu grupo saiam em segurança. Dá tempo de organizar todo mundo porque há sensores mágicos nas entradas que nos avisam quando começa uma invasão. Quando soa o alarme, a maior parte das lâmpadas mágicas se apaga para que os invasores não reconheçam ninguém. Fica apenas luz suficiente para não darmos de cara nas paredes. Os túneis são tão confusos que é fácil evitar os invasores. Se um túnel ou uma saída estiver sendo guardado, sempre existem outras opções.

— O que acontece com o aluno que for apanhado? Ou isso nunca aconteceu?

— Aconteceu, embora poucas vezes. O aluno é espancado com vara, o que já é ruim. Mas o pior de tudo é que qualquer aluno que seja apanhado aqui praticando magia passará a ser trancado no quarto à noite durante sua permanência na escola.

— Que horrível ser separado dos demais Irregulares! — exclamou Tory, pensando em como os magos do grupo se haviam tornado seus amigos e sua comunidade.

— A maior parte dos alunos encontra alguma forma de compensação. Vários se tornam especialistas em arrombar fechaduras. Outros se esgueiram para o Labirinto durante o dia para praticar magia. Mas não é a mesma coisa que as sessões regulares, claro.

Para dizer o mínimo. Tory jurou dedicar mais tempo a conhecer os túneis para garantir que nunca fosse apanhada. Lackland já era prisão suficiente. Ficar trancada em seu quarto seria uma prisão dentro da prisão.

— Boa noite, Victoria.

Um arrepio correu por sua espinha ao reconhecer a voz de Allarde. Virou-se e o cumprimentou com um sorriso, que esperava que não fosse exagerado como o de uma louca.

— Boa noite, Allarde. Vai participar da aula da srta. Wheaton hoje?

— Sim. Meu amigo Colin também. Já trabalharam juntos?

— Na verdade, não — disse Colin. De altura mediana e cabelos ruivos, ele tinha sardas e um sorriso contagiante. — Apenas nos círculos de união.

— Hora de consertar isso — respondeu Tory. — Você tem uma especialidade mágica, Colin?

— Sou bom para encontrar coisas ou pessoas perdidas. — Ele riu. — Não é uma habilidade muito glamorosa, mas é útil.

— Esplêndido! — exclamou ela. — Pode me dizer onde perdi um broche de prata que minha irmã me deu? Ou precisa procurar pessoalmente pelo objeto?

Ele inclinou a cabeça para o lado.

— Você o perdeu há uns três dias?

Quando ela assentiu, Colin fechou os olhos.

— O fecho quebrou quando você estava atravessando o jardim do claustro. O broche está no lado oeste, a cerca de um metro da fonte. Vai precisar cavoucar a grama um pouco. Acho que alguém pisou no broche depois da chuva e ele ficou enterrado, mas você deve conseguir pegá-lo sem muito esforço.

— Obrigada! — exclamou ela. — Fiquei muito triste por perdê-lo.

— Como disse, é um talento bem útil. — Mary Janeway se juntou a eles e a atenção de Colin se voltou para ela. — Boa noite, Mary. Fico feliz que iremos trabalhar juntos esta noite.

Mary lhe deu um sorriso acanhado. Tory viu um leve brilho cor-de-rosa entre os dois e adivinhou que havia um romance começando ali.

Quando começaram a conversar, ela se virou e deparou com Allarde observando-a com uma intensidade inquietante. Sentindo-se ousada, ela disse:

— É minha imaginação ou você frequentemente me olha de uma forma que não é nada casual?

Ele baixou o olhar.

— Não é sua imaginação. Desculpe. Normalmente não sou tão grosseiro, mas tem... alguma coisa em você. Desde que o dia em que chegou ao Labirinto, senti uma conexão que não entendo. Você também sente?

— Sim, mas também não entendo — respondeu Tory. — Mas Elspeth nos observou naquele primeiro dia e diz que existem conexões de vários tipos. Talvez nossas energias possam se misturar particularmente bem quando trabalharmos juntos.

A expressão de Allarde relaxou.

— Deve ser isso. Não posso imaginar que outro tipo de conexão poderia haver entre a gente.

Ficou claro que ele preferia que a conexão energética tivesse relação com magia, e não com romance, pensou Tory, pesarosa. Mas a explicação de Elspeth o fez parecer mais à vontade, o que era bom.

A srta. Wheaton disse:

— Hora de começar a aula. Colin...

Antes que pudesse terminar, uma buzina soou e a maior parte das lâmpadas mágicas se apagou, deixando o salão quase às escuras. A srta. Wheaton ofegou:

— Invasores!

Após um momento de paralisação, o sr. Stephens subiu no tablado e elevou a voz para ser ouvido por todo o salão.

— Os invasores estão usando os túneis azuis em ambos os lados, o túnel verde no lado dos meninos — hesitou, concentrando-se — e o vermelho no lado das meninas. Monitores, cuidem daqueles sob sua responsabilidade. Há apenas cerca de uma dúzia de invasores e, como só estão usando quatro túneis, será possível escapar com facilidade. Nos encontraremos novamente na semana que vem.

A despeito das palavras calmas do professor, a ansiedade percorreu o salão como um vento frio. Cadeiras se arrastaram e vozes se elevaram à medida que os alunos se dirigiam para as saídas. Allarde hesitou, a expressão dividida.

— Preciso ir. Apenas faça o que Elspeth mandar e dará tudo certo.

— Ficarei bem — garantiu a ele. — Você tem suas obrigações. Vejo você na próxima sessão de estudos.

Ele tocou em seu cabelo por um instante, então girou e saiu para reunir os meninos pelos quais era responsável. A surpresa imobilizou Tory por um momento. Allarde não estava agindo como um simples colega de estudos de magia.

Deixando o pensamento para mais tarde, virou-se e viu Elspeth conduzindo rapidamente as meninas. Tory foi até o grupo que se reunia, dizendo a si mesma que aquilo acontecia com frequência e que os invasores quase nunca apanhavam ninguém. Praticamente só queriam atrapalhar as aulas e, talvez, assustar os mais tímidos.

— Vou na frente — gritou Elspeth, varrendo com o olhar as meninas que se reuniam à sua volta. — Se vir um invasor, jogarei uma ilusão nele e gritarei um aviso para vocês se dividirem em grupos menores e pegarem outros caminhos. Haverá magos entre eles, então suas pedras de discrição não irão ajudar, mas não se preocupem. Em todos estes anos que estou aqui, nunca pegaram nenhum aluno.

A maior parte das meninas já havia feito exercícios de evacuação, então não houve pânico enquanto seguiam Elspeth pelo túnel verde. Tory e Cynthia foram as últimas a chegar, por isso ficaram na retaguarda do grupo. A outra garota havia perdido sua elegância lânguida de costume e se encontrava visivelmente agitada.

— Se meu pai descobrir que estou estudando magia, vai me matar!

— Ele não vai descobrir — disse Tory de forma tranquilizadora. — Não é por acaso que isto se chama Labirinto. Vamos evitar os invasores e chegar seguras à cama em poucos minutos.

— E se eu me perder aqui embaixo?

— Não vai. Se tivermos que nos separar, apenas use os códigos de cor para chegar à superfície. Ficarei de olho em você. — Tory ficou para trás e deixou que Cynthia fosse na frente.

As meninas andavam o mais depressa possível, mas a maioria usava sapatilhas leves que não eram feitas para correr. A ansiedade de Tory aumentou quando ouviu passos pesados por perto. Um homem gritou, e outros se juntaram a ele, berrando como uma matilha de lobos atrás de uma raposa. Vozes furiosas ecoaram pelos túneis, hostis e ameaçadoras.

Desejando não ter pensado em caçadores galopando atrás da presa, Tory precisou se esforçar para ficar calma. Se ao menos as outras meninas fossem mais rápidas! Ser a última do grupo estava deixando seus nervos em frangalhos.

Ao passar por um túnel que cruzava com o seu, uma voz rouca gritou:

— Ali vai uma das insolentes! Agarrem-na!

Sua pulsação se acelerou de medo. Percebendo que era a única menina que poderia ter sido vista, deu meia-volta e retornou por onde viera, esperando levar os perseguidores para longe do grupo. Com sapatos práticos, podia correr a toda velocidade, o que lhe dava uma sensação boa.

Sua artimanha funcionou. Às suas costas, muito perto, a mesma voz gritou:

— Por aqui!

A que distância estaria o próximo cruzamento de túneis? Longe, muito longe!

Chegou a um cruzamento e virou à esquerda.

— Ela foi para a esquerda! — gritou a voz rouca.

Maldição, os invasores estavam perto o bastante para vê-la! Também tinham boas luzes, tão fortes e estáveis que só podiam ser lâmpadas mágicas. Isso confirmava que havia magos no grupo de invasores. Traidores! Elspeth dissera que magos não prejudicavam magos, mas aqueles ali pareciam não saber disso.

Os homens corriam mais rápido do que ela e estavam se aproximando. Ofegante, Tory disparou por outro túnel, lançando-se por mais outro. Nem se importou com códigos de cores. O que importava era escapar dos demônios que a perseguiam. Poderia descobrir onde estava depois que estivesse em segurança.

— Lá está ela! — Mais uma vez, eles a viram.

Desesperada, correu por outra passagem. Desejou poder apagar a lâmpada mágica que carregava, mas, sem ela, arriscava dar de cara com uma parede e rachar a cabeça. Então, eles a pegariam com certeza.

Outra curva... e, para seu horror, viu que aquela passagem não tinha saída. Não havia mais para onde correr.

Quis chorar. Gritar. Rezar. Fechou os olhos por um instante, tentando não pensar em passar o resto dos seus anos em Lackland trancada em uma cela toda noite.

Não! Abriu os olhos e viu que o túnel agora terminava em um espelho prateado de corpo inteiro. De onde diabos saíra aquilo? Podia jurar que não estava ali um minuto atrás. O espelho era quase tão largo e alto quanto a passagem, e a superfície brilhante a refletiu e também a luz mortiça em sua mão quando se aproximou.

— Ela deve ter entrado por ali! — gritou a voz rouca.

Tory diminuiu o passo ao se aproximar do espelho, estendendo a mão na esperança de conseguir movê-lo para o lado e se esconder atrás. Tocou na superfície e ele se tornou negro como um abismo...

... e ela mergulhou no inferno.

CAPÍTULO 18

Lackland, Segunda Guerra Mundial

Tory tropeçou sem qualquer controle e caiu na escuridão. Estava caindo, caindo, e sendo despedaçada em fragmentos gritantes...

Chocou-se com força no chão e, então, o mundo inteiro escureceu.

A consciência retornou com uma lentidão irregular. Pedra fria e úmida sob sua barriga. Escuridão absoluta. Desorientada e trêmula, tentou entender o que havia acontecido. Em que inferno de lugar estava? Não ouvia mais os ruídos da perseguição. Só havia escuridão e silêncio.

Ainda devia estar no túnel. O chão sob ela tinha a textura levemente irregular de pedra calcária e o ar apresentava uma umidade fria familiar. Portanto, devia estar no Labirinto. Se ficara desacordada por algum tempo, àquela altura os invasores provavelmente já tinham ido embora.

Vira um espelho e, ao tocar em sua superfície, ela parecia ter sido transportada para aquele lugar. Será que ele era um portal mágico para um local seguro? Lentamente, tentou se sentar e sentir o que havia à sua volta. Seus dedos tocaram em uma parede de calcário, mas não sentiu espelho algum.

Seu estômago estava revirado e ela ficaria cheia de hematomas na manhã seguinte, mas não houvera nenhum dano mais sério, apesar dos momentos aterrorizantes em que pensou que estava sendo despedaçada. Fechou os olhos e conduziu a energia ainda irregular para o centro de si mesma. Reequilibrada, usou a magia de aquecimento que aprendera com Alice Ripley para atingir uma temperatura mais confortável.

Como ainda não podia ouvir nenhum som dos invasores, criou uma lâmpada mágica, mantendo a luz baixa por precaução. Esta confirmou que estava em um túnel do Labirinto, embora parecesse não ser usado havia anos. Havia uma camada áspera de poeira no chão, sem qualquer marca de pegada. Não havia nem sinal do espelho.

O portal devia tê-la transferido para uma passagem abandonada. Rezou para que não estivesse lacrada. Não, podia sentir uma leve corrente de ar se movendo. Levantou-se e foi na direção do ar, com todos os sentidos em alerta.

Sentiu-se aliviada ao chegar a um cruzamento entre túneis, mas não pôde ver qualquer ponto de código de cor. Aquela passagem não devia fazer parte do Labirinto.

Continuou seguindo em frente. Na interseção seguinte, procurou mais uma vez um código de cor. Nada. Dessa vez, esticou-se e tocou o ponto no qual as cores normalmente ficavam.

Um brilho apareceu, tão leve que não tinha certeza de sua cor. Podia ser azul, cinza ou até mesmo prateado. A magia havia quase desaparecido, mas, ainda assim, era reconfortante. Enviou energia ao ponto colorido, renovando a cor até que ficasse de um azul reconhecível, tornando possível encontrar o caminho de volta depois.

Seguiu pela passagem que cruzava com seu túnel, já que, nesta, o código de cor era visível. Ainda caminhava sobre poeira intacta, deixando rastros pequenos e definidos. Se alguém a estivesse seguindo, seria fácil encontrá--la. Todavia, não tinha a sensação de que havia mais alguém ali embaixo.

Ficou novamente aliviada quando o túnel terminou em degraus empoeirados para cima. Eles pareciam familiares, mas a poeira provava que não era uma passagem que seus colegas usavam com frequência. Subiu até o patamar e tocou no ponto do código de cor.

Houve um fraco brilho e a porta rangeu, mas não se abriu. Tory franziu a testa. Havia magos entre os invasores; eles provaram aquilo ao usar lâmpadas mágicas. Poderiam ter feito alguma feitiçaria poderosa para retirar a magia do Labirinto? Nunca ouvira falar em tal coisa, mas ordens religiosas primitivas conseguiram concentrar a magia de Lackland abaixo da superfície, então o processo talvez pudesse ter sido revertido.

Tocou novamente no ponto mágico, dessa vez colocando nele sua própria energia. Rangendo horrivelmente, a porta pesada se abriu em uma série de pequenos solavancos. Ela a atravessou correndo assim que a abertura foi suficiente. Não queria ficar no Labirinto se a magia falhasse completamente e a porta voltasse a se fechar.

Entrou no que parecia ser um porão de pedra, só que sem teto. Ainda era noite, portanto não ficara inconsciente por muito tempo. Um luar frio iluminava os montes de escombros pelo chão. O porão não parecia nem um pouco familiar. Talvez tivesse saído no lado dos meninos.

Olhou para o céu acima e franziu a testa. A lua não tinha recentemente começado a crescer? Aquela sobre a sua cabeça, que devia estar crescente, estava quase cheia. Devia ter-se ocupado tanto com a escola e com os Irregulares que perdera de vista as fases da lua.

Ainda assim, era conveniente que houvesse luz o bastante para iluminar o caminho para fora do porão. Deixou a lâmpada mágica se apagar. Já que não sabia direito onde estava, era melhor não chamar atenção.

Com cuidado, contornou as pedras caídas que entulhavam o porão. Havia muito tempo que aquele edifício não era usado.

Os degraus no outro lado eram de pedra, sólidos, então ela começou a subir. O ar estava mais quente do que quando ela descera ao Labirinto no início da noite.

Na metade da subida, ela parou, a pele se arrepiando de inquietação. O ar não tinha cheiro nem aparência de outubro. O vento vinha carregado dos aromas de plantas brotando, não das folhas mortas de outono. A noite cheirava a primavera.

Lembrou-se de contos da carochinha sobre a terra das fadas, onde mortais dormiam por anos ao serem encantados. Porém, ela não havia sido encantada, havia sido perseguida. Do alto da escada, olhou ao redor.

A Abadia de Lackland jazia em ruínas.

Ofegou, incrédula. Como aquilo podia ter acontecido em apenas algumas horas? O formato geral das construções era reconhecível, inclusive a torre da capela, mas os telhados tinham ruído e as paredes, desmoronado. Aparentemente, havia saído no porão do velho refeitório, embora fosse difícil saber ao certo.

O pânico a invadiu, rápido e paralisante. Ela o obrigou a retroceder. Não havia nenhuma ameaça nítida ali. Não havia *nada* ali.

Não podia ignorar a lua, a estação do ano e as ruínas. Estava em uma época diferente.

Lutando para dominar o medo, foi em direção ao portão principal. Caminharia até o vilarejo. A escola podia ter sido fechada e, as pedras, removidas para o uso em outras construções, mas, sem dúvida, o vilarejo ainda existia. Ainda que se houvessem passado muitos anos, Jack Rainford ou outros Irregulares do local se lembrariam dela e ofereceriam ajuda.

Quase tropeçou em um buraco irregular que destruíra grande parte do calçamento da entrada. A luz da lua a salvou, revelando o perigo no momento certo. Olhou para o chão, perguntando-se o que poderia ter feito aquele buraco tão grande e rudimentar. O cheiro da terra estava fresco.

Deus do céu, será que os franceses haviam invadido e aquela cratera fora produzida pelo impacto de um tiro de canhão? O que acontecera? Em que época ela estava?

O vilarejo de Lackland. Rezou para encontrar respostas ali.

A entrada da abadia estava quase totalmente tomada pelo mato. O ferrolho na portinhola do portão principal estava quebrado, então foi fácil sair. As paredes ainda eram bastante impressionantes, embora as lanças parecessem enferrujadas. Com cautela, saiu.

A estrada ainda estava ali, mas coberta por uma substância dura e escura. Nas cidades, as ruas principais normalmente eram pavimentadas com pedras ou, às vezes, tijolos, mas as estradas rurais eram quase sempre de grama, lodo e raízes.

Haviam se passado anos suficientes para que a abadia ruísse, também houvera tempo para que as estradas mudassem. Ajoelhou-se e tocou a superfície. A textura era um pouco áspera, mas, de modo geral, era lisa e dura. Excelente para carruagens, embora não tão boa para os cascos dos cavalos.

Levantou-se, limpando as mãos. Quantos anos se teriam passado? Alguém que ainda se lembrasse dela estaria vivo?

Quase morreu de susto. Algo branco e fantasmagórico estava vindo, a passos pesados, na sua direção. Cobriu a boca com a mão para abafar um grito e recuou até o portão da escola, com o olhar fixo na *coisa*...

Que mugiu para ela. Fraca pelo alívio, produziu uma lâmpada mágica suficientemente clara e viu uma vaca com grandes listras brancas na lateral do corpo. O desenho parecia regular demais para ser natural, mas por que alguém pintaria listras em uma vaca?

Ela lançou um olhar entediado ao passar por Tory. Esta engoliu em seco e atravessou até a calçada que percorrera com a srta. Wheaton. Aquela trilha era muito mais direta do que a estrada costeira, e seria uma caminhada agradável através dos bosques primaveris.

Trilhas inglesas eram antiquíssimas e era tranquilizador saber que aquela não havia mudado muito. Árvores haviam crescido e caído, e novas plantas tinham surgido, mas a trilha era basicamente a mesma de quando a percorrera antes.

No final do caminho, retomou a estrada que ia até o vilarejo. Com os nervos à flor da pele, foi caminhando pela margem. Seria fácil escutar os cavalos pisando naquela superfície dura e, em uma noite clara de luar como aquela, era possível esperar viajantes. No entanto, ouviu apenas os ruídos normais do campo: o vento nas árvores e moitas, o farfalhar ocasional produzido por animais e o barulho do mar, quando se aproximou o bastante da costa para ouvi-lo.

Parou ao ouvir um ronco baixo desconhecido. Parecia estar se aproximando...

Um animal enorme, com olhos que eram fendas triplas de luzes, virou a esquina rugindo e veio na sua direção. Tory ofegou e se atirou para a lateral da estrada, escondendo-se nos arbustos. O animal diminuiu um pouco a velocidade, como se percebesse sua presença, depois continuou pela estrada, deixando um cheiro desagradável que a fez pensar em lampiões queimados.

Ficou deitada no chão, tremendo por vários minutos, enquanto se perguntava em que tipo de mundo havia caído. Outro daquele animal passou rapidamente. Será que aqueles monstros fedorentos tinham matado todas as pessoas? Estremeceu diante dessa ideia.

Tinha de continuar até o vilarejo e manter a esperança de encontrar pessoas — e respostas — lá. Entender melhor aquela época e aquele lugar poderia ajudá-la a encontrar o caminho de volta para casa.

Levantou-se e se limpou da terra e da grama, retomando sua caminhada. Manteve-se fora da superfície dura da estrada. Os animais deviam ter colocado aquela faixa de material para a própria conveniência. Passavam rugindo, tão rápidos quanto um cavalo a galope.

Chegou à periferia do vilarejo antes do esperado. Novas casas tinham sido construídas usando materiais diferentes da pedra comum. Todos os prédios estavam às escuras. Não havia sequer uma centelha de vela à mostra nas janelas.

Onde estavam as pessoas? Se os animais velozes não haviam matado todo mundo, será que uma praga letal devastara a área? Ela estremeceu a apertou o passo.

O porto abaixo parecia tranquilizadoramente normal, com barcos de pesca ancorados para a noite. Os animais da estrada certamente não usavam barcos de pesca.

Um estrondo distante estava ficando mais alto. O som a lembrou do animal da estrada, mas o rugido era ainda mais profundo e assustador. Mais alto, mais alto, *mais alto*, o rosnado ameaçador ressoou no céu até reverberar em seus ossos. Queria gritar e correr, mas não havia para onde fugir.

Uma criatura ameaçadora, como um pássaro enorme e rígido, voou sobre sua cabeça e o som diminuiu rapidamente. A criatura estava acompanhando a orla em direção ao sul.

Tory havia, realmente, caído no inferno.

Depois que o barulho desapareceu, retomou a caminhada porque não sabia mais o que fazer. Supôs que não fosse impossível que todos os moradores do vilarejo estivessem na cama àquela hora, mas a escuridão absoluta era perturbadora.

À frente, viu um dos animais da estrada dormindo em um pátio. Seu primeiro instinto foi fugir, mas a criatura estava imóvel, sem qualquer vestígio de luz nos olhos monstruosos. Cautelosamente, aproximou-se. Ah, a coisa tinha rodas, então era um tipo de carruagem.

Chegou perto o bastante para tocar em seu couro e encontrou um metal frio. Definitivamente, um tipo de carruagem, um tipo que não precisava de cavalos. Talvez um motor a vapor interno a fizesse se mover? Seu pai era dono de minas ao norte; lá, usavam carruagens movidas a vapor que corriam por trilhos, transportando carvão.

Contornou a carruagem com janelas de vidro por toda a volta. O que pareciam olhos eram, na verdade, uma espécie de lanterna na frente da máquina. Mas por que as lâmpadas estavam mascaradas de modo a lançar apenas fendas de luz? Talvez fossem pequenas demais para produzir mais do que isso.

Era mais um mistério, mas, pelo menos, já não achava que aqueles animais tivessem matado as pessoas. Eram apenas carruagens estranhas que se moviam assustadoramente depressa. Os assentos, lá dentro, eram fundos e pareciam confortáveis, como os bancos das carruagens do seu pai. No entanto, não havia qualquer brasão pintado nas portas.

Ela mordeu o lábio. Devia ter viajado para o futuro, já que nada que se parecesse com aquela carruagem existia na sua época, ou antes dela. Mas quanto no futuro? Certamente muitos anos se haviam passado. Provavelmente tantos que nenhum dos Irregulares do vilarejo estaria vivo.

Caminhava em direção ao porto quando passou pela igreja da paróquia, São Pedro do Mar. Sentiu uma onda de alívio diante de sua solidez e familiaridade. São Pedro podia ser o padroeiro dos pescadores, mas talvez respondesse às preces de uma estudante de magia desesperadamente perdida.

Subiu os degraus da igreja e descobriu que a pesada porta de carvalho se abria facilmente sob sua mão. O interior estava escuro, mas uma surpreendente quantidade de luz entrava pelas janelas de vitrais.

Exceto pelo fato de que não eram mais de vitrais. As vidraças haviam sido substituídas por vidro transparente. Eram ótimas para deixar a luz da lua entrar, mas não encheriam a igreja de luz colorida durante o dia.

Mesmo sem as janelas, a igrejinha irradiava paz. Sentindo-se melhor do que havia conseguido se sentir desde a invasão do Labirinto, percorreu o corredor até o altar. A mesmíssima cruz, os mesmos bancos entalhados. Suspirou de prazer. Se a igreja tivesse mudado de forma dramática, temeria que Deus tivesse morrido.

Vasos de flores estavam colocados ao lado do altar. Ela as tocou com a ponta dos dedos. Flores de maio, não de outubro. Se ainda havia associações de floristas decorando a igreja, o mundo não tinha mudado tanto assim.

A casa paroquial costumava ficar ao lado da igreja. Ela se atreveria a bater à porta àquela hora? Os vigários supostamente ajudavam as pessoas, e ela certamente precisava de ajuda. Caso se mostrasse tão jovem e confusa quanto se sentia, talvez não fizessem muitas perguntas até que ela entendesse melhor onde estava. Desconfiava que ele seria mais cooperativo se ela não o acordasse àquela hora da madrugada, então decidiu passar o resto da noite na igreja.

Antes que pudesse se acomodar, a porta se abriu com tudo e um feixe de luz estreito, mas forte, atravessou a igreja. Uma voz masculina e grosseira gritou:

— Quem está aí?

CAPÍTULO 19

Com o coração aos pulos, Tory se jogou embaixo do banco da igreja antes que a luz a encontrasse. Enquanto o homem seguia pelo corredor em direção ao altar, ela ficou imóvel como um coelho apavorado, esperando que sua pedra de discrição o impedisse de vê-la.

O sujeito resmungou baixinho enquanto apontava a luz para um lado, depois para outro, mantendo-a baixa. Devia ser alguma espécie de lâmpada mágica, embora nunca tivesse visto uma que criasse um feixe tão estreito e poderoso. Quando acionou sua percepção interna, percebeu um zumbido suave de magia.

O homem que a caçava era um mago. Estava perdida.

Ele se aproximou em ritmo constante, andando para frente e para trás, como se soubesse que ela estava por ali. Tory precisou usar toda a sua força de vontade para ficar deitada, imóvel, quando tudo que queria era se levantar e sair correndo. Porém, se fizesse isso, ele certamente a veria.

— Você aí! — Ele parou perto de onde ela estava escondida, com os sapatos bem diante do seu rosto. — Saia de baixo deste banco. E não tente fazer nada! Eu estou armado.

Parecendo o mais inofensiva possível, ela saiu engatinhando do banco e ficou de pé. A luz do sujeito era tão forte que ela não conseguia vê-lo direito.

Ele disse, surpreso:

— Ora, é só uma menina!

Sua voz ficou mais nítida e ela percebeu que ele parecia jovem, ao mesmo tempo menino e homem. Devia ter engrossado a voz para parecer mais velho.

Ela estreitou os olhos, tentando vê-lo apesar da luz. Alto, ombros largos, cabelo louro. Na verdade, parecia familiar.

— Jack? — perguntou, incrédula. — Jack Rainford?

— Sou Nick Rainford. Meu irmão mais velho se chama Joe. Você o conhece?

A calça, a camisa e o colete de tricô que ele usava não se pareciam com nada que ela conhecesse, mas ele, de fato, era bastante parecido com o Jack que conhecera nos Irregulares. Um primo, talvez.

— Só conheço um Jack Rainford — disse ela, cautelosa. — Ele mora por aqui?

— Não conheço nenhum Jack. Joe está longe, treinando para ser um piloto da RAF. — Nick passou o feixe de luz sobre ela. — Quem é você e por que está de camisola?

O que era a RAF?

— Sou Victoria Mansfield, geralmente me chamam de Tory e este vestido é perfeitamente decente — retrucou. — Pare de apontar essa luz para os meus olhos! O que é isso?

— Só uma lanterna elétrica. — Ele a apontou para baixo, para não ofuscá-la. — Esse vestido pode ser decente, mas ainda parece uma camisola. Onde você mora?

Irritada com seus modos, perguntou:

— O que você tem a ver com isso?

— Tenho a ver porque faço parte da patrulha de voluntários de Lackland. O conselho local a formou porque estamos na costa e seríamos os primeiros a ser invadidos.

Coisas demais haviam mudado para que aquela fosse a guerra contra Napoleão, portanto devia ser uma guerra diferente. Ingleses e franceses vinham lutando havia séculos.

— Por que a Inglaterra e a França não podem aprender a ser amigas, em vez de brigarem o tempo todo?

— Não estamos lutando contra a França — disse ele, surpreso. — Os franceses são nossos aliados. O inimigo é a Alemanha, exatamente como na Grande Guerra. — E balançou a cabeça. — Como é que você não sabe que estamos lutando contra os nazistas? Estava vivendo em uma caverna? Isso explicaria as manchas de terra na camisola.

— Não é uma camisola! — Exasperada, deixou-se cair no banco. — As meninas não usam vestidos por aqui?

— Não que cheguem até os calcanhares. — Ele apertou os olhos. — Você está fugindo. Não pode ter mais de 13 ou 14 anos. Não deveria voltar para casa? Talvez eu devesse levá-la até a delegacia de polícia.

— Tenho 16 anos e não estou fugindo — retrucou ela. — Não que isso seja da sua conta.

— Há uma guerra acontecendo. Espiões são da conta de todo mundo. Foi por isso que me ofereci como voluntário para patrulhar uma noite por semana. Eu vi você entrar aqui, então a segui, pensando que pudesse ser uma espiã nazista. — Ele parecia desapontado com o fato de ela não ser.

— Nazista é apelido para alemão?

Ele balançou a cabeça diante da ignorância dela.

— Os nazistas são um partido político. Seu líder é Hitler, um tirano que quer conquistar o mundo.

— Ele parece Napoleão, só que alemão. Você pega muitos espiões?

Ele sorriu.

— Você teria sido a primeira.

— Está mesmo armado?

— Eu menti — disse ele, com animação, sentando-se na outra ponta do banco. — Mas um espião estaria armado, então eu quis assustá-la. Você ainda não me disse de onde veio. — Seus olhos se apertaram. — Talvez realmente seja uma espiã. Uma menina bonita seria uma escolha excelente, na verdade. Ninguém suspeitaria de você. Provavelmente, você tem 28 anos, é uma atiradora de elite e fala fluentemente seis línguas.

— Você tem uma imaginação muito fértil! Falo francês, mas não sou uma espiã. — Ela olhou feio para ele. — Se quer mesmo saber, estive morando na Abadia de Lackland.

A voz dele endureceu.

— A abadia está em ruínas há milhões de anos. Exatamente o tipo de lugar onde um espião se esconderia.

— Quer parar com essa bobagem de espiões? — Mas talvez essa fosse sua chance de saber mais sobre a abadia. — Como o lugar ficou em ruínas?

— Não sei, na verdade. Está abandonado desde, talvez, a época dos meus avós. Durante a Grande Guerra, um navio alemão o bombardeou e isso destruiu muitas construções. Então, há algumas semanas, um avião da RAF lançou uma ou duas bombas lá por engano. — A voz dele mudou. — Dizem que costumava ser uma escola de feiticeiros.

Ele parecia nostálgico. E também havia uma aura de poder à sua volta.

— Você acredita em magia? — perguntou ela, sondando.

A expressão dele ficou estranha.

— Magia é apenas superstição. Mas... ouvi dizer que, antigamente, havia magia no mundo.

Ele queria que a magia fosse real, ela precisava de ajuda e de informações e, como ele era jovem, se dissesse para todo mundo que ela era maluca, talvez não acreditassem nele. Estava na hora de se arriscar.

— Apague essa lanterna aí e eu vou mostrar uma coisa interessante para você.

— Você vai fugir!

— Até onde você acha que eu conseguiria ir antes de me alcançar? — Ela ergueu as mãos. — Está vendo? Não estou armada. Nada nas mãos. Você escutaria se eu tentasse fugir.

— Muito bem. — Ele desligou a lanterna com um leve clique.

Pensando em examinar a lanterna com mais atenção depois, concentrou--se e criou uma bola de luz na mão direita.

— Se quer acreditar em magia e ainda não consegue, dê uma olhada nesta lâmpada mágica.

— O quê! — À suave luz da lâmpada, o rosto dele estava espantado. — É um truque nazista que ainda não descobrimos!

Nick Rainford estava mesmo obcecado por espiões e nazistas.

— É magia, Nicholas — disse ela, paciente. — Tome, estenda a mão e pegue.

Cautelosamente, ele estendeu a mão. Tory rolou a lâmpada mágica para sua palma. A luz não diminuiu nem um pouco, confirmando seu palpite de que Nick tinha poderes mágicos.

Ele olhou para a bola de luz, extasiado.

— Ela *pinica*.

— Prepare-se, sr. Rainford — disse Tory. — A magia é algo real e você tem um pouco de poder, embora não esteja desenvolvido. Caso contrário, a lâmpada mágica se esvairia na sua mão.

— Isso pode ser ciência, não magia. — O olhar dele permaneceu fixo na luz. Tory pegou a lâmpada e fez a luz se intensificar para ver melhor o rosto dele.

— O que é ciência?

Ele pareceu desconcertado por um momento.

— É... o estudo de como o mundo funciona e a utilização desse conhecimento de forma prática.

— Parece filosofia natural. — Foi a vez de Tory ficar confusa. — Me dê um exemplo de ciência. Sua lanterna é ciência?

Ele assentiu, levantando a lanterna para que ela visse.

— A energia elétrica fica armazenada nas pilhas dentro do cabo. Quando eu ligo a lanterna, elas mandam eletricidade por um fiozinho dentro da lâmpada. Isso faz o fio se acender e emitir luz. Pelo menos até as pilhas descarregarem. — Ele sacudiu a lanterna, cuja luz diminuía de intensidade. Ela se acendeu um pouco. — Ciência em ação.

Portanto, o mundo havia aprendido a controlar a eletricidade. Na época de Tory, a eletricidade era praticamente uma inovação curiosa que não servia para nada de útil.

— Muito útil, principalmente para pessoas que não têm magia. Posso fazer outra demonstração?

— É melhor que seja algo mais interessante do que uma lâmpada — disse ele, ainda pouco convencido.

Flutuar podia não ter muita utilização prática, mas chamava atenção. Ficou de pé, fechou os olhos e visualizou a si mesma se movendo para cima. Seu controle estava melhorando, porque subiu a uma velocidade considerável, deslizando alguns metros lateralmente pela igreja para preservar sua decência. Então, criou um punhado de minúsculas lâmpadas mágicas e as jogou pelo ar para que flutuassem à sua volta como chamas de vela.

— Isso é o bastante?

— Ei! — Sua exclamação foi um grito esganiçado. — É... outro truque nazista!

— Você é um garoto muito cabeça-dura mesmo. — Ela desceu flutuando com graça diante do altar, enquanto as luzes desapareciam acima dela. — Acha que seus nazistas poderiam manter algo assim em segredo? E, se pudessem... por que revelariam a você logo agora?

— Eu... *quero* acreditar em magia. — Seu rosto se franziu. — As histórias contadas na minha família afirmam que os Rainford eram bons magos, mas todo mundo sabe que é só superstição.

— O que aconteceu com a magia? — perguntou ela, perplexa com o fato de que algo tão corriqueiro houvesse desaparecido. — Quando as pessoas pararam de aceitá-la?

— Não sei — disse ele, devagar. — Talvez, à medida que a ciência foi-se desenvolvendo, passou a haver menos motivos para se usar a magia e ela foi desaparecendo. Hoje em dia, a magia é considerada superstição ou apenas truque de ilusionismo. — Os dedos que seguravam a lanterna embranqueceram. — Porém... já houve ocasiões em que senti algo dentro de mim que poderia ser magia, se eu ao menos soubesse usá-la...

— Você, de fato, tem poderes mágicos. Posso sentir. — Ela se sentou novamente. — Em que ano nós estamos?

Ele arqueou as sobrancelhas.

— Você caiu de cabeça, lá na abadia? Vai ver que foi o fantasma de um feiticeiro que a empurrou da escada.

— Pode ser, mas *em que ano estamos*?

— Em 1940, lógico. — Ele balançou a cabeça. — Você é uma menina muito estranha.

Ela prendeu a respiração. Supondo-se que a Inglaterra ainda usasse o mesmo calendário, ela havia viajado... 137 anos no futuro!

Duvidando de que houvesse possibilidade de ele acreditar nela, Victoria simplesmente disse:

— Fui aluna na Abadia de Lackland, mas a escola procurava eliminar a magia, não ensiná-la. Na minha época, a maioria das pessoas apreciava a magia, exceto a nobreza. Crianças bem-nascidas com poderes mágicos eram enviadas a Lackland para serem curadas e não serem deserdadas pela família. Os alunos que queriam aprender mais sobre suas habilidades se reuniam à noite nos túneis subterrâneos.

— É mais fácil acreditar que você seja uma espiã nazista! — zombou ele. — De que ano você alega ser?

— 1803.

— Então você veio dançando através do tempo, de mais de cem anos atrás? — exclamou ele. — Você não é só estranha. É *maluca*.

— Não vim dançando! — retrucou ela. — Foi mais parecido com ser atropelada por uma tropa de cavalos selvagens. — E fixou o olhar nele, querendo fazê-lo acreditar. — Na noite passada, fui ao Labirinto, os túneis sob a abadia, para ter aulas. Fomos invadidos pelas autoridades da escola. Estava tentando escapar quando entrei em um túnel que terminava num espelho grande. Toquei no espelho e passei através dele e aqui estou. Eu... não tenho a menor ideia de como e se poderei voltar.

A expressão de Nick mudou.

— O espelho de Merlin. Existe mesmo!

— Isso faz algum sentido para você? — Ela o encarou. — Existe uma lenda que diz que Merlin construiu os túneis sob a abadia, mas nunca tinha ouvido falar desse espelho. O que é?

— Como eu disse, na minha família há várias histórias de magia. Existem vários diários antigos dos Rainford. Já li todos eles e existem várias menções aos espelhos de Merlin. — Ele franziu a testa, tentando se lembrar. — Havia sete espelhos. Eles eram de prata polida e podiam ser usados para viajar pelo tempo e pelo espaço. Mas é só isso que lembro.

Ela arqueou as sobrancelhas.

— Então agora você acredita em mim?

— Acho que... tenho que acreditar. O espelho deve ser como o aparato do livro de H.G. Wells, *A máquina do tempo*, mas aquilo era ciência, não magia.

— Talvez H.G. Wells fosse um mago.

— Não, era um escritor que viveu mais ou menos entre a sua época e a minha. — Nick fez um gesto impaciente com a mão. — Não importa agora, exceto que, pelo fato de eu ter lido sua história sobre uma máquina do tempo, é mais fácil acreditar que o espelho seja uma máquina do tempo. — Suas sobrancelhas se juntaram conforme ele tentava lembrar. — O diário dizia que o espelho de Merlin não funciona para todo mundo. Acho que você deu sorte.

— Sorte que eu preferia não ter! — Ela cruzou os braços sobre o encosto do banco à sua frente, tão cansada e confusa que estava à beira das lágrimas. — Se não me levar para a polícia, vou passar a noite aqui. Não vou roubar nada.

— E depois?

— Não sei — respondeu ela, desolada. — O espelho havia sumido quando acordei aqui. Caso contrário, teria voltado através dele e enfrentado os invasores. Talvez o vigário possa me ajudar. Na minha época, os sacerdotes geralmente eram magos.

— O daqui não é. — Nick se levantou. — Venha comigo, viajante do tempo. Vou levar você para casa.

CAPÍTULO 20

Mesmo exausta, Tory disse, com firmeza:

— Eu *não* vou para casa com você!

— Você precisa comer e descansar — disse ele. — Amanhã podemos decidir o que fazer. Minha mãe pode ter alguma ideia. Ela também já leu os diários da família. Ela e meu pai são professores e sabem todo tipo de coisa.

Desde que a mãe dele estivesse presente, Tory supôs que estaria em segurança. Mais cansada a cada minuto que passava, ela se levantou. Os problemas que enfrentara na Abadia de Lackland pareciam triviais comparados às dificuldades que encarava agora.

— Espero que ela possa me ajudar.

— Ela é uma opção melhor do que o vigário ou a polícia. — Nick foi na frente, caminhando pelo corredor da igreja. — Portais funcionam nos dois sentidos. Se você pôde vir por um, deve conseguir voltar por outro.

Esperando que estivesse certo, seguiu-o para fora da igreja, apagando a lâmpada mágica ao sair do prédio. Quando tomaram a estrada, ela se virou para olhar para a igreja. Com a voz baixa, perguntou:

— O que aconteceu com os vitrais das janelas?

— Lackland está na linha de frente da invasão, da artilharia, dos bombardeios... qualquer coisa que os nazistas possam fazer contra nós. Foi por isso que o conselho convocou voluntários para patrulhar as ruas. — Ele olhou rapidamente para a igreja. — Assim que a guerra foi declarada, no último mês de setembro, o vigário decidiu remover os vitrais e guardá-los enquanto durar a guerra. As janelas estão em algum lugar no campo. Provavelmente num porão sob o celeiro.

— Faz sentido. Mas a igreja não é a mesma sem eles.

— Nada é o mesmo que era antes de a guerra ser declarada. — Nick segurou o braço de Tory quando as nuvens encobriram a lua. — Cuidado, é muito fácil tropeçar nas coisas quando está escuro.

Ela ficou grata pelo apoio naquele mundo estranho.

— É por causa da guerra que Lackland está tão escura? Pensei que haveria lâmpadas que funcionassem como a sua lanterna.

— Sim, atualmente a maior parte das casas tem luzes elétricas, mas os regulamentos do blecaute estão em vigor. — Ele a guiou em volta de alguma coisa no meio-fio. — Todas as janelas devem ser cobertas para que não possa escapar nenhuma luz. Aliás, essa é a tarefa principal da patrulha de Lackland. Informamos as pessoas se elas violarem as regras do blecaute.

— Deve ser decepcionante não ter espiões nazistas — disse ela, secamente.

— Na verdade, não. Quero que fiquem do lado de lá do canal — disse ele com uma risada. — Viajar à noite é uma dificuldade. No começo, os carros não podiam usar os faróis, mas tanta gente estava morrendo em acidentes que, agora, se permitem fendas estreitas de luz. Alguns fazendeiros pintam faixas brancas nas vacas para que não sejam atropeladas, caso escapem.

— Eu vi uma dessas — disse Tory, feliz que pelo menos um mistério tivesse sido desvendado. — Muito estranho.

O gesto de Nick abrangeu o vilarejo às escuras.

— Se os alemães começarem a bombardear, não queremos ser alvos fáceis.

Tory tentou digerir todas aquelas informações. Carros deviam ser as máquinas da estrada com as lâmpadas mascaradas para emitir apenas feixes de luz.

— Bombardear?

— Bombas são como... bolas de canhão que explodem. — Ele a guiou pela esquina até uma rua que subia a colina. — Aviões são máquinas voadoras. Podem cruzar o canal e soltar bombas nas nossas cidades e fábricas. Isso ainda não aconteceu, mas não deve demorar muito. Seria melhor que não bombardeassem Lackland por verem luzes aqui.

— Acho que eu vi uma máquina voadora. Uma coisa horrível! — Ela estremeceu. — Me conte mais sobre essa guerra.

Ele suspirou.

— A Grã-Bretanha declarou guerra em setembro quando a Alemanha invadiu a Polônia. A princípio, não aconteceu muita coisa. As pessoas chamavam de "guerra de mentira". Mas agora há lutas terríveis e Hitler parece ter ocupado metade da Europa.

— Quais países?

— Ele tomou a Tchecoslováquia e a Renânia há alguns anos e invadiu a Polônia. — Ele pensou por um instante. — A Dinamarca foi conquistada em aproximadamente duas horas. Os noruegueses estão lutando ferozmente, mas não vão aguentar muito mais tempo. A Finlândia fez um bom trabalho contra a Rússia, mas também foram derrotados.

Tory nunca ouvira falar da Finlândia e achava que a Renânia fosse parte de um dos estados da Alemanha, mas as fronteiras estavam sempre mudando.

— Então, os estados alemães se uniram e agora são aliados da Rússia?

— Sim, e da Itália também. A Itália tem um ditador chamado Mussolini, que é quase tão ruim quanto Hitler. São ambos fascistas, o que quer dizer que querem mandar em todo mundo.

A Itália também era um país unificado, não um grupo de reinos?

— Preciso achar um mapa de como a Europa é hoje! Onde está acontecendo luta agora?

Nick chutou violentamente uma pedra que deslizou pela superfície lisa da estrada.

— Há cerca de quinze dias, no começo de maio, os nazistas invadiram os Países Baixos e a França. A Holanda aguentou por cinco dias, o que até que foi muito, mas também se rendeu. Os nazistas estão avançando tão depressa que chamam os ataques de *blitzkrieg*. Guerra-relâmpago. A Bélgica está à beira da rendição, e os exércitos franceses e britânicos estão sendo empurrados na direção do Canal da Mancha.

— Então, os franceses e os britânicos estão mesmo lutando juntos — disse ela, incrédula. — É difícil de acreditar.

— Foram aliados na Grande Guerra e, agora, são aliados novamente. — Ele engoliu em seco. — Meu pai se alistou na Força Expedicionária Britânica. Ele está bem no meio da batalha. Isso já se já não estiver morto.

Tory estremeceu diante da dor na voz de Nick.

— Por que um homem com filhos quis se alistar no exército?

— Meu pai lutou na Grande Guerra, quando não era muito mais velho do que eu. Foi um bom soldado, terminou como sargento. Disse que a Inglaterra precisava de homens com experiência, então ele virou um oficial. — A risada de Nick foi amarga. — Minha mãe disse que ele também era necessário aqui, mas ele achou que deveríamos tentar deter os nazistas antes que eles saíssem do controle. Agora é tarde demais. Dentro de um mês, os desgraçados poderão invadir a Inglaterra.

— Na minha época, também estávamos esperando por uma invasão, embora, no nosso caso, o inimigo fosse a França. — Espere um pouco, Nick saberia o que havia acontecido! Com urgência, perguntou: — Napoleão invadiu a Inglaterra? Nós o derrotamos?

— Eu... não sou muito bom em História — disse Nick, desculpando-se. — Pode ter invadido, mas, no fim, nós o derrotamos. Disso, eu tenho certeza.

Imaginou que aquilo deveria servir de consolo, mas esperava que a mãe de Nick fosse melhor em História do que ele.

Tory perdia rapidamente as forças quando finalmente chegaram à casa dos Rainford, perto do penhasco. No escuro, não conseguiu enxergar muita coisa, mas parecia a velha casa de fazenda de que ela se lembrava da sua época. A construção ficava bem separada da estrada e das demais casas por árvores. Ficava de frente para o canal, no extremo mais distante, e ela podia ouvir o ritmo estável das ondas sob o penhasco.

— Não costumávamos trancar a porta. — Nick girou a chave, então abriu a porta e a conduziu para dentro. Depois que a porta estava seguramente fechada, houve um clique e o ambiente se inundou de luz.

Tory piscou com a intensidade da iluminação. Era como a lanterna elétrica, só que mil vezes melhor.

— Seriam necessárias dúzias de velas para iluminar uma sala assim — disse, maravilhada. — Ou um monte de lâmpadas mágicas.

Eles entraram pela cozinha, que era fácil de reconhecer, ainda que fosse muito menor do que as cozinhas de Fairmount Hall ou da Abadia de Lackland. Provavelmente não mais que duas ou três pessoas podiam trabalhar ao mesmo tempo, mas havia armários e bancadas, louças e panelas, algo que provavelmente era um fogão, além de uma mesa grande rodeada de cadeiras de madeira. Pesadas cortinas pretas cobriam ambas as janelas.

— Boa noite, Horace. — Nick se abaixou para coçar a cabeça de um sonolento cão preto e branco que saiu de debaixo da mesa para recebê-lo. — Quer ir direto para a cama, Tory, ou prefere comer antes?

Quando Horace se aproximou para cheirar sua mão com interesse, Tory percebeu que parte do seu tremor devia ser fome. Queimara muita energia desde a última refeição.

— Vou me sentir melhor se comer alguma coisa.

— Que tal uma tigela de sopa quente, pão e queijo? — perguntou uma voz de mulher. — Nick, quem é a sua amiga?

Tory girou e viu uma mulher entrando na cozinha pela porta oposta. Era bonita e loura, de olhos cansados, roupão azul comprido e um ar de autoridade materna.

— O nome dela é Victoria Mansfield e eu a encontrei na igreja, mãe. Ela diz que é uma feiticeira de 1803. Tory, esta é a minha mãe, a sra. Rainford.

Tory se encolheu. Como ele podia soltar aquilo daquele jeito? A sra. Rainford mandaria Tory para o Hospício de Bedlam! Mas Nick conhecia a mãe que tinha.

A sra. Rainford despertou completamente.

— Então, é você — disse ela, suspirando.

Nick disse que sua mãe sabia das coisas e, agora, que Tory observava mais atentamente, viu um fulgor de magia ao redor da mulher.

— Sou eu o quê?

— Tinha uma sensação de que alguém importante chegaria logo — disse a sra. Rainford. — Não sabia bem quem ou a razão — seu olhar divertido percorreu Tory —, e também imaginei que seria alguém mais velho, mas eu sei que sua chegada tem importância vital.

— Eu disse que a minha mãe sabia das coisas — disse Nick, orgulhoso.

— É um prazer, srta. Mansfield. — O olhar da sra. Rainford parecia capaz de abrir buracos em Tory.

— Pode me chamar de Tory, sra. Rainford.

Nick anunciou:

— Mãe, a Tory consegue voar!

— Voar, não. Flutuar. Mas estou tão cansada no momento que não sei se conseguiria sequer sair do chão. — Tory suspirou. — Posso tentar, se você precisar de uma demonstração.

— Se você veio de 1803, teve uma jornada e tanto — disse a sra. Rainford. — Precisa de comida e descanso. Conversaremos amanhã. — Ela usou um fósforo para acender uma chama azul no queimador do pequeno fogão. Enquanto movia uma panela para o fogo, continuou: — Nick, pode pegar o pão e o queijo?

Enquanto Nick obedecia, a sra. Rainford perguntou a Tory:

— Imagino que queira se lavar um pouco?

— Ah, sim, por favor!

Saindo da cozinha com ela, a sra. Rainford a conduziu até o andar de cima.

— O banheiro fica aqui. Pode usar estas toalhas e aqui tem um pente novo. — Ela mexeu em alguma coisa na parede que acendeu uma luz no banheiro, revelando uma banheira enorme e um lavatório. Girou um dos registros de metal na pia e a água começou a correr pelo bico da torneira.

— O da direita é água fria, o da esquerda, quente. É preciso esperar um ou dois minutos para esquentar. Use este tampão se quiser que a pia encha. A banheira funciona do mesmo jeito.

Tory girou o outro registro e viu, fascinada, a água jorrar.

— As criadas devem adorar isto aqui! Nada de carregar latas de água quente escadaria acima até os quartos.

A sra. Rainford riu.

— As meninas que querem trabalhar, hoje em dia, têm mais opções que o serviço doméstico, então não existem muitas criadas. Temos sorte por contarmos com encanamento moderno. — Ela abriu a porta seguinte do corredor. — A privada fica neste quartinho aqui. Precisa de alguma instrução?

Tory olhou para a parede e encontrou um interruptor igual ao que havia iluminado o banheiro. Cuidadosamente, ela o acionou. Luz!

O quartinho continha uma privada de porcelana. Na parede acima, ficava um tanque com uma alça pendendo em uma corrente.

— Já ouvi falar de latrinas, mas nunca tinha visto uma. Depois de usá-la, puxo a corrente?

— Exatamente; é uma das invenções mais úteis da humanidade. — A sra. Rainford se virou para a escada. — Pode usar quaisquer das toalhas azuis. Não precisa se apressar. A sopa levará alguns minutos para esquentar.

Usar a latrina uma vez já fora o suficiente para mostrar a Tory que ela precisava convencer seu pai a instalar várias delas em Fairmount Hall. Supondo-se que ele voltasse a falar com ela algum dia. E ter água quente na pia era algo maravilhoso!

Duvidava que o próprio Rei Jorge se lavasse com tanto conforto no Castelo de Windsor. Em casa, não só uma criada tinha de trazer água para cima, mas também tinha de carregá-la para baixo depois. Poder tirar o tampão para que a água escorresse por um cano era um verdadeiro luxo.

Olhou para a banheira com melancolia. Era quatro vezes o tamanho do maior bidê de Fairmount Hall e também tinha torneiras, exatamente como a pia. Tomar banho naquela banheira linda e enorme devia ser o paraíso. Porém, se tentasse fazê-lo naquele momento, provavelmente adormeceria e se afogaria. Além do mais, estava faminta.

Depois de lavar as mãos e o rosto e soltar o cabelo, usou a toalha úmida para limpar a maior parte da sujeira do seu vestido. Olhou no espelho e viu que soltar o cabelo a fazia parecer ainda mais jovem. Uma feiticeira misteriosa capaz de viajar no tempo deveria ter mais presença.

No entanto, por ora, ela não se importava muito.

CAPÍTULO 21

Tory despertou do sono profundo com as ideias confusas. Que sonho tivera!

Seu olhar recaiu sobre um aparato frágil que parecia um pássaro, pendurado em um canto do quarto. Um modelo de avião, um dos muitos construídos por Joe Rainford. A memória voltou a toda. Que Deus a ajudasse, havia realmente viajado no tempo para uma Inglaterra devastada pela guerra.

Durante a ceia da noite anterior, na qual quase adormecera na tigela de sopa, aprendera que a RAF era a Força Aérea Real, o ramo militar que operava aquelas estranhas máquinas voadoras. Joe Rainford se alistara assim que completara a idade requerida. Como estava em treinamento, sua cama estava disponível para Tory.

Quando a sra. Rainford conduzira sua sonolenta hóspede até o pequeno quarto sob a cumeeira do telhado, dissera:

— Está vendo todos os modelos de avião que Joe construiu? Ele sempre foi louco por voar. Imagino que fosse inevitável que entrasse para a RAF. — Sua voz era sombria.

Havia ao menos uma dúzia de aeromodelos espalhados pelo quarto. Tory analisou o mais próximo. Incrível que alguém confiasse sua vida a um equipamento tão frágil. Aviões seriam alvos fáceis durante a guerra. A sra. Rainford certamente pensava assim.

Porém, apesar de a mãe de Nick estar, no fundo, morrendo de medo pelo marido e pelo filho mais velho, era uma anfitriã acolhedora e eficiente. Encontrara uma camisola e um roupão que pertenciam à filha de 13 anos, Polly, que já dormia quando Tory chegara. Polly tinha aproximadamente a altura de Tory, e a camisola macia e limpa fora muito bem-vinda.

Parte dela se sentia tentada a se esconder debaixo das cobertas, mas isso não a ajudaria a voltar para casa. A ideia de ficar encalhada naquela Inglaterra sem amigos ou família era apavorante. Ainda que voltasse ao momento exato em que partira e fosse apanhada pelos invasores e trancafiada todas as noites até ir embora de Lackland, pelo menos estaria no seu próprio tempo, no tempo ao qual pertencia.

A sra. Rainford abrira as cortinas pretas depois que Tory se deitara e as luzes se apagaram, portanto a luz do dia entrava pela janela. Ela dormira até o meio da manhã.

Levantou-se da cama e foi até a janela. Havia uma linda vista do canal e o vilarejo mal era visível ao longe, à direita.

Olhou sobre o canal, feliz que ao menos as eternas ondas não tivessem mudado. Em uma manhã tranquila como aquela, era difícil acreditar que exércitos com máquinas monstruosas estavam se destruindo mutuamente na França e se aproximando cada vez mais da Inglaterra.

Quando saiu no corredor a caminho do banheiro, ouviu a voz de Nick lá embaixo. Provavelmente todos estavam esperando que ela aparecesse. Vestiu-se e penteou o cabelo rapidamente, amarrando-o com uma fita que a sra. Rainford havia providenciado.

Então, desceu a escada. Gostava da casa dos Rainford. Embora não fosse grandiosa, era agradável e acolhedora, e contava com comodidades raras ou desconhecidas na época de Tory.

Seguiu as vozes até a cozinha, que parecia ser o centro da vida doméstica. Na noite anterior, a sra. Rainford usara um roupão comprido, mas agora usava um vestido que mal lhe cobria os joelhos. Seus tornozelos estavam à vista! A garota loura sentada à mesa estava com uma roupa similar. Não era de se admirar que Nick pensasse que o vestido comprido de Tory fosse uma camisola.

Tory se tornou o objeto da atenção de todos assim que entrou na cozinha. A irmã de Nick disse, com desconfiança:

— A feiticeira é essa aí?

Tory não sabia se devia achar graça ou se irritar.

— Sou só uma maga aprendiz. "Feiticeira" geralmente se aplica a alguém que pratica magia negra, coisa que, certamente, eu não faço.

— Seja como for que chame a si mesma, ela tem poderes, Polly — disse Nick. — Tory, esta é a cética da minha irmã caçula. Polly, esta é Victoria Mansfield.

Quando Polly respondeu à apresentação, Tory percebeu que a menina também tinha a aura de poder mágico. O cabelo louro e comprido que caía sobre sua testa e ombros não conseguia disfarçar seu olhar penetrante. Nick e a sra. Rainford observavam a hóspede com igual intensidade. Até mesmo o cachorro desgrenhado da família a observava por sob a mesa da cozinha.

— Bom dia. — Sentindo-se um rato rodeado por gatos, Tory fez uma reverência para sua anfitriã. — Ontem à noite você disse que poderia me ajudar a voltar para casa.

— Espero que sim. Estudei os diários da família, assim como alguns livros antigos que vieram com eles. — Usando uma luva estofada, a sra. Rainford tirou um prato do forno e o colocou na mesa, no lado oposto ao que Nick e Polly ocupavam. — Podemos conversar depois que você fizer o desjejum. Cuidado com o prato, está quente. Espero que goste de ovos com linguiça.

— Parece ótimo, obrigada. — Tory se sentou com entusiasmo. Não via um desjejum tão bom desde que fora mandada embora de Fairmount Hall. — Mas, por favor, diga o que você descobriu. Posso comer e ouvir ao mesmo tempo.

A sra. Rainford serviu chá para Tory, depois encheu novamente a xícara de todos.

— Muito bem. Dou aulas de inglês e de latim, e o latim ajuda muito com os livros mais antigos. Nick disse que você descreveu um objeto prateado que parece ser o espelho de Merlin.

Tory ergueu os olhos dos seus ovos.

— Nunca ouvi falar disso, mas não faz muito tempo que estou estudando no Labirinto. O que o livro diz sobre o espelho?

— O livro que o descreve é o mais antigo que temos, mas, como Nick lhe contou, o espelho era um portal para transportar as pessoas através do tempo e do espaço. A narrativa pode ser traduzida como: "Merlin fez sete espelhos mágicos e os espalhou pelos reinos de modo que os homens pudessem viajar a todas as épocas e lugares", mas pode ser que isso seja mais poesia do que realidade.

— Eu me desloquei no tempo, mas não no espaço — disse Tory, pensativa. — Como o portal é ativado? Certamente não fiz nenhum feitiço. Apenas corri na direção dele e toquei sua superfície, cogitando se poderia me esconder lá atrás. O que me lembro em seguida é de estar esparramada no chão do túnel nesta época.

— Aparentemente, é preciso ter uma espécie de talento mágico especial para usar um dos portais — respondeu a professora. — Além disso, deve haver uma forte necessidade de estar em outro lugar. Aparentemente, você tem esse talento e também tinha a necessidade.

Lembrando-se do pavor ao ser perseguida pelos invasores, Tory percebeu que havia cumprido os requisitos.

— Bem, agora eu tenho uma forte necessidade de voltar. Acha que posso ir para casa, se encontrar novamente o espelho? Ele desapareceu depois que passei por ele.

— Gostaria de ter essas respostas — disse a sra. Rainford, com um suspiro. — A narrativa sugere que o portal existe em outra dimensão e que só aparece quando é chamado.

— Parece que esse chamado é feito por meio de necessidade e magia. Então, se eu voltar ao túnel pelo qual vim, pode ser que consiga fazer o espelho aparecer novamente se, conscientemente, desejar que isso aconteça. — Animada, Tory afastou o prato e se levantou. — Posso estar de volta em casa esta noite mesmo!

— Não! — exclamou Polly. — Você precisa nos ensinar a usar a magia!

Quando Tory piscou com surpresa. Nick, que estivera em silêncio até então, disse:

— Esperávamos que você nos desse algumas aulas antes de voltar. Todos nós temos um pouco de poder, mas não sabemos o que fazer com ele.

— Tempos difíceis vêm por aí e precisamos de todas as habilidades que possamos reunir — disse a sra. Rainford, baixinho. — Muito difíceis, sem dúvida. Tenho pesadelos com bombas caindo e cidades incendiadas.

Os filhos olharam para ela.

— Você nunca nos contou isso — disse Nick.

— Não queria assustá-los, mas preciso convencer Tory a nos ajudar. — A sra. Rainford sorriu de esguelha. — Venho tendo uma sensação muito forte de que uma pessoa poderosa viria para nos ajudar de alguma maneira. Só não esperava que fosse uma viajante do tempo da idade dos meus filhos.

— Não sei como ensinar magia — disse Tory, pouco à vontade. — Só comecei a fazer coisas mágicas sem querer, então fui flagrada e mandada para Lackland.

— Você sabe mais do que a gente — disse Nick. — Certamente pode nos dar alguma orientação!

Quando Tory hesitou, Polly disse, sarcástica:

— Ela não é maga coisa nenhuma. Só deixou você confuso porque é bonita.

— Sim, ela é bonita — retrucou Nick. — Mas voou de verdade!

Tory ficou feliz por a acharem bonita, mas parecia ser a hora de fazer uma demonstração. Concentrou-se até sentir aquele clique interno, então, graciosamente, elevou-se um metro do chão, o que fez com que sua cabeça quase tocasse o teto. Quando Polly e a mãe ofegaram, Horace despertou e saltou no ar para morder o pé de Tory.

— Sentado! — ordenou ela.

O cão se sentou, abanando furiosamente o rabo. Tory deslizou até o chão ao lado do animal.

— Está convencida, cética Polly?

Os olhos da menina estavam arregalados.

— Pode me ensinar a fazer isso?

— Você precisa ter o talento específico para flutuar, e ele é raro. — Tory encarou Polly, deixando os olhos saírem de foco. — Acho que sua maior força será a de trabalhar com o clima, que é um talento da família Rainford.

— Sempre adorei observar o tempo, principalmente as tempestades — disse Polly com timidez. — Às vezes, eu... sinto as tempestades e os ventos. Posso mesmo ser uma maga climática?

— Você tem o talento necessário e meu palpite é que também tem poder suficiente. — Tory franziu o cenho. — Embora não seja uma professora, posso explicar as técnicas básicas. A maior parte está na prática. Mas não posso ficar aqui por muito tempo. Preciso voltar para casa.

— Hoje é domingo, por isso que não estamos na escola — disse a sra. Rainford. — Você poderia ficar uma semana, para nos iniciar?

Vendo a hesitação de Tory, Nick disse:

— Talvez possa passar uns dois ou três dias aqui, voltar para casa e voltar para cá depois?

Tory estremeceu.

— Passar pelo portal é algo terrível. Quando for embora, não vou voltar mais.

— Então fique mais tempo agora — disse Polly, direta.

— Três dias — disse Tory. — Não mais que isso. A não ser que vocês pretendam me manter prisioneira.

— É claro que não — disse a sra. Rainford. — Três dias devem nos dar um bom início. Mas é melhor terminar seu desjejum. Vamos fazê-la trabalhar muito! — Ela colocou um prato de torradas no centro da mesa, então acrescentou um pote de geleia.

Quando Tory terminou de comer seus ovos, Polly disse:

— Está na hora do noticiário.

Estendeu a mão sobre a mesa da cozinha e acionou a caixa de madeira decorativa que ficava junto à parede. Uma voz masculina ressoou da caixa:

— O Primeiro-Ministro recém-nomeado, Winston Churchill, fará um pronunciamento na conferência do Partido Trabalhista em Bournemouth hoje... — Polly girou um botão e o volume diminuiu.

— Meu Deus! — exclamou Tory. — Isso é mais um exemplo da sua ciência?

Nick riu.

— Sim, é um rádio. Funciona com eletricidade e recebe ondas eletromagnéticas pelo ar.

— E por acaso isso não é magia? É possível ver ou tocar essas ondas?

Ele começou a responder, então se calou.

— Não exatamente, mas sabemos que elas estão aí, ou o rádio não funcionaria. A ciência tem certas regras.

Ela sorriu.

— Para mim, isso se parece muito com a magia. Assim como eletricidade. E as máquinas voadoras. Magia.

A sra. Rainford riu.

— A maioria de nós não sabe exatamente como as coisas funcionam, apenas sabemos fazê-las funcionar. Portanto, sim, poderiam ser mágicas.

— A magia tem regras, exatamente como a sua ciência. — Tory espalhou geleia em uma torrada e deu uma mordida satisfeita. — Já contei a Polly quais são alguns dos talentos que ela tem. Você já conhece os seus, sra. Rainford. É vidente.

— Já tinha pensado nisso. — A mulher mordeu o lábio. — Tenho sensações, mas, com frequência, estou errada. Acho que vai haver racionamento de comida, então fiz muitas conservas no verão passado e agora estamos plantando uma horta bem grande. Ao mesmo tempo que essas coisas poderão ser muito úteis mais tarde, não consigo nem mesmo saber se meu marido está vivo na França! Tenho duas imagens dele na mente. Uma em que ele vem para casa em segurança e a outra... — Ela respirou fundo, estremecendo, e balançou a cabeça.

Seus filhos se encolheram e Tory disse:

— É porque o futuro não é algo absoluto. — Tentou se lembrar do que a srta. Wheaton dissera. — O futuro é um quadro de possibilidades, não uma estrada única. Nossos caminhos pessoais são alterados mais facilmente do que os grandes eventos que afetam nações inteiras.

— Como a guerra? — Quando Tory assentiu, a sra. Rainford fechou os olhos, com a expressão angustiada. — Bombas cairão em Londres. As Casas do Parlamento serão incendiadas.

Tory estremeceu com a imagem.

— Não acho que ver o futuro possa mudar algo tão imenso e terrível assim.

— Talvez não. Mas, quanto mais claramente eu vejo, melhores são as chances de manter minha família em segurança — disse a sra. Rainford com determinação.

— E eu, Tory? — perguntou Nick. — Tenho algum poder ou só venho me iludindo? Você diz que os Rainford são geralmente magos climáticos.

Tory fechou novamente os olhos, vendo Nick como um rodamoinho de luzes de cores diferentes.

— Você tem um pouco de magia climática, embora não tanto quanto Polly. Tem outros poderes, mas não sei bem quais são. Tem habilidade para encontrar coisas e é muito bom em ler as pessoas, acho. Saber o que se passa pela cabeça delas e como persuadi-las.

— Isso é verdade, mas não penso nisso como magia. — Ele fechou a cara. — Esperava algo que fizesse alguma diferença.

— Não tome minhas palavras como verdades absolutas — advertiu Tory. — Só estou observando o que é claramente visível. Quando começar a desenvolver seus talentos, descobrirá sozinho do que é capaz.

A sra. Rainford parecia pensativa.

— Já que seu tempo aqui é limitado, acho que Nick e Polly ficarão, de repente, doentes demais para ir à escola.

— Você também vai ficar doente?

A sra. Rainford fez uma careta.

— Como sou professora, acho que isso não vai ser possível.

— Começarei explicando princípios gerais para vocês todos — disse Tory, considerando qual seria a melhor abordagem. — Já que você precisa trabalhar amanhã, sra. Rainford, vou lhe dar uma aula particular esta noite. Amanhã, ensinarei Polly e Nick durante o dia, depois trabalharei com todos à noite. Teremos mais duas sessões na terça-feira. Vamos todos precisar de tempo de algum descanso entre as sessões... é desgastante.

Nick riu.

— Durante anos sonhei secretamente em trabalhar com magia, mas não sabia por onde começar.

Tory examinou seus três alunos. Pensara que os Irregulares fossem aprendizes ávidos, mas não eram nem uma fração dos Rainford.

— Vamos começar aqui e agora. E não me culpem se estiverem exaustos no final do dia!

CAPÍTULO 22

Nas três horas seguintes, Tory explicou princípios gerais, treinou os alunos em exercícios básicos de controle e respondeu às perguntas. Perto do meio-dia, a sra. Rainford disse:

— Estamos começando a fraquejar, portanto meu conselho de professora é que está na hora de fazermos um intervalo. Vamos dar uma caminhada. Você poderá ver mais do vilarejo, Tory, e podemos parar no caminho para comprar peixe com batatas fritas.

— Será bom tomar um pouco de ar fresco — concordou Tory, levantando-se. — E quero ver como é 1940 à luz do dia.

Quando ela se cobriu com o xale, a sra. Rainford disse:

— Tory, acho que deve pegar umas roupas da Polly emprestadas. Vocês têm quase o mesmo tamanho. Se alguém perguntar quem é, podemos dizer que é uma amiga da minha afilhada que veio nos visitar. Isso é vago o bastante.

— Acho que tem razão. — Tory olhou para Nick. — Não quero que ninguém pense que estou usando camisola em público.

Nick sorriu.

— Para mim, aquele vestido ainda parece uma camisola.

— Venha até meu quarto e eu arrumarei você — Polly se levantou. — Vai me dar a chance de ser a especialista dessa vez.

— Nada mais justo — concordou Tory ao seguir Polly escada acima.

O quarto da garota também ficava sob as cumeeiras, mas era extremamente organizado. Ela abriu as portas do guarda-roupa e analisou o conteúdo.

— Aqui tem uma saia, uma blusa e um cardigã que devem servir. Vou sair para você poder se trocar.

Tory levantou a saia azul indecentemente curta.

— Seus joelhos não ficam com frio?

— Não é tão curta assim! Pelo menos não tropeço em uma saia comprida.

Antes que Polly pudesse sair do quarto, Tory perguntou:

— O que é essa faixa de pedacinhos de metal?

— Um zíper. Imagino que vocês não tenham isso. — Polly mostrou como abrir e fechar a saia movendo uma etiqueta de metal.

Tory puxou a etiqueta para cima e para baixo, maravilhada.

— Com certeza é muito melhor do que usar alfinetes e laços! — Colocando a saia sobre a cama, perguntou: — E as roupas de baixo? Acho que meu corpete vai servir, mas minha chemise é comprida demais para esta saia.

— Corpete?

— Os corpetes curtos são suportes estofados para o tronco — explicou Tory. — Existem corpetes compridos que cobrem os quadris, mas estou usando um de estilo simples que termina na cintura e amarra na frente.

Polly fez uma careta.

— Corpetes são a mesma coisa que espartilhos?

— Sim, embora existam vários estilos. O que as mulheres usam agora?

— Vou mostrar. — Polly abriu uma gaveta numa cômoda pequena e tirou várias peças dobradas. — Você pode ficar com esta calcinha nova que ainda não usei. Aqui tem uma camisete limpa e uma combinação para usar sob a saia e a blusa.

Tory examinou as roupas de baixo, achando que a camisete e a combinação eram uma espécie de chemise que fora dividida em duas peças.

— O tecido tem uma trama muito fina e os pontos são *minúsculos*. Quem faz essa costura?

— Os pontos são feitos à máquina. A agulha sobe e desce muito rápido e se junta com outro fio que vem de baixo. — Polly demonstrou com os dedos. — Minha mãe tem uma máquina de costura, se quiser ver depois. — Tirou outra peça da gaveta. — As mulheres usam uma coisa chamada sutiã. Ainda não preciso de um, mas minha mãe comprou este aqui de presente quando fiz 13 anos. Ela disse que eu poderia precisar em breve.

Tory analisou o sutiã, que tinha duas copas modeladas e uma faixa que se enganchava nas costas.

— Isto parece arreio de cavalo. A camisete deve ser mais confortável.

— Espartilhos também não me parecem nada confortáveis. Imagino que é uma questão de costume. — Polly olhou para os pés de Tory. — Seus sapatos não se parecem com nada que se use agora. Acho que nossos pés são mais ou menos do mesmo tamanho. Talvez os meus sejam um pouco maiores. Tome, experimente esse par de sapatos escolares que já não me servem e que eu nem tive a chance de usar.

— Ah, gostei deles! — Tory virou os lustrosos sapatos de couro preto nas mãos. Os saltos tinham uns quatro centímetros e havia uma tira fina que se afivelava sobre o peito do pé. — E ainda vão me deixar mais alta!

— Aqui estão as meias para usar com eles. — Polly entregou um par de meias brancas de lã. — Isso e um chapéu devem ser tudo que você precisa.

Tory analisou o monte de roupas.

— Pedirei ajuda, se precisar.

— Tenho certeza de que uma maga consegue dominar roupas de baixo! — disse Polly com um sorriso travesso, saindo do quarto.

Tory conseguiu, embora se sentisse realmente estranha sem o suporte do corpete. Nunca tinha usado uma saia tão curta, e o zíper fez a parte de cima se ajustar exatamente aos seus quadris, mas gostou muito dos sapatos pretos lustrosos, que lhe serviram à perfeição. O cardigã era uma peça quente de lã que se abotoava sobre a camisa branca. Também gostou dele. Voltou para o quarto de Joe e penteou o cabelo antes de amarrá-lo novamente para trás com a fita.

— Você parece uma garota normal — disse Nick quando ela desceu a escada.

— Eu *sou* uma garota normal — retrucou ela. — Uma garota normal que sabe fazer magia. — Em um impulso travesso, usou a magia que aprendera na aula de Allarde para fazer flutuar uma boina azul-marinho do cabideiro até sua mão. — Posso usar este chapéu, Polly?

— Parece que ele quer ficar com você. — Sorrindo, Polly estalou os dedos para o cachorro. — Vamos, Horace. Passear!

O cão desgrenhado, que parecia estar praticamente em coma sob a mesa da cozinha, pôs-se de pé e correu para a porta, as unhas raspando no chão. Tory estava igualmente ansiosa para sair depois da longa manhã de trabalho. A luz do sol estava fraca, mas havia flores primaveris cheias de cor lá fora.

Quando o grupo estava descendo a ladeira até a cidade, Tory disse:

— Vejo que ainda há barcos de pesca no porto. — A visão era uma prova reconfortante de que a vida não mudara tanto assim.

Nick disse:

— Temos um barco e saímos para velejar sempre que possível. Ao menos, costumávamos fazer isso. — Sua voz soou nostálgica. Implícita estava a ideia de que sua família poderia nunca mais se reunir daquela forma.

Para distrair, Tory perguntou:

— O sr. Rainford e Joe também possuem magia?

— Não tenho certeza — respondeu a sra. Rainford. — Tom tem palpites muito bons. Intuições. Joe sempre foi muito bom em jogos porque parecia saber o que o outro time ia fazer antes que eles mesmos soubessem.

— Parece uma boa habilidade para um piloto — disse Tory, de forma animadora.

— Certamente espero que sim — disse a Sra. Rainford baixinho.

Tory tentou absorver tudo ao redor. Tanta coisa havia mudado.

— O que são os postes feios cheios de fios estendidos entre eles?

— Transportam eletricidade e as linhas de telefone — disse Nick.

— Telefone?

— Um telefone é... parecido com um rádio, mas transmite vozes através de um fio, e não pelo ar — explicou Nick. — Se quiser conversar com um amigo imediatamente, você telefona para ele e conversa, mesmo que ele esteja no outro lado da cidade.

Tory ponderou sobre aquilo.

— Qual é a pressa de conversar com alguém imediatamente? Não existem muitas coisas tão urgentes assim.

A sra. Rainford riu.

— Algumas coisas são urgentes. Outras, apenas convenientes. Vamos supor que eu fique doente amanhã cedo. Poderia telefonar para a diretora da minha escola e avisá-la, permitindo que ela encontre outra pessoa para dar as minhas aulas.

Aquilo, de fato, parecia útil. Tory indicou com a cabeça um dos desajeitados animais da estrada, que estava parado à margem da rua. Horace farejava uma das rodas.

— Esses carros feios e fedorentos de vocês. Eles funcionam com eletricidade?

— Têm motores a gasolina — respondeu Nick. — O combustível queimado é que causa o cheiro.

— O que é gasolina?

— É feita de petróleo, processada até se tornar uma substância que move motores.

— Petróleo? — disse Tory, desnorteada. Cada pergunta que fazia dava origem a mais dúvidas.

— É um pouco como o óleo de baleia que era usado em lamparinas. — Desta vez, foi Polly quem respondeu. — Mas o óleo que é transformado em combustível vem do solo, e não de uma baleia.

O olhar de Tory se desviou para um avião que voava ao norte sobre o canal.

— Suas máquinas voadoras também queimam petróleo?

— Mais ou menos — disse Polly. — Acho que o óleo é processado de forma um pouco diferente para aviões, mas vem do mesmo material.

— Isso será um problema quando a guerra se intensificar. — A sra. Rainford não olhava para o avião, mas em direção à França. — Nossa pequena ilha tem muita gente. Importamos a maior parte da nossa comida, todo o petróleo que usamos e a maioria dos outros suprimentos. Os alemães têm navios subaquáticos chamados submarinos que perseguem os navios de carga vindo para a Grã-Bretanha. Durante a Grande Guerra... isso foi de 1914 a 1918, Tory... os alemães afundaram tantos navios que, no fim da guerra, só nos restava cerca de um ou dois meses de comida.

Tory prendeu a respiração.

— Acha que isso vai acontecer novamente?

— Receio que sim. O racionamento começou aqui em janeiro. Só de bacon, manteiga e açúcar, por enquanto, mas, se a guerra se intensificar, muitas outras coisas serão racionadas.

— Desde que não racionem peixe com batata frita! — exclamou Nick.

— O peixe vem do mar e as batatas dão bem na Grã-Bretanha, portanto têm menos chance de ser racionados do que os outros alimentos — disse sua mãe. — Mas o chá vem lá da Ásia. É melhor fazer um estoque dele.

Polly pareceu horrorizada.

— Pode ser que não tenhamos chá?

— A minha mãe me fez cavar uma horta imensa nesta primavera. Fiz bolhas em cima das bolhas — acrescentou Nick. — Vamos nos afundar em legumes. Imagino que, a seguir, venha um galinheiro.

— Não é uma má ideia — disse a sra. Rainford, pensativa. — Tenho a sensação de que logo ficaremos agradecidos por termos nossos próprios ovos e galinhas. — E riu quando os filhos gemeram. — E talvez um viveiro de coelhos.

— Não — disse Polly, com firmeza. — Não vou comer um coelho que criei. Seria como comer o Horace!

— Muito bem, nada de coelhos, então. — Sua mãe sorriu. — Acho que também não conseguiria comer nossos próprios coelhos e galinhas, mas bem que gosto de um ovinho pela manhã.

Os Rainford eram bem mais tranquilos uns com os outros do que a família de Tory! Ela não conseguia nem imaginar brincar com Lorde

Fairmount a respeito de alguma coisa. Mas os Rainford levavam aquela conversa informal de forma divertida, ao mesmo tempo que discutiam questões mais sérias.

— Talvez você também devesse pensar em comprar tecidos para fazer roupas. Só por precaução. E sabão.

— Não tinha pensado em tecidos, muito menos em sabão — disse a Sra. Rainford devagar —, mas, no minuto em que você falou, soube que estava certa. O que mais você sente?

— Não sou vidente. — Ainda assim, como a maioria dos magos, Tory tinha alguma habilidade de sentir o que poderia acontecer. Abriu suas percepções internas... e ofegou.

— Viu alguma coisa terrível? — perguntou Polly, preocupada.

— Não um acontecimento em particular. — Tory balançou a cabeça, tentando clarear os pensamentos. — Mas, quando me concentrei, fui atingida por uma onda de medo e ansiedade. Embora, talvez, as pessoas não falem sobre a guerra, estão pensando nela o tempo inteiro.

— Também posso sentir isso — disse Nick. — É como uma manta sufocante.

— Minha prima mora em Londres — disse sua mãe, baixinho. — Ela me escreveu contando sobre a noite em que o blecaute entrou em vigor. Ela ficou parada diante de uma janela no segundo andar da sua casa e, para todo lugar que olhava, as luzes estavam se apagando. Era como se a cidade estivesse morrendo.

Polly estremeceu.

— Quando você leu a carta para nós, eu me lembrei do que aquele ministro das Relações Exteriores britânico disse, no começo da Grande Guerra. "As luzes estão se apagando em toda Europa e não voltarão a se acender enquanto estivermos vivos."

As palavras possibilitaram a Tory visualizar as luzes se apagando e sentir todo o pesar daquilo.

— Mas ele estava errado — disse ela, com firmeza. — Embora o mundo esteja mudado pela guerra, as luzes aqui voltaram a se acender. Dessa vez acontecerá a mesma coisa.

— Tenho certeza de que você está certa. — A sra. Rainford deu um sorriso amarelo. — Também havia muito a temer na sua época, mas a Grã-Bretanha sobreviveu.

Lembrando-se, Tory perguntou:

— O que aconteceu com Napoleão? Os franceses conseguiram invadir a Inglaterra? Perguntei para Nick, mas ele disse que não é muito bom em História.

— Isso é verdade — disse Polly —, mas História é minha melhor matéria. Napoleão...

Sua mãe levantou a mão.

— Não diga mais nada. Tenho uma forte sensação de que é melhor Tory não saber o que acontecerá em sua época. Conhecimento demais pode causar problemas. É suficiente saber que, apesar das guerras e de muitas outras mudanças, a Grã-Bretanha hoje é uma nação poderosa e independente.

Tory quis protestar, mas pensou melhor. Conhecer o futuro mudaria inevitavelmente seu comportamento, caso voltasse para casa. Isso poderia ser ruim.

Enquanto caminhavam até o porto, algumas pessoas os cumprimentavam, mas os Rainford apenas acenavam de volta, caminhando rapidamente para não ter de parar para conversar. Tory ficou agradecida por isso. Talvez estivesse vestida para 1940, mas podia facilmente dizer algo errado.

Chegaram ao porto e seguiram pela orla, para a direita. Nick apontou para um barco atracado no último píer.

— Aquele é o nosso barco. O *Sonho de Annie*.

Era uma embarcação graciosa, com uma cabine de convés e espaço para a família inteira dormir, embora as acomodações sob o deque devessem ser apertadas.

— Quem é Annie?

— Meu nome é Anne. Tom me chama de Annie — disse a sra. Rainford afetuosamente. — Ele me prometeu um barco quando me pediu em casamento. Como eu poderia dizer não? Ele comprou o barco do seu tio-avô pescador e o restauramos juntos.

— No meu último aniversário, meu pai levou minha classe inteira para velejar — disse Polly, nostálgica.

Tory pensou que, para um barco que não era muito grande, o *Sonho de Annie* carregava uma porção de lembranças.

— De quantas pessoas precisa para tripular?

— Se necessário, Polly e eu podemos navegá-lo — disse Nick. — Mas uma tripulação maior é melhor.

— Estou pensando em tirar o barco da água até... tudo terminar — disse a sra. Rainford. — Ele não vai ser muito usado e o canal poderia ficar perigoso com uma guerra acontecendo a apenas alguns quilômetros de distância.

— Não agora, que o tempo está começando a esquentar! — protestou Polly.

— Quero velejar este fim de semana. — Nick olhou para Tory. — Você veleja? É maravilhoso. Podia ficar e aprender a tripular.

Ela balançou a cabeça.

— Tentador, mas já terei ido embora até lá.

— Muito bem, vou deixar para guardar o barco mais para frente — disse a sra. Rainford. — Vamos ver como vão as coisas. Mas, por ora... peixe com batatas fritas!

Quando entraram na loja, Tory perguntou:

— Como é o dinheiro de agora?

Nick pegou algumas moedas e as colocou na palma da mão dela.

— Doze centavos, ou *pence*, são um xelim, vinte xelins são uma libra e há moedas de *penny*, meio *penny*, dois *pence*, seis *pence* e assim por diante. Esta aqui é meia coroa, que vale dois xelins e meio.

Tory remexeu nas moedas.

— Não é muito diferente do que estou acostumada.

— Em outras palavras, o dinheiro britânico sempre foi ilógico — disse Polly com um sorriso.

— Dinheiro lógico seria chato.

Quando Tory tentou devolver o dinheiro para Nick, ele o recusou com um gesto.

— Guarde como lembrança — disse ele com rispidez. — Para que não se esqueça de nós.

Como se ela pudesse se esquecer daquela jornada para outra época! Tory guardou as moedas, feliz por ter algo tangível para levar consigo.

A loja de peixe e batatas fritas tinha um balcão de pedidos, um cartaz acima que dizia O PAICALHAU e meia dúzia de gatos esperançosos descansando na frente. A sra. Rainford pediu quatro porções, servidas quase imediatamente. O bacalhau e as batatas fritas vinham envoltos em um cone de jornal, com vinagre ácido de malte salpicado por cima.

— Vocês têm peixe com batatas fritas onde você vive? — Polly passou um dos cones a Tory.

— Não. Mas isto aqui tem um cheiro delicioso. — Tory mordeu um pedaço do peixe frito e crocante. — Maravilhoso! — E experimentou uma das batatinhas douradas, suspirando com deleite. Não à toa Nick não queria que peixe com batatas fritas fossem racionados.

— Isso é comida para se comer caminhando — explicou Nick conforme voltavam para a rua do comércio, que subia pela colina. Jogou vários pedacinhos de peixe para os gatos. Sua mãe, a irmã e Tory o imitaram. Não era de se admirar que os gatos parecessem tão viçosos e bem-alimentados.

Ela sentiria saudade daquela época e daquelas pessoas, percebeu Tory. Contudo, aquele não era o seu lar. Os Rainford defenderiam a Inglaterra agora, e ela faria o melhor que pudesse no seu próprio tempo.

Rezava para que todos eles tivessem êxito.

CAPÍTULO 23

Lackland, a longa volta para casa

— É aqui? — perguntou Nick, olhando com hesitação para as paredes de calcário. — Estes túneis parecem todos iguais.

— Acho que sim. — Tory tinha usado sua intuição para chegar ao túnel sem saída sob as ruínas da Abadia de Lackland. Embora tivesse feito algumas curvas erradas, agora que chegara àquele ponto podia sentir uma magia poderosa pulsando no local.

Era noite de terça-feira, e os Rainford a haviam acompanhado até a abadia para se despedir. Ensinar magia exigia que baixassem as defesas de ambos os lados e, em três dias, um elo muito forte fora forjado entre Tory e seus alunos.

Todos se esforçaram muito. Sentia-se orgulhosa de como haviam transformado seus poderes crus e destreinados e já começavam a se tornar magos competentes. Continuariam melhorando, agora que Tory estabelecera um alicerce de conhecimento e de disciplina mágico.

Ela vestia suas próprias roupas novamente, com o xale apertado junto ao corpo, para protegê-la do frio cortante da travessia pelo espelho. Seu estômago formou um nó ao pensar no que estava prestes a fazer. Em sua primeira travessia, não soubera o que aconteceria. Agora, sabia... e não estava nem um pouco empolgada.

Polly perguntou, direta:

— E se você terminar em uma época diferente da sua?

— Depois que me recuperar da viagem, tentarei novamente. Como estarei ainda mais desesperada, a segunda travessia funcionará. — Tory tentou manter a voz tranquila, mas não foi muito convincente. Era perigoso usar magia que não se compreendia, mas não tinha alternativa. A sra. Rainford repassara todos os seus textos antigos e não encontrara nenhuma indicação de outros recursos mágicos nem feitiços que pudessem transportar uma pessoa através do tempo.

Tory se virou para os amigos.

— Fiz presentes para vocês. — Ela tirou três moedas do bolso. — Carreguei cada uma dessas moedas com um tipo específico de magia. Polly, tome este meio *penny*. Gosto da imagem da deusa Britannia impressa na parte de trás. Você saberia me dizer que tipo de magia contém?

Polly segurou a moeda de cobre, que tinha cerca de dois centímetros e meio de diâmetro. Após vários instantes analisando-a com a testa franzida, ela exclamou:

— É para manter o foco! Obrigada! Preciso mesmo disso. — Ela sorriu. — Por isso você me deu, lógico.

— Nick, para você, uma moeda de três *pence*. — Ela lhe entregou a moeda de cobre em formato de prisma de doze lados. — Consegue sentir a magia que coloquei nela?

Ele fechou os olhos.

— Discernimento? Para me ajudar a chegar ao âmago de uma questão?

— Exatamente. Deve ser útil, mais cedo ou mais tarde.

Ela se virou para a sra. Rainford.

— Para você, uma lustrosa e prateada moeda de seis *pence*, só que não é realmente para você.

— Considera-se que a moeda de seis *pence* dá sorte. — A sra. Rainford fechou os dedos em volta da moeda. — Proteção — sussurrou ela. — É para proteção, e você a fez para o Joe.

— Não posso garantir que faça milagres — disse Tory, com alguma timidez. —, mas acho que a moeda vai ajudar a mantê-lo em segurança. Entregue-a a ele quando ele terminar o curso de pilotagem.

— Obrigada. — A voz da sra. Rainford estava embargada quando abraçou Tory. — Vá em segurança, querida, e se não conseguir voltar para a sua época, sempre será bem-vinda aqui.

— Você poderia nos ajudar muito com os nazistas — disse Nick. — E eu a levaria para velejar.

— Com dois irmãos, sempre quis ter uma irmã. — Polly deu de ombros, como se suas palavras não importassem. — Se mudar de ideia e quiser voltar...

— Vocês estão fazendo com que partir seja muito difícil. — Tory tentou sorrir. Ela se virou no fim do corredor. — Vai ser uma decepção e tanto se eu não conseguir invocar o espelho.

Fixou o olhar no calcário e deixou suas emoções aflorarem. Queria, *precisava* dos seus amigos, da sua família e da sua casa. Imagens da sua vida lhe saturaram a mente, junto com o desejo desesperado de voltar. Estendeu a mão com a palma virada para cima. *Lar...*

Houve um resplendor de poder, com um rugido abafado. Os Rainford se espantaram quando um retângulo prateado alto e reluzente surgiu diante de Tory. Ela viu a si mesma refletida na superfície brilhante e impecável. Miúda e morena como sempre, mas sua imagem era... impressionante.

Refletidos atrás dela, estavam os Rainford, os braços ao redor uns dos outros.

— Adeus... — A voz de Tory vacilou conforme se aproximou o bastante do espelho para tocar em sua superfície. Prata fria, que queimava de magia...

O espelho ficou escuro. A energia a sugou para dentro do abismo, destruindo e reconstruindo à medida que ela caía sem parar, em um lugar onde não conseguia sequer gritar.

Então, foi atirada novamente no espaço normal, caindo com força no chão de um túnel sem luz. Uma escuridão desceu sobre ela, e ouviu um homem gritar. Maldição, devia ter voltado exatamente ao ponto de onde começara!

— Tory, acorde! Por favor, acorde!

A voz masculina e afobada era conhecida. Mas, certamente, não podia ser...

Os olhos de Tory se abriram de repente. Deus do céu, era realmente Allarde inclinado sobre ela! Conseguira voltar à própria época. Zonza, percebeu que ele estava ajoelhado no chão do túnel e que ela se encontrava em seu colo, sustentada pelos seus braços. Sua expressão controlada de costume fora substituída por uma nítida preocupação e parecia haver um halo angelical em volta dele.

Não um halo... uma luz mágica, flutuando bem acima de sua cabeça. Convencida de que estava sonhando, sussurrou:

— Allarde?

— Graças a Deus! — exclamou ele. — Você está bem?

Embora estivesse exausta e trêmula, os braços de Allarde conseguiam afastar o frio do abismo.

— Não estou machucada. Só... abalada. O que aconteceu?

— Três dias atrás você desapareceu, quando o Labirinto foi invadido. A princípio, ninguém percebeu que você havia sumido. — Allarde olhou para as paredes de calcário que os rodeavam. — Você conseguiu se esconder em um túnel? Pareceu ter saído do nada.

Em vez de responder, ela perguntou:

— Como me encontrou?

— Esta noite foi a primeira sessão dos Irregulares desde a invasão do Labirinto. Estava preocupado com você, então, quando a sessão terminou, decidi procurar um pouco por aqui antes de voltar para a escola. — Sua testa se franziu. — Fui atraído para este lugar sem saber por quê. Então, você surgiu do nada. Você desenvolveu algum feitiço novo de invisibilidade?

— É muito mais complicado do que isso. — A simples ideia de explicar suas aventuras fez a cabeça de Tory doer. — Viajei no tempo.

— Perdão? — Os olhos cinza dele pareciam cheios de dúvida.

— Como disse, é complicado. Vou guardar minhas explicações para quando os professores estiverem presentes, assim não terei que ficar repetindo. — Um pensamento a atingiu. — A srta. Wheaton e o sr. Stephens não foram apanhados e demitidos, foram?

— Não, todo mundo conseguiu escapar. Elspeth disse que você atraiu os invasores para longe do grupo dela. Deve ter sido pouco antes de você desaparecer. — Ele sorriu. — Você é uma heroína.

Era bom ouvir aquilo, embora Tory não tivesse se sentido muito heroica na hora. Suspirou. Por mais agradável que fosse a posição em que se encontrava, não podia ficar ali. Tentou se levantar, mas quase caiu de tontura.

Allarde a segurou.

— Você não está em condição de andar. — Ele a tomou nos braços e voltou caminhando pelo túnel, a lâmpada mágica flutuando à frente deles.

Após a surpresa inicial, Tory relaxou e apoiou a cabeça no ombro dele. Seu cheiro, seu calor, sua energia... ser carregada por ele era como voltar para casa.

Uma casa assustadora e atraente. A beleza austera do seu perfil a hipnotizava, e o braço direito sob suas pernas lhe dava arrepios em lugares nos quais nunca havia pensado. O bom é que não estava usando aquela saia indecente de Polly!

Estava confusa, contudo.

— Fico muito grata pela sua atenção. Vai... além do que se espera de um colega para com o outro.

— Você é mais do que uma colega para mim, Tory — disse ele, baixinho.

— Então, o que sou? — perguntou ela, a voz igualmente baixa.

— Eu... não sei bem — disse ele, sem olhar para ela.

Estavam se aproximando do salão principal e só restavam alguns momentos daquela inesperada intimidade. Não queria que terminasse, mas não sabia como prolongá-la.

— É melhor me colocar no chão. Me carregar assim pode passar a impressão errada.

Com gentileza, ele a colocou em pé, mantendo um braço à sua volta enquanto ela se estabilizava.

— A impressão não seria errada. — Ele segurou seu rosto com a palma da mão, o toque tão leve que era absurdo que seu coração se acelerasse tanto. — Apenas... impossível.

— Por que impossível? — sussurrou ela.

— Em outros momentos e lugares, eu poderia me comportar de forma diferente. — Ele deixou a mão cair, os olhos profundamente tristes. — Não agora. Não aqui.

Ele parecia estar dizendo que a admirava, mas que não podia fazer nada a respeito. Ela queria protestar, fazê-lo dizer mais, porém alguma coisa que sua irmã dissera uma vez ecoou em sua mente. *"Ao procurar por um parceiro, você poderá encontrar homens que poderiam ser adequados em circunstâncias diferentes, mas que não servem por uma série de bons motivos. É melhor dar um sorriso cortês de adeus e guardar essa breve lembrança no coração."*

Tory não havia entendido muito bem na ocasião. Agora, entendia. A situação deles ali em Lackland mudava muitas coisas. Para começo de conversa, Allarde não poderia ter uma esposa maga se quisesse conservar seu título e a herança. Já que não poderia haver nenhum final feliz para eles, ele se recusava até mesmo a começar. Ele era sábio, o maldito.

Com a garganta apertada, disse:

— Espero que a maior parte dos Irregulares tenha ido embora. Não conseguiria encarar uma plateia muito grande.

Ela deu os últimos passos até o salão. As pessoas restantes eram as mesmas que ficavam geralmente até mais tarde: a srta. Wheaton e o sr. Stephens, que sempre saíam por último. Os monitores, com a irmã de Jack Rainford, Rachel, acompanhando-o. Se aqueles dois ficassem lado a lado com Nick e Polly, ninguém duvidaria que tivessem o mesmo sangue.

De um lado, estava Elspeth. E... maldição! Lady Cynthia.

Allarde elevou a voz.

— A perdida retornou!

— Tory! — Seu nome foi dito em coro enquanto cadeiras arrastavam e as pessoas se atiravam na sua direção.

— Fiquei tão preocupada! — Elspeth a alcançou primeiro e a agarrou em um abraço apertado.

Jack chegou um momento depois e abraçou ambas.

— Você está com uma aparência terrível — exclamou ele —, mas, mesmo assim, é bom tê-la de volta.

Quando Tory se afastou para tomar ar, a srta. Wheaton pegou suas mãos.

— Graças a Deus que você está bem! Quando voltei aqui depois da invasão, podia sentir que uma magia muito poderosa havia ocorrido e que envolvia você, mas eu não sabia o que era.

Cynthia, que ficara um pouco atrás, disse:

— Supus que Tory estivesse se escondendo em algum lugar. Estava esperando que não voltasse mais, assim eu ficaria com o quarto só para mim.

Ignorando Cynthia, Tory perguntou:

— Alguém já ouviu falar do espelho de Merlin?

O sr. Stephens respirou fundo.

— É uma lenda.

— Na verdade, não é. — Tory hesitou. — Posso contar a você e à srta. Wheaton em particular o que aconteceu?

Os professores discutiram em silêncio com o olhar antes de a srta. Wheaton responder:

— Todos querem saber, então é melhor contar a todos de uma só vez.

Tory se acomodou em um dos sofás puídos. Era mais duro do que os móveis do futuro.

— Quando estava tentando escapar dos invasores, descobri um artefato mágico que me transportou para 1940 e, agora, de volta para cá. Me disseram que se chama espelho de Merlin.

Cynthia rompeu o silêncio de espanto.

— Até parece!

— É exatamente assim que os espelhos de Merlin supostamente se comportam — disse o sr. Stephens. — Poucas pessoas são capazes de fazer essa magia, mas, para quem tem o dom, eles são portais para épocas diferentes. Suponho que tenha ficado em Lackland?

Ela assentiu.

— A abadia estava em ruínas, então fui caminhando até o vilarejo. Em 1940, eles também estão enfrentando guerra e invasão, só que dos alemães, não dos franceses.

— Nossos reis são alemães e os estados alemães são nossos amigos — disse Jack.

— Não em 1940. — Tory aceitou uma caneca de chá quente e bem açucarado de Rachel. — Obrigada! Viajar no tempo me deixou faminta. — Depois de um gole estimulante, prosseguiu: — Encontrei futuros Rainford. Não sei que parentesco eles têm com você, Jack, mas com certeza são da mesma família.

— Verdade? — Rachel parecia encantada. — Também são magos?

— Eles têm talento, mas a magia praticamente desapareceu em 1940. Os Rainford... Nick e Polly e a mãe deles... me pediram para ensiná-los a usar suas habilidades, então eu fiquei lá por três dias. Eles precisam da magia para a guerra, assim como precisamos para a nossa.

Quase todos ali começaram a fazer perguntas para Tory, mas a srta. Wheaton levantou a mão para deter a torrente.

— Todos estamos morrendo de vontade de saber mais, mas agora você precisa dormir. Prepare-se para responder a todas as perguntas na próxima reunião.

— Não vou responder a todas elas. — Tory pensou no que a sra. Rainford dissera. — Acho que é melhor não sabermos demais sobre o futuro.

— Você pode estar certa, mas vamos perguntar mesmo assim. — Jack pegou sua irmã. — Estamos indo agora, mas vamos querer saber pelo menos sobre esses nossos descendentes!

Tory sorriu.

— Não sei ao certo se você e Nick seriam amigos ou se odiariam um ao outro.

Ele sorriu.

— Uma pena que jamais descobriremos.

Uma pena que Polly e Rachel tampouco se conheceriam. Polly dissera que queria uma irmã.

— Estou feliz por estar em casa — disse Tory. — Não sabia se conseguiria voltar.

Allarde vinha escutando tudo aquilo em silêncio e ela viu em seus olhos que ele entendia quão apavorada ela estivera diante da perspectiva de ser abandonada em outra época.

— Mas você está aqui — disse ele —, e por isso ficamos gratos.

Elspeth se levantou.

— Vamos, então. Você parece prestes a cair.

Não havia motivo para cair, já que Allarde estava indo na direção contrária e não poderia apanhá-la, então Tory se levantou e seguiu Elspeth em direção ao túnel azul. Cynthia as acompanhou.

Quando entraram na passagem, Tory tocou no código de cor. Quando este se iluminou com força, ela disse:

— Esses sinais haviam quase desaparecido. Tanto a magia extra do Labirinto como a contenção mágica na superfície diminuíram com o tempo.

— Como era o futuro? — perguntou Elspeth.

Quando Tory hesitou, pensando no que dizer, Cynthia disse, com acidez:

— Acho que ela inventou tudo isso só para parecer interessante.

Tory tirou do bolso as moedas que Nick lhe dera.

— Acha que inventei isto?

As outras meninas pararam para examinar o dinheiro.

— Esta moeda tem a data de 1901 e a figura de uma rainha, não de um rei! — Elspeth reforçou uma luz mágica para ver com mais clareza. — Diz "Rainha Vitória". Talvez você tenha um futuro ilustre à sua frente, Tory!

Tory riu.

— Dá para ver, pela imagem, que é da Casa de Hanover. Provavelmente é descendente do Rei Jorge. Gosto da ideia de uma rainha governando. Não temos uma desde a Rainha Ana, e isso já foi há quase um século.

— Esta de meio centavo diz Jorge V, 1935. — Cynthia a devolveu para Tory. — O Príncipe de Gales será Jorge IV quando seu pai morrer, então deve haver outros nomes entre agora e 1935.

— Vitória, e talvez alguns Eduardos e Guilhermes — disse Tory. — A realeza não é muito criativa com nomes. — Guardou as moedas, pensando que precisaria de um bom esconderijo para elas.

Quando saíram do túnel no porão do refeitório, a contenção da sua magia foi sufocante. Depois de vários dias usando todo o seu poder, sentiu mais falta do que nunca. Era a desvantagem de voltar para a abadia, mas valia a pena.

Quando as três chegaram ao dormitório, Elspeth tocou no braço de Tory em um boa-noite silencioso, antes de entrar em seu quarto. Tory e Cynthia continuaram até o fim do corredor. Uma lamparina fraca estava acesa no quarto.

Quando Cynthia aumentou a chama, Tory viu que os pertences da garota estavam espalhados sobre sua cama e sua cadeira.

— Vejo que não estava brincando com relação a querer todo o espaço — disse Tory secamente, começando a recolher peças de roupa da cama.

— O quarto precisava parecer ocupado — retrucou Cynthia. — Eu disse para os professores que você estava doente e que não podia ir às aulas, para que ninguém soubesse que havia sumido.

— Foi muita gentileza da sua parte — disse Tory, surpresa. — Menos possibilidade de haver problemas.

— Achei que você pudesse ter fugido e que precisasse de um tempo de vantagem — disse a outra garota, em voz baixa. — Quando não falaram nada a respeito, porém, comecei a me perguntar se você teria caído do penhasco ao tentar escapar.

Minha nossa, a deslumbrante Lady Cynthia havia realmente se preocupado!

— Obrigada — disse Tory. — Se não tomar cuidado, vou começar a achar que tem um coração de verdade.

— Pelo menos já estou acostumada com você como colega de quarto — disse Cynthia com irritação. E apagou a lamparina, deixando Tory no escuro.

Sorrindo, Tory jogou as roupas de Cynthia para o outro lado do quarto antes de se despir e deitar na cama.

Estou em casa. Estar ali era tão bom que nem se incomodava com Cynthia.

CAPÍTULO 24

— É estranho sentir a energia do espelho, mas não conseguir vê-lo ou tocá-lo — disse a srta. Wheaton, passando a mão com cautela no fulgor de poder invisível que marcava a posição do espelho. Afastou-se rapidamente. A energia podia ser invisível, mas dava uma sensação incômoda, como um choque elétrico.

— É preciso ter uma razão muito forte para invocar o espelho. Curiosidade não é suficiente. — Tory ajustou o xale em volta dos ombros. Ficar tão perto do poder do espelho a deixava nervosa. — Com que frequência alguém precisa ir para outra época?

Na semana desde que retornara, a vida tinha voltado ao normal. Ninguém havia questionado a história de que estivera doente, e ela, calmamente, retomou às aulas regulares e às sessões no Labirinto.

A srta. Wheaton e o sr. Stephens fizeram muitas perguntas sobre a viagem, e ela compartilhara o que sabia sobre a magia, mas não sobre os fatos históricos. Até aquela noite, eles não tinham pedido que voltasse ao local do espelho. A sessão regular de estudos havia terminado e as únicas pessoas que restavam eram os professores e os monitores, que escolheram ficar até mais tarde.

— Imagino que tenha razão; só curiosidade não basta — disse o sr. Stephens com tristeza. Seus olhos estavam fechados e ele tentou invocar o espelho algumas vezes, sem sucesso. — Mas certamente seria interessante estudar o portal.

— Talvez o problema seja que apenas Tory tenha a magia certa para invocá-lo. — A srta. Wheaton olhou para a menina. — Estaria disposta a tentar?

— Não! — Tory sacudiu a cabeça e recuou vários passos. — Tenho certeza de que o espelho não vai achar muito bom ser chamado meramente para ser estudado. Se ele aparecer quando eu chamar, acho que terei que usá-lo. Nas minhas duas viagens pelo portal, eu me senti como se estivesse sendo arrastada pela magia e não quero fazer isso de novo!

— Qual foi a sensação de atravessar? — Jack os acompanhara até o túnel. Ele e a irmã estavam particularmente interessados no espelho pelo fato de Tory ter conhecido os futuros Rainford.

— Como ser picada em mil pedacinhos, fervida numa tina de lavar roupa e, depois, ser montada novamente — disse Tory com acidez. — Uma experiência que não recomendo.

— Eu gostaria de ver umas dessas máquinas voadoras — disse Jack, melancólico. — Não se parece em nada com um balão de ar quente.

A srta. Wheaton se virou novamente para o corredor.

— Encontrei uma pesquisa interessante, Tory. Sugeria que uma pessoa com magia suficiente para chamar o espelho pode levar outras consigo através dele.

Tory pensou no comentário de Nick sobre vir dançando através do tempo.

— Então, eu poderia pegar a sua mão e, você, pegar a mão do sr. Stephens, que seguraria a mão de Jack, e poderíamos atravessar o espelho como uma fila de pessoas dançando quadrilha?

— Acho que sim, embora seja só um palpite. — A srta. Wheaton sorriu. — Mas nós precisaríamos de um bom motivo. Agora, vamos. Hora de nos recolhermos por esta noite.

Enquanto o pequeno grupo voltava para o salão principal, Tory acalentou a esperança de que aquele fascínio com o espelho diminuísse logo. Estava ficando cansada de falar dele. Embora fosse um artefato interessante, era como a habilidade de voar: nada de particularmente útil.

Chegando ao salão, Elspeth e Allarde serviam chá nas canecas sob o olhar entediado de Cynthia. A maioria dos Irregulares ajudava nas tarefas de manutenção do Labirinto, fossem aristocratas ou filhos de trabalhadores rurais, já que o que produzia respeito no Labirinto era habilidade mágica. Entretanto, Tory ainda estava para ver Cynthia usar as mãos pálidas em qualquer coisa similar a trabalho. Ela sempre ficava até mais tarde porque os monitores também ficavam e Allarde era monitor. Aparentemente, continuava esperançosa de que a cortesia inabalável do rapaz um dia se transformasse em um sentimento mais intenso.

Allarde ficava à vontade com Elspeth porque eram primos e já se conheciam antes de serem mandados para Lackland, mas ainda evitava Tory. Ele era muito discreto, e provavelmente só ela notava. Embora dissesse a si mesma que era porque ele se importava, ainda doía. Não podiam ser amigos, mesmo que a hora e o lugar fossem errados para que algo mais se desenvolvesse? Mas, não, ele apenas a observava com os olhos sérios e mantinha distância.

Elspeth encobriu um bocejo.

— Estou cansada. Pronta para voltarmos, Tory?

— Com certeza. — Nas últimas duas sessões, Tory começara a dar aulas para alunos menos avançados. Desconfiava que sua habilidade de mesclar energias permitia que transferisse sua própria compreensão do ato de magia diretamente para o aluno, mas era algo exaustivo.

Tory e Elspeth atravessaram o salão em direção a um túnel que dava na escola das meninas. Estavam chegando à passagem quando Tory parou de repente e olhou para trás.

— Tory? — Elspeth se virou, com a expressão indagadora.

— Achei ter ouvido chamarem meu nome.

O clamor soou novamente e, dessa vez, as palavras frenéticas foram compreensíveis.

— Tory? Tory, você está aqui?

Ela se virou. A voz soava familiar e vinha de um túnel que levava até o espelho de Merlin. Todos os que ficaram até mais tarde se encontravam no salão principal ou estavam indo embora, portanto quem poderia estar chamando dali?

— Tory! — A voz rouca estava cada vez mais próxima, quase no salão principal.

Certamente não podia ser... Com o coração aos pulos, Tory correu e foi em direção ao túnel.

Uma figura saiu cambaleando da entrada, com uma lâmpada mágica de luz mortiça nas mãos. Cabelos claros, calça bege, um blazer de tweed marrom e parecendo quase um cadáver. Um cadáver muito familiar.

— Nick! — Tory o pegou pelo braço, pensando que não era de admirar que tivessem se preocupado, se fora com uma aparência tão ruim assim que ela saíra do espelho.

— Tory? — disse ele, zonzo, ao desmoronar junto dela.

Então, Allarde estava ao lado dele, sustentando a maior parte do seu peso. Jack assumiu o lugar de Tory e os dois guiaram Nick até o sofá mais próximo, ajudando-o a se estender nas almofadas.

Tory se inclinou sobre ele.

— Nick, sou eu, Tory. Você está bem?

O sr. Stephens e a srta. Wheaton chegaram, com Elspeth e Cynthia logo atrás. Nick piscou, olhando para Tory.

— Eu... consegui chegar. Não tinha certeza se conseguiria encontrar a sua época.

— Você está em 1803, cerca de uma semana depois que eu voltei. — Ela esfregou as mãos geladas dele, tentando aquecê-las. — Alguém poderia fazer um chá quente para ele?

— Eu cuido disso — disse Rachel. Ela era uma maga de cozinha quase tão boa quanto Alice.

A srta. Wheaton trouxe um dos cobertores que ficavam guardados no salão e o colocou sobre Nick, que tremia de frio. Tory achava que sua passagem pelo espelho devia ter sido ainda mais difícil que a dela. O chá quente chegou rápido, junto com os últimos biscoitos amanteigados. Quando a srta. Wheaton fizesse anotações sobre a magia do espelho, deveria citar que chá quente e doce ajudava na recuperação.

À medida que a cor foi voltando para o rosto de Nick, Tory se ajoelhou ao lado do sofá, ainda segurando sua mão.

— Por que você veio, Nick? Aconteceu alguma coisa?

Ele tentou focar o rosto dela.

— Lembra que contei que os nazistas estavam atravessando a Bélgica e a França com guerras-relâmpago e que os Aliados estavam tentando detê-los?

Ela tentou se lembrar.

— Sim, e seu pai está no exército, na Força Expedicionária Britânica. Ele foi ferido?

— Eu não sei! — Nick parecia prestes a chorar. — Tory, tudo desmoronou tão depressa que está sendo difícil de acreditar. Os Aliados estão sendo esmagados. Perderam a maior parte da infantaria blindada e uma parte enorme da FEB ficou isolada do exército mais para o norte. Estão sendo empurrados de volta para o canal em Dunquerque, um pequeno porto francês que fica quase na Bélgica. As cidades de Calais e Boulogne estão sob ataque e é só uma questão de tempo até os malditos alemães tomarem Dunquerque também.

— O exército britânico ficou tão frágil assim? — perguntou o sr. Stephens, em uma voz abafada.

— Não, mas os nazistas desenvolveram novas armas e técnicas de batalha para as quais os aliados não estavam preparados. Eles têm tanques Panzer: enormes veículos de metal que se movem depressa e são muito difíceis de deter. Contornaram as fortalezas francesas — respondeu Nick. — A Europa está em ruínas. A Holanda se rendeu, a Bélgica está a ponto de fazer o mesmo, a França está cedendo e a Inglaterra... a Inglaterra será a próxima. Tudo aconteceu em questão de semanas.

Houve exclamações de choque por parte de todos que ouviam. Mais do que qualquer um ali, Tory podia visualizar o horror do que Nick estava descrevendo.

— Alguma coisa está sendo feita para contra-atacar os alemães? Ou nosso exército inteiro será capturado de modo que a Inglaterra não terá alternativa senão se render?

— É por isso que estou aqui. — Os olhos de Nick se fecharam com força conforme lutava para recuperar o controle. — A Marinha Real vai evacuar o máximo de homens que puder, mas existem centenas de milhares de soldados encurralados. Jamais conseguiremos resgatar todos eles. A Marinha espera salvar talvez trinta ou quarenta mil homens. Trinta mil de um total de meio *milhão!*

Não era para menos que Nick se desesperara o bastante para viajar através do espelho! Tory perguntou:

— Você veio porque acha que podemos ajudar?

— Sim. — Seus olhos estavam em chamas ao encará-la. — Vocês têm um mago do clima, não têm? Um dos meus antepassados?

— Sou eu. — Jack se colocou atrás do sofá, parecendo um irmão um pouco mais velho de Nick. — Jack Rainford.

Nick ergueu o olhar até Jack.

— Você mora aqui em Lackland, então sabe como o canal geralmente fica revolto no fim da primavera, começo do verão. A Marinha precisa de águas tranquilas para poder carregar os navios com soldados e evacuá-los. Águas tranquilas e céus nublados, para que os aviões alemães não afundem todos os nossos navios. Você consegue fazer isso?

Jack ficou espantado.

— Você quer que eu vá para 1940 e controle o clima?

— Sim. — A voz de Nick soava totalmente séria. — Caso contrário, a Grã-Bretanha estará condenada.

— Nem sei se o que você está pedindo é possível — disse Jack, calmamente. — Você precisaria de um trabalho extremo de controle climático por dias a fio para manter o mar calmo e o céu nublado. Sou bom, mas ninguém tem esse tipo de poder. — Ele franziu a testa pelo intervalo de uma dúzia de batimentos cardíacos. Então, sua expressão ficou decidida. — Mas eu poderia tentar. Eu *vou* tentar.

— Com mais poder, você pode controlar o canal por mais tempo— disse Allarde em voz baixa. — Vou com você.

— Isso é loucura! — exclamou o sr. Stephens, a expressão horrorizada.
— Vocês são alunos, praticamente crianças ainda! A escola tem responsabilidade perante suas famílias. Não posso permitir que façam algo assim tão perigoso.

As sobrancelhas de Allarde se arquearam.

— Não pode nos impedir, senhor. Ainda que nos delate para o diretor, podemos atravessar o espelho antes que ele possa fazer qualquer coisa.

Como o sr. Stephens hesitou, dividido entre a responsabilidade com os alunos e o dever para com seu país, Tory disse:

— Estamos treinando para ajudar a Inglaterra, caso ela precise da gente. Talvez seja o futuro que sentimos nos chamar.

A srta. Wheaton sorriu; contrariada, mas resignada.

— Devemos ceder diante do inevitável, Lewis. Esses jovens são magos. Podem aceitar orientações, mas não podem ser obrigados a fazer nada, assim como eu e você na idade deles. Além disso, o perigo não deve ser muito grande. Estarão na Inglaterra, fazendo magia climática, e não lutando em uma batalha.

O sr. Stephens soltou o ar com força.

— A srta. Wheaton tem razão. Qualquer rapaz que escolha servir ao seu país é de fato um guerreiro, ainda que não tenha idade suficiente. Vão com as minhas bênçãos: eu gostaria de poder ir com vocês.

— Rapaz ou moça. — As mãos de Tory se apertaram quando lembrou o horror de atravessar o espelho, mas não tinha a menor dúvida do que o dever exigia. — Também irei. Vão precisar de mim para mesclar e intensificar a magia, e também posso ajudar com o portal.

A expressão do sr. Stephens ficou ainda mais horrorizada. Homens podiam ser guerreiros, mas não flores frágeis e delicadas como ela. Ela lhe deu um sorriso inocente.

— Sou a única que já fez a travessia nos dois sentidos, então eu sei o que isso acarreta.

— Você disse que não queria atravessar de novo — disse a srta. Wheaton, franzindo a testa.

— E não quero. — A boca de Tory entortou. — Mas agora existe um motivo irrefutável.

— É melhor eu ir também — disse Elspeth calmamente. — Uma curandeira pode ser útil.

Jack assentiu.

— Verdade, e você vai acrescentar uma boa quantidade de poder.

Rachel Rainford disse:

— Também vou.

Seu irmão franziu a testa.

— A mamãe vai ter um treco se nós dois formos.

— Ela vai ter um treco se um de nós for, então qual a diferença de os dois irem? — disse Rachel com teimosia.

— Seria pior, você sabe bem disso — respondeu Jack. — Já que eu que tenho a magia climática, sou eu quem tem que ir.

— Acho que ele tem razão, Rachel — disse Tory, baixinho. — Sua mãe sempre foi tão generosa com todos os Irregulares. Não parece justo que ela veja ambos os filhos se lançarem no desconhecido.

— Acho que está certa. — Rachel parecia prestes a explodir. — Mas é bom que volte e me conte tudinho, Jack Rainford!

— Dou a minha palavra, Rach. — A atenção de Jack se voltou para Nick, que agora estava sentado, embora ainda pálido. — Tory disse que sua irmãzinha possui magia climática.

— Sim, mas Polly não tem muito treinamento nem experiência.

— Guiarei a magia, então isso não importa. — Seu olhar se desviou para Cynthia. — Você tem um pouco de magia climática, Cyn. Quer vir conosco em uma aventura?

— Não! — disse ela, chocada. — Não vou passar por um buraco no tempo e ir para uma guerra com terríveis armas novas! Não pode me obrigar a fazer isso!

— Ninguém está tentando forçar você — observou Allarde. Cynthia se ruborizou.

— Podemos partir imediatamente — disse Jack. — Nick, está preparado?

— Não — respondeu Tory, com firmeza. — Pode ser perigoso para Nick atravessar o portal duas vezes em um intervalo tão curto de tempo. É uma viagem terrível.

— Eu consigo — disse ele, mas não parecia muito feliz com a ideia.

— Melhor partirmos amanhã à noite, acho — disse Allarde. — Nick terá tempo de se recuperar e tem alguns preparativos que podem nos ser úteis.

Quando todos concordaram, Cynthia disse, de modo impulsivo:

— Vou também! Vocês precisam de talento climático e de poder de modo geral, e eu tenho ambos.

— Você seria um grande recurso — disse Allarde com gravidade.

Jack não parecia tão certo, mas disse:

— Se você tem certeza... bem, você tem o tipo certo de magia.

Cynthia se envaideceu sob a atenção masculina.

— Depois de Jack, eu sou a maga climática mais forte, portanto é minha obrigação.

— Eu... não sei como agradecer a todos vocês — disse Nick, passando o olhar de um rosto a outro. — Nunca esperei receber tanta ajuda de pessoas que nunca me viram mais gordo.

Jack riu.

— Que tipo de avô eu seria se não ajudasse meu tatara-tatara-tatara-neto quando ele precisa?

Todos riram, mas Tory ficou melancólica ao sair dali com Elspeth e Cynthia. Era o riso antes da tempestade.

CAPÍTULO 25

— Você não precisa ir — disse Tory a Cynthia enquanto voltavam ao Labirinto na noite seguinte. Tory não estava muito animada com a ideia de atravessar novamente o portal, mas se resignava diante da necessidade de fazê-lo e, ao menos, veria os amigos no outro lado.

Lady Cynthia, contudo, parecia estar se dirigindo para a forca. Seu rosto estava pálido e ela estava tão tensa que, se alguém a tocasse, poderia se quebrar. O comentário de Tory deu a ela uma desculpa para fechar a cara.

— Você não pode me dizer o que fazer!

— Nem estou tentando — disse Tory, com doçura. — Mas é óbvio que você não quer passar pelo portal. Por que se atormentar com isso?

— Vão precisar de mim. Tenho certeza. — E, depois de mais alguns passos, ela acrescentou, em voz baixa: — E preciso saber se sou capaz de fazer isso.

Cynthia estava testando a si mesma? Tory podia entender aquilo. Para ela, a magia que anteriormente parecera uma maldição se transformara em um desafio. Se suas habilidades pudessem ajudar a resgatar soldados britânicos da morte ou do encarceramento, seria mais fácil aceitar a forma como a magia destruíra sua vida.

Elas chegaram ao salão principal. Não era uma noite normal de aula, então só havia algumas pessoas além daquelas que iam, de fato, atravessar o espelho. Jack, Rachel e Nick estavam sentados em um sofá. Jack cumprimentou Tory e Cynthia.

— Nick e eu resolvemos dizer que somos primos.

— Muito distantes — disse Nick, com um sorriso.

— É vago o bastante — concordou Tory, olhando em volta. Ela e Cynthia foram as últimas a chegar. Teria ido para o Labirinto mais cedo, mas Cynthia estava preocupada com o que levar e Tory achou que seria descortês ir sem ela.

A srta. Wheaton e o sr. Stephens tinham vindo, é claro, e a mãe de Jack também. Lily Rainford era uma mulher miúda e calma, e era uma maga de cozinha que também estudara no Labirinto quando mais nova. Sem o medo de uma invasão, as aulas eram muito mais tranquilas naquela época.

Allarde examinou o grupo.

— Estão todos aqui, então suponho que seja hora de irmos. — Sua voz estava calma, mas havia um toque de animação nos seus olhos cinzentos.

— Estou pronto — disse Nick. Ele passara boa parte do tempo, desde a sua chegada, dormindo no salão e se recuperando da viagem no tempo. Com o queixo decidido, ele se dirigiu ao túnel que levava até o espelho.

Tory esperava parecer calma, mas seu estômago estava apertado em tantos nós que não fora capaz de comer nada no jantar. Embora quisesse ver seus amigos em 1940, precisava primeiro passar por aquele portal pavoroso. Seguiu Nick pelo túnel, com os demais logo atrás dela. O grupo chegou ao destino, parando pouco antes da parede.

O espelho não estava visível, mas Tory sentia sua magia queimando. Esperando.

— Não tente bancar o herói — disse Rachel, dando um abraço apertado no irmão.

— Não posso fazer nada se sou naturalmente heroico. — Depois de abraçá-la, ele abraçou a mãe. — Tome conta da mamãe, Rachel.

A mãe riu, a voz quase firme.

— Como se eu precisasse de alguém cuidando de mim, rapaz! Você, trate de ser útil e voltar logo para casa.

— Sim, mamãe — disse ele, obediente. — Você vai primeiro, Nick?

— É o meu lar. — Nick pegou a mão de Tory. — Você vem em seguida, já que conhece o caminho.

Ela agarrou a mão dele e estendeu o outro braço para trás. Os dedos mornos de Jack se entrelaçaram aos dela. Em seguida, veio Elspeth, depois Allarde. Se Cynthia ainda tinha dúvidas, foram aplacadas pela possibilidade de segurar a mão de Allarde, no final.

— Gostaria de estar indo com vocês — disse o sr. Stephens, melancólico.

— Somos necessários aqui para nossas aulas e para os demais Irregulares. — A srta. Wheaton sorriu, com a preocupação quase dissimulada. — Viajem em segurança e voltem logo para casa.

Nick se virou para o véu invisível de magia que marcava a localização do espelho e levantou a mão direita. Provavelmente não percebia a força com que sua mão esquerda apertava a mão de Tory. Ela não o culpava. Ele não se havia recuperado completamente da jornada da noite anterior e, agora, tinha a responsabilidade de guiar todos os seis através do tempo.

Sua necessidade fora poderosa o bastante para levá-lo até ali e, agora, estava igualmente decidido a voltar para casa, se pudesse. Ela o sentiu reunir suas energias e invocar o espelho. O ar diante dele estremeceu, como se tentasse se fundir. Tory se preparou para a travessia.

Nick estendeu a mão para o ar cintilante... e nada aconteceu. Seus dedos passaram através da névoa de luz trêmula e o espelho não se materializou. Tory somou sua energia à dele, junto ao seu desejo e lembranças de 1940.

Nada ainda! A magia rodopiava pelo corredor, intensa e ameaçadora, mas o portal se recusava a aparecer.

Nick tentou novamente e ainda outra vez, sem sucesso. Estava tremendo de fadiga, a mão que segurava a de Tory estava úmida quando ele disse, em uma voz engasgada:

— Não consigo fazer funcionar. Estou tentando o máximo possível, mas *não quer funcionar.*

Sob suas palavras, Tory podia sentir o pânico de não ser capaz de voltar para casa. Já que todos eles estavam conectados pelo toque, ela podia sentir o alívio de Cynthia e vários graus diferentes de decepção por parte dos demais.

Hora de testar a teoria de que Tory possuía a magia específica do espelho.

— Deixe-me tentar — disse ela, com delicadeza. — Acho que o espelho gosta mais de mim.

— Espero que sim! — Cansado, mas aliviado, Nick trocou de lugar com ela.

Sentindo o peso da expectativa de todos, Tory fechou os olhos para clarear a mente e, então, invocou algumas imagens. Incontáveis soldados apinhados enquanto esperavam os navios, desesperados para irem para casa. O pai de Nick entre eles, abrindo mão da vida confortável para servir ao país contra um mal crescente.

Eles precisavam de Tory e de seus amigos. Precisavam *desesperadamente.* Abriu os olhos e estendeu a mão direita juntamente com cada partícula da sua vontade. *Leve-nos aonde precisamos ir. Por favor, pelo bem da Inglaterra, leve-nos para lá!*

A prata fria queimou sob seus dedos e, então, ela foi arrastada para o caos lancinante. Desorientador e doloroso, mas com o agarre forte de Nick permanecendo até quando mergulhou no abismo. Através dele, podia sentir levemente os outros, seu medo e espanto, mas também sua força.

Abruptamente, girou para o espaço normal e desmoronou no chão duro. Dessa vez, não perdeu totalmente a consciência. Embora estivesse zonza e com frio, não estava sozinha. Nick também havia atravessado, os dedos entrelaçados aos dela em um aperto feroz.

Luz. Precisavam de *luz.* Conseguiu formar uma lâmpada mágica na mão direita e a atirou para o alto, para que se prendesse ao teto. Com a garganta seca, perguntou:

— Todos aqui?

— Acho que sim. — A voz de Allarde soou instável, e ele se esforçou para se sentar. — Vocês não estavam exagerando com relação ao desconforto da viagem.

— Na verdade, foi um pouco mais fácil do que antes. — Com um grunhido, Tory se levantou.

Nick lhe deu um sorriso enviesado ao se levantar, cambaleando.

— Espero sinceramente que tenhamos vindo para a época certa, porque não quero fazer isso de novo!

— É exatamente disso que precisamos — disse Jack com sarcasmo ao se erguer, vacilante, apoiando uma mão na parede —, um lembrete de que a maioria de nós terá que passar por isso outra vez.

— Talvez fique mais fácil com a prática — disse Elspeth ao se levantar.

Havia uma pessoa que ainda não se manifestara. Preocupada, Tory seguiu junto à parede até onde a colega de quarto estava agachada e, aparentemente, inconsciente.

— Cynthia?

Ela se ajoelhou de um lado, Elspeth de outro. Elspeth pousou as mãos na cabeça de Cynthia e enviou um fluxo de energia curativa.

— Cynthia, pode me ouvir?

Após um minuto, os olhos de Cynthia estremeceram e se abriram.

— Foi... foi *horrível*!

Tory se sentou sobre os calcanhares, aliviada.

— Eu avisei.

— Achei que estivesse exagerando só para parecer mais corajosa — resmungou ao se sentar.

— Ela está sendo rude — disse Tory de forma travessa. — Obviamente, Cynthia está voltando ao normal.

Cynthia dirigiu a Tory um olhar feroz o bastante para fulminar. Allarde estendeu a mão para ajudá-la a se levantar.

— Mas conseguimos chegar, o que é incrível. Imagino que devemos sair para ver se estamos no destino certo.

— Parece ser o certo. A quantidade de poeira, as pegadas. — Nick foi andando pelo túnel. — Marquei o caminho quando vim com Tory, caso algum dia tivesse motivo para precisar do espelho. Não imaginei que aconteceria tão rápido!

— Estou pronta para um pouco de ar fresco — disse Tory ao pegar sua lâmpada mágica e seguir Nick. Os outros vieram atrás com uma série de lâmpadas mágicas flutuando no ar.

Sentiu-se aliviada ao ver que a abadia estava exatamente igual ao que se lembrava da viagem anterior. Ouviram-se exclamações abafadas quando outros Irregulares viram as ruínas da escola. Uma coisa era que lhe dissessem o que estava por vir; outra era, de fato, ver com os próprios olhos.

Era uma noite muito escura, que parecia ser de maio.

— Estamos aqui — disse Nick, baixinho. — A abadia parece certa e o blecaute está em vigor, ou nós veríamos o litoral.

Tory não sabia disso na primeira vez que emergira ali. A escuridão havia parecido algo natural, já que nunca tinha visto luzes elétricas antes.

— Espero que haja muita comida na sua casa. Viagens no tempo me deixam morta de fome.

— Acho que o portal queima parte da nossa energia para funcionar — disse Allarde, pensativo. — Isso explicaria por que a travessia é tão exaustiva e desorientadora.

— Uma boa teoria — disse Elspeth. — Talvez possamos viajar com comida, para começarmos a repor as energias logo na chegada.

— Na próxima vez, vou trazer biscoitos amanteigados. — Tory diminuiu a luz da sua lâmpada mágica para o mínimo. — Precisamos das lâmpadas para sair da abadia sem tropeçar e quebrar o pescoço, mas mantenham a luz mínima.

— E se quisermos usar mais luz? — perguntou Cynthia.

— Cidadãos preocupados virão atrás da gente, ameaçando chamar a polícia porque estamos violando o blecaute. — Nick diminuiu sua luz, então foi em direção ao portão.

Os outros o seguiram. Tory esperou e foi por último. Pelo menos ela sabia o que esperar daquela jornada.

O percurso dos Irregulares até Lackland foi mais curto do que o que Tory fizera, porque se dirigiram para a casa de Nick no penhasco em vez de descerem até o vilarejo. Ainda assim, havia muita coisa para intrigar os

Irregulares, que viam estradas pavimentadas, fios de alta tensão e carros pela primeira vez na vida. Tory achou muito bom que o blecaute protegesse seu exótico grupo de olhares curiosos.

Jack soltou um assobio, quando chegaram ao destino.

— Esta casa pertencia ao meu tio. Mas era menor, na época.

— Esta propriedade está na família há séculos. Temos vários acres de terra, então há privacidade e espaço para um jardim grande. E algumas galinhas que a minha mãe acabou de comprar — disse Nick. — Meu pai diz que cada geração acrescentou alguma coisa.

Ele subiu os degraus da casa e entrou na cozinha.

— Mãe, Polly, voltei!

Quando todos entraram, ele acendeu a luz do teto. Houve exclamações de surpresa. Cynthia olhou com admiração para a iluminação acima.

— Isso seria de grande ajuda quando alguém tivesse que se vestir para um baile.

— Ou ler um livro — disse Allarde.

— Ou bordar — acrescentou Elspeth.

Passos soaram na escada, e Polly e Anne Rainford surgiram na cozinha, de camisola e roupão.

— Você está bem! — A mãe abraçou Nick com uma força capaz de quebrar costelas. — Quando encontrei seu bilhete dizendo que tentaria encontrar Tory passando pelo espelho de Merlin, eu quis matar você!

— Ela não está exagerando. Você teria se metido em uma enrascada e tanto se tivesse se matado, Nick! — Polly deu um abraço apertado em Tory. — Ah, Tory, achei que nunca mais fosse ver você!

— Não só consegui viajar até 1803, como voltei com ajuda. — Nick apontou para os Irregulares, que ocupavam a maior parte da cozinha. — Estes são os colegas de Tory que se ofereceram para vir porque têm talentos que serão úteis. A não ser que... a situação na França tenha melhorado e a ajuda não seja mais necessária...

A sra. Rainford suspirou.

— Não tivemos essa sorte. O governo ainda não admitiu publicamente a magnitude do desastre, mas as coisas estão indo de mal a pior.

O rosto de Nick ficou tenso.

— Então foi bom ter buscado ajuda. Mãe, Polly, conseguem adivinhar quem é nosso parente muito distante, Jack, o mago climático?

O olhar da sra. Rainford foi de forma infalível até Jack, com seu cabelo claro e rosto bonito e largo.

— Você deve ser o Rainford.

— Sim, senhora. Jack Rainford, a seu dispor. — Jack olhou para seus companheiros. — Nick não teve muito tempo para decorar nomes, então farei as apresentações. Estes são Lady Elspeth Campbell, Lady Cynthia Stanton, o Marquês de Allarde e, é claro, vocês já conhecem Lady Victoria Mansfield.

A sra. Rainford e Polly empalideceram.

— Tory? — disse Polly fracamente. — Você é Lady Victoria?

Tory deu de ombros.

— Os alunos da Abadia de Lackland são despojados dos seus títulos. Descobri que não sinto a menor falta do meu.

Recuperando a compostura, a sra. Rainford disse:

— Espero que nenhum de vocês tenha objeções a uma sopa plebeia de batata com alho-poró. Fiz um caldeirão na esperança de que Nick voltasse logo. Tem suficiente para todo mundo, mas tenho certeza de que não é nada com que vocês estejam acostumados.

Elspeth sorriu.

— Parece delicioso. Não nos veja como um bando de aristocratas, mas sim como um grupo de magos jovens e famintos.

— É tão assustador quanto, só que de um jeito diferente! — disse Polly.

— Venho alimentando jovens famintos há anos, então isso eu sei fazer.

Como na visita anterior de Tory, a Sra. Rainford acendeu uma boca do fogão a gás e colocou uma panela de sopa sobre ele.

— Polly, eu e você precisamos trocar de roupa. Lady Victoria, poderia mostrar a casa aos seus amigos?

— Ainda sou a Tory, sra. Rainford.

— Vou tentar me lembrar. — A professora franziu a testa. — Não esperava cinco hóspedes. Não tenho camas suficientes. Deve haver cobertores e travesseiros que bastem, mas vocês não terão muito conforto nem privacidade.

— Eu sei que é uma imposição e tanto — disse Allarde, em uma voz calma e profunda. — Mas vamos nos arranjar. Será apenas por um ou dois dias, suponho.

— Primeiro, vamos comer. Vou ficar de olho para que a sopa não queime, mãe — disse Nick. — Depois, faremos nosso conselho de guerra. Há muito que discutir.

Não haveria descanso para os Irregulares naquela noite, desconfiava Tory, levando os demais para o andar de cima. Apenas rezava para que conseguissem evitar a catástrofe.

CAPÍTULO 26

As conversas mais sérias foram adiadas até que todos tivessem comido ao menos uma tigela da substancial sopa de batata e alho-poró. Nick devorou três tigelas antes de baixar a colher.

— Conte-nos o pior, mãe. O que está acontecendo?

— Os nazistas estão cercando Dunquerque, e Luftwaffe está fazendo um estrago terrível no porto e nas tropas que estão esperando pela evacuação. — A sra. Rainford olhou para os Irregulares. — Luftwaffe é a força aérea alemã. Eles bombardearam os enormes silos de armazenamento de petróleo de Dunquerque e os incêndios são tão intensos que é possível ver as nuvens de fumaça preta daqui.

— Talvez a fumaça confunda Luftwaffe — disse Nick, tentando encontrar alguma esperança. — Qualquer coisa que bloqueie a visão dos pilotos vai ajudar a evacuação.

— Espero que você esteja certo — respondeu sua mãe. — Um dia nacional de oração foi declarado para amanhã. Todas as igrejas do país estarão rezando por um milagre que salve nossas tropas, e já não é sem tempo. Amanhã à tarde o Almirantado começará a evacuar homens de Dunquerque em balsas de transporte público.

O silêncio do choque foi rompido quando Jack disse, com animação:

— Bem, aqui estamos, sra. R. O seu milagre!

A professora sorriu um pouco.

— Certamente espero que sim. Aqui na costa, todos estão falando em como o Almirantado requisitou barcos de passeio a motor. O porto de Dunquerque está sendo bombardeado até a inutilização total, então embarcações menos fundas serão necessárias, pois só com elas será possível se aproximar o suficiente das praias e recolher os homens.

— O *Sonho de Annie* foi requisitado? — perguntou Nick.

— Mandei uma carta ao Almirantado quando anunciaram que estavam fazendo uma lista de possíveis embarcações, mas ainda não tive nenhuma resposta. — A sra. Rainford cerrou os punhos. — Quero fazer alguma coisa!

— E vamos fazer — disse Tory com firmeza. — Como ficou sabendo disso tudo, se o governo está tentando esconder as notícias?

— Lembra que me mostrou como ver o futuro olhando uma tigela de água? — A sra. Rainford sorriu timidamente. — Venho praticando e, às vezes, posso ver imagens vagas do que está acontecendo no centro de operações da Marinha, sob o Castelo de Dover. A Marinha Real vem mandando destroieres para o sudeste há dias. Estão planejando dois dias de evacuação, embora queiram continuar por mais tempo, se for possível. Terão que trabalhar mais dias, se quiserem retirar a maior parte dos homens.

— Que útil ter um olhar dentro do centro de operações — disse Elspeth, admirada. — Eu tenho alguma habilidade de previsão. Se trabalharmos juntas, talvez consigamos visões mais claras.

— E, talvez... possamos localizar o meu marido — disse a sra. Rainford, em voz baixa.

— Podemos tentar. — O olhar de Elspeth estava cheio de compaixão.

— As pequenas embarcações tornam o trabalho climático ainda mais crítico — disse Jack, pensativo. — Ondas fortes já dificultam a flutuação, o que dirá o resgate de soldados, ainda mais se os píeres tiverem destruídos e o resgate tiver que ser feito das praias! — Ele fechou os olhos, enquanto avaliava tudo aquilo. — Há um mau tempo ameaçando entrar no continente. Se começarmos a trabalhar agora mesmo, poderemos impedi-lo de se formar. Não temos tempo a perder.

— Foi para isso que viemos. — Cynthia tinha uma expressão distante que significava que também estivera avaliando o clima. Ela se recuperara da travessia e parecia estranhamente séria. — Esse sistema não é tão ruim, mas, se a evacuação prosseguir durante dias, precisaremos de uma grande quantidade de poder. Podemos fazer isso, Jack?

— Espero que sim. Uma vez que consigamos nos livrar desse padrão e estabilizar a calma, mantê-la não exigirá tanto. — A expressão de Jack era menos confiante que suas palavras.

— O que posso fazer? — perguntou Polly. Embora fosse a pessoa mais jovem presente, sua expressão não era nada infantil.

Jack a analisou com o olhar desfocado, avaliando sua energia.

— Você tem muito talento climático natural. Se prestar atenção ao que estou fazendo, conforme trabalhamos nesse sistema, vai captar rapidamente as noções básicas de magia climática. Com três magos climáticos, podemos estabelecer turnos de vigia mais tarde, para manter a calmaria.

— Como nós, magos não climáticos, podemos ajudar? — perguntou Allarde.

— Precisamos formar um círculo completo agora para inutilizar essa estrutura climática continental. Isso também nos dará a chance de combinar adequadamente nossas energias.

— Precisamos disso, sim — concordou Tory. — Existe uma gama tão variada de habilidades e experiências neste grupo, e nem todos nos conhecemos direito. Suponho que teremos magos genéricos de vigília com os magos climáticos para fornecer energia de forma que ninguém se esgote.

— Não tinha pensado tão longe — disse Jack —, mas é um bom plano.

— Não vamos precisar de tantas camas se nos revezarmos para dormir. — Allarde se levantou. — Onde devemos estabelecer nossa central de operações?

— A sala de estar é a maior, tem os móveis mais confortáveis e vista para o canal — disse Polly. — Pelo menos à luz do dia, quando as cortinas do blecaute estão abertas.

— Ótimo. — Jack observou os demais magos. — Vão todos se lavar ou o que mais for preciso e me encontrem na sala de estar.

Tory se dirigiu para a escada. Não seria sua primeira opção embarcar em um trabalho gigantesco de magia estando ainda tão cansada, mas não ter escolha podia ser a primeira lição da guerra.

Jack se remexia de impaciência à medida que os demais iam chegando à sala de estar.

— Vamos logo — repreendeu ele. — Quanto mais demorarmos para começar, mais poder será preciso para destruir aquela formação climática, e precisamos conservar nossas energias.

— Não é culpa nossa que a casa só tenha um banheiro! — retrucou Cynthia.

Jack, sabiamente, não comentou aquilo. Começou a mover cadeiras e poltronas formando um círculo aproximado que incluía o sofá.

— Vou me sentar bem no meio do sofá. Polly, você senta ao meu lado para ser mais fácil acompanhar o que estou fazendo. Você na minha frente, Tory. Deve ser o melhor lugar para trabalhar na combinação de energias. Elspeth do meu outro lado, depois Nick e Cynthia. Tory fica entre a sra. R. e Allarde. Acomodem-se de forma confortável.

— Quer que eu me junte ao círculo? — perguntou a professora, surpresa.

— Você tem poder e nós precisamos dele. — O riso costumeiro de Jack desaparecera e ele estava bastante sério. — Para sermos uma equipe, precisamos combinar nossas energias.

— Qualquer coisa que puder fazer para ajudar... — A sra. Rainford ocupou a cadeira ao lado da de Tory.

Tory se acomodou, pensando que as cadeiras da mesa de jantar seriam desconfortáveis dentro de uma ou duas horas. Jack fora sábio ao se colocar no sofá, já que tinha o trabalho mais exigente.

As pessoas se acomodaram e se deram as mãos. O último elo foi quando Cynthia, relutantemente, tomou a mão esquerda de Tory. Elas evitavam trabalhar juntas no Labirinto e Tory ficou surpresa com o poder de sua colega de quarto. E, sob ele, a quantidade de raiva e dor. Cynthia tinha uma necessidade amarga de se provar para alguém.

O olhar de Jack percorreu o círculo, detendo-se mais em seus primos do século XX.

— Não precisam se alarmar. Considerem o círculo como uma carruagem. Eu sou o condutor e vocês são meus cavalos.

Os risos atenuaram a tensão.

— Cuidado para não usar o chicote em nós — disse Allarde, sorrindo. — Magos irritados são piores que cavalos desobedientes.

— Nada de chicote, a não ser que mereçam — concordou Jack. — Quando eu começar, Tory vai harmonizar as energias. Tory, algo a acrescentar?

— Apenas relaxem e deixem o poder fluir — disse ela. Se precisarem levantar, avisem antes, pois sair do círculo de forma abrupta pode ser perturbador. Juntem as mãos com as dos seus vizinhos, pois é o toque que conduz a maior quantidade de energia. Todos entenderam?

Todos os Irregulares sabiam disso, e os Rainford modernos eram inteligentes, então ouviram-se murmúrios de concordância. Tory fechou bem os olhos. Ela sentia os círculos de energia como acordes musicais, cada indivíduo com uma nota separada.

— E, então, começamos... — A voz calma de Jack assinalou o início dos trabalhos. Ele não brincou ao dizer que o círculo era uma carruagem com cavalos; os magos estavam fora de sincronia, no começo. Mas, desde que se juntara aos Irregulares, Tory tornara-se perita em balancear e mesclar energias diferentes.

Com cuidado, entrelaçou cada nota individual com as outras, criando uma corda de poder. Nunca sentira tamanha intensidade em um círculo, pois nunca os riscos haviam sido tão grandes.

A energia de Jack era a mais forte e concentrada, enquanto entrava em contato com o céu. Polly o copiava, ansiosa em seguir e aprender. Allarde era tão intenso e poderoso quanto a própria terra, enquanto Elspeth era uma harmonia pura, forte e cristalina. A sra. Rainford tinha uma estabilidade cálida, temperada por um medo profundo pelo marido e pelos demais soldados desamparados.

As percepções climáticas de Jack varreram o continente conforme buscava a forma e os pontos fracos da tempestade que tentava se formar e ficar perigosa. O círculo se elevava com ele, suprindo a energia necessária para romper o sistema em partes menores e mandá-las em direções diferentes.

O trabalho exigiu tempo, atenção e energia, mas não desgastou o círculo a ponto de rompê-lo. Tory aprendeu tanto sobre magia climática que desconfiava que seria capaz de ensinar sobre ela, ainda que não fosse uma maga climática.

Depois que a tempestade havia sido, literalmente, espalhada aos quatro ventos, Jack concentrou sua atenção no Canal da Mancha em si. Com a ajuda do círculo, acalmou o mar e estabeleceu um leve manto de névoa para proteger a evacuação.

Horas se passaram e as costas de Tory estavam doloridas quando Jack suspirou fortemente e disse:

— Agora estamos bem. Esse clima favorável sobre o canal deve durar uns dois ou três dias com apenas esforço moderado da nossa parte. Tory, bom trabalho com a combinação de energias. Agora podemos desfazer o círculo.

Tory liberou os filamentos de energia. Ouviram-se suspiros de alívio à medida que as pessoas se levantavam e espreguiçavam. Jack cobriu um bocejo.

— Posso continuar por mais tempo. Cynthia, consegue sobreviver com uma soneca e uma refeição e vir me substituir daqui a umas quatro horas?

Cynthia parecia cansada, mas satisfeita consigo mesma.

— Posso fazer isso. Você aguenta mais quatro horas?

— Precisarei da ajuda de um dos magos não climáticos. Algum voluntário?

— Eu fico — disse Nick. — Fui eu quem trouxe vocês até aqui, afinal. — Ele parecia cansado, mas satisfeito com o fato de estar fazendo algo importante.

Allarde se levantou.

— Vou descansar um pouco e planejo voltar em quatro horas com Cynthia.

Foi até a janela mais próxima e abriu uma fresta das cortinas de blecaute. Então, abriu-as totalmente para deixar a luz da manhã invadir a sala.

— Vejo fumaça preta na costa francesa. São os silos de petróleo em chamas, imagino.

Todos se uniram a ele na janela para olhar as ondas calmas e o céu nebuloso no canal.

— Imagino que as cerimônias nacionais de oração estejam acontecendo agora — disse Tory. — Gostaria de poder ir à Igreja de São Pedro do Mar e rezar com o restante da congregação.

— Nada nos impede de rezarmos em particular — disse Elspeth, serenamente.

Tory fez uma prece silenciosa pela segurança das tropas desamparadas. Eram muitos os elementos que teriam de trabalhar em conjunto para que a evacuação fosse bem-sucedida. Os nazistas precisavam ser mantidos longe das praias de Dunquerque. Os destroieres, as balsas e as pequenas embarcações privadas teriam de trabalhar sem descanso, e o bom tempo teria de durar.

O único aspecto que os Irregulares podiam controlar era o clima, mas fariam a sua parte. Ela apenas podia rezar para que os outros elementos também se encaixassem.

— Tivemos um bom dia de trabalho — disse a sra. Rainford. — E, agora, meus jovens e corajosos magos, está na hora de organizar as camas.

Os Irregulares estavam tão exaustos que teriam aceitado dormir sobre pilhas de tijolos, então foi bom que a sra. Rainford tivesse organizado seus hóspedes rapidamente. Deu a Tory e a Elspeth o quarto maior, e foi dividir outro com Polly.

Allarde ficaria com o quarto de Nick até que o turno atual terminasse, enquanto Cynthia ficaria no de Joe. Tory imaginou que todos os anos trabalhando como professora ajudavam a sra. Rainford a identificar quem precisava de mais agrado para não perturbar a paz geral, e essa pessoa era Cynthia.

O grupo se desfez rapidamente. Depois de usar o banheiro, Tory se juntou a Elspeth, que já estava aconchegada na cama de casal no quarto maior.

— Você se importa em dividir a cama, Elspeth? Não tenho energia suficiente para arrumar um colchonete no chão.

— Não tem problema nenhum. — A menina estava praticamente invisível, a não ser por uma mecha de cabelo louro. — Nenhuma de nós ocupa muito espaço mesmo. A essa altura, eu aceitaria de bom grado dividir a cama com um leão africano.

— Leoa — ironizou Tory. — Respeitemos as regras de etiqueta.

Elspeth estava rindo quando a porta se abriu e Cynthia entrou no quarto, o cabelo louro solto e uma expressão exasperada no rosto. Ela deu um puxão em seu vestido.

— Preciso que alguém desamarre meu corpete.

Como Elspeth já estava deitada, Tory rodeou Cynthia e começou a desatar o longo corpete.

— Você não trouxe corpetes curtos que amarram na frente?

— Não tenho nenhum — retrucou Cynthia. — Você devia ter me avisado que não haveria criadas, Tory! Os Rainford da nossa época têm!

— O assunto não surgiu antes de virmos para cá. — Tory tirou o cordão comprido do ilhós no alto. — Criadas não são muito comuns nesta época. Vou ajudar dessa vez, mas seria melhor que os deixasse de lado enquanto estamos aqui.

— Eu ficaria indecente e meus vestidos não serviriam direito! — Cynthia suspirou de alívio quando Tory terminou de desamarrar e o corpete pôde ser retirado.

— Talvez a sra. Rainford tenha alguma roupa de baixo que você possa usar — sugeriu Tory. — Elas têm uma coisa chamada sutiã que não precisa ser ajustada por uma criada.

Cynthia emitiu um ruído de desaprovação.

— Vou pedir àquela menina Polly para me ajudar.

Se Cynthia achava que Polly se tornaria uma discípula reverente, como suas admiradoras em Lackland, estava muito enganada, mas isso não era problema de Tory.

— Tenho certeza de que Nick ficaria feliz em ajudá-la com seu corpete.

— Ou Jack. — A voz abafada de Elspeth veio da cama.

Cynthia enfiou o vestido por cima da cabeça para não ter de andar pelo corredor só de chemise.

— Como se eu fosse deixar esses plebeus tocarem em mim!

— Mas Allarde você deixaria? — perguntou Tory, com interesse.

— Allarde é um *cavalheiro*.

— O que quer dizer que ele não está interessado em você — murmurou Elspeth.

— Vocês duas são repulsivas! — Cynthia se virou para a porta.

Lembrando-se da dor profunda que sentira em Cynthia quando estavam unidas no círculo, Tory disse:

— Me desculpe pelas provocações. Foi um dia muito longo. — Ela abriu a porta e espiou pelo corredor. — Não tem ninguém à vista, então, com sorte, você vai voltar para o quarto sem que ninguém a veja sem corpete.

— Até Lackland era mais conveniente do que este lugar — resmungou Cynthia.

Pouco antes de Cynthia sair no corredor, Tory disse:

— Você foi muito bem no círculo. Forte e estável.

Cynthia se ruborizou, mas abaixou a cabeça com o que talvez fosse prazer antes de ir descansar. Tory não invejava o fato de ela ter de voltar para o turno tão cedo.

Deitou-se ao lado de Elspeth, dolorida de fadiga. Achava que a outra menina já estivesse dormindo, mas, quando Tory se acomodou no colchão, Elspeth disse, baixinho:

— Posso senti-los.

— Sentir quem? — perguntou Tory, sonolenta.

— Os soldados feridos. Estão a apenas alguns quilômetros de distância, Tory, e são *tantos*. De ambos os lados. A maioria são apenas meninos, apenas alguns anos a mais que nós. — Elspeth emitiu um som engasgado. — Sou uma curandeira e não posso fazer nada para ajudar!

Percebendo sua frustração angustiada, Tory disse:

— Mesmo que você estivesse na França, não há muita coisa que possa fazer. Uma boa curandeira pode ajudar alguns homens feridos, mas não milhares deles.

— Eu poderia *tentar*!

Tory pousou a mão no braço da amiga.

— Você precisa se bloquear para conseguir descansar um pouco, Elspeth. Por ora, trabalhar nos círculos climáticos é a melhor coisa que qualquer um de nós pode fazer. Se a evacuação for bem-sucedida, pelo menos os exércitos estarão em lados opostos do canal, de forma a não poderem se matar por algum tempo.

Elspeth suspirou.

— Sei que você tem razão, mas ainda sinto que estou falhando no meu dever.

— Minha mãe costumava dizer que se preocupar é perder tempo com problemas que ainda não aconteceram. Assim, por enquanto, durma.

— Uma mulher sábia, a sua mãe. — Elspeth suspirou novamente, a tensão deixando seu corpo. — Não é em Cynthia que Allarde gostaria de tocar. É em você.

Tory olhou fixamente para o teto enquanto a respiração de Elspeth foi se regularizando. Que coisa para se dizer justamente quando estava prestes a dormir!

Mesmo com pensamentos tão interessantes, contudo, o sono acabou vindo.

CAPÍTULO 27

Quando Tory acordou de seu sono de exaustão, já era noite e o jantar estava pronto para ser servido. A sra. Rainford havia preparado duas tortas grandes de carne acompanhadas de groselhas negras para a sobremesa, tudo com muito creme de ovos. Quando os Irregulares terminaram de comer, mal era preciso lavar as travessas.

— Não costumo comer tanto assim — disse Tory, constrangida ao terminar a segunda porção de sobremesa. — Mas magia pesada realmente queima muita energia.

Sua anfitriã riu.

— Eu também devorei minha parte da comida.

— Mas nós fizemos um bom trabalho — disse Jack, com justificável orgulho. — O canal está calmo, com névoa e um pouco de chuva leve. Bom para a evacuação, ruim para Luftwaffe.

Jack estava certo. O clima estava tão calmo que todos os magos puderam jantar juntos, embora Tory tivesse certeza de que Jack estava silenciosamente monitorando os céus, alerta a quaisquer mudanças.

— Você está certa sobre a magia dar fome — disse Polly. — Amanhã precisaremos de uma longa visita ao mercado.

Tory franziu a testa, lembrando-se de que aquela não era uma casa enorme que, normalmente, alimentava multidões de pessoas.

— Vamos acabar com todos os recursos que vocês têm.

— Eu gostaria de contribuir para a despensa, sra. Rainford — disse Allarde. — Trouxe dez soberanos de ouro comigo. Não sei se ainda são usados, mas certamente ouro tem valor. Um joalheiro ou negociante de antiguidades poderia se interessar.

A sra. Rainford o encarou.

— Você está ajudando a salvar, no mínimo, milhares de vidas britânicas; deve ser alimentado em agradecimento.

— Também sou britânico, então estou simplesmente cumprindo meu dever. — Allarde sorriu. — Você está nos fornecendo um lugar para ficar e comida excelente. Estamos todos compartilhando os trabalhos, então por que não compartilharmos também as despesas, pelo menos um pouco?

Tory deduziu que sua anfitriã estava sopesando o desejo de prover seus hóspedes com a realidade prática de comprar comida para oito pessoas mais famintas do que o normal. A conveniência ganhou.

— Muito bem, Lorde Allarde, aceito sua contribuição com gratidão. Gostaria de não ter que ir trabalhar, mas seria difícil para a escola me substituir em um prazo tão curto. E as crianças precisam de aulas, independentemente do que esteja acontecendo no outro lado do canal.

— Nick e eu podemos ficar doentes de novo? — perguntou Polly. — Somos necessários aqui.

— Sem dúvida que são, mas vou pegar suas tarefas e garantir que não fiquem atrasados — disse sua mãe.

Polly suspirou com tristeza, mas não discutiu.

— Os Irregulares vão querer ver como a Inglaterra é atualmente — disse Nick. — Não podemos levar um grupo inteiro de estranhos até o vilarejo de Lackland, onde todos nos conhecem, então irei de carro até as cidades vizinhas. Além de comprar comida, posso levar aqueles que não estiverem de plantão para dar uma olhada melhor no mundo moderno.

— Você tem um desses carros motorizados? — Foi Allarde quem perguntou, com os olhos brilhando, mas todos pareciam interessados.

— Eu e Joe reformamos um Morris Oxford Six caindo aos pedaços. — Uma sombra passou pelos olhos de Nick diante da lembrança de dias mais fáceis, nos quais os dois irmãos trabalhavam, discutiam e riam em meio a um projeto conjunto. Continuou: — Ele agora funciona que é uma beleza. Ótimo para passear e também para procurar suprimentos.

— Seria ótimo ver um pouco mais do mundo, e eu não vejo a hora de comparar um carro a uma carruagem — disse Tory. — Mas nós vamos precisar de roupas modernas.

— Por sorte, nós, Rainford, existimos em todos os tamanhos — disse a sra. Rainford. — Lady Cynthia, você é praticamente da minha altura. Minhas roupas não lhe farão justiça, mas pelo menos você não vai chamar a atenção.

Ela examinou os demais com um olhar prático.

— Tory e Lady Elspeth são quase do mesmo tamanho de Polly, e Jack e Nick também são próximos. Lorde Allarde é mais ou menos da altura de Tom. Hoje em dia a maior parte das roupas é feita à máquina, não à mão, e não somos uma família muito elegante, mas pelo menos ninguém vai suspeitar que vocês vieram de outro século.

— É tão estranho saber que sou uma viajante do tempo, que veio de outra era — disse Elspeth devagar. — Viajar pelo tempo deveria ser impossível. No entanto, aqui estou, tomando chá, jantando e conversando com amigos, e é tão real quanto estar em casa.

— "O centro do mundo é onde tenho meus pés" — citou Polly. — Uma professora nos disse que essa é uma expressão em espanhol. — Seu pé bateu no chão sob a mesa. — Este é o centro do meu mundo. Real é aquilo que posso ver e tocar.

— Também acho estranho estar comendo numa casa conhecida, com pessoas da família, ainda que sejam primos separados por mais de um século — concordou Jack. — Sra. R., com sua habilidade mágica, há parentesco com a família Rainford também pelo seu lado?

— Ah, sim. Você sabe como é nas comunidades pequenas. Tom e eu somos primos em terceiro grau e tenho certeza de que nossas árvores genealógicas se cruzaram várias vezes ao longo dos anos.

O olhar de Tory se moveu ao redor da mesa. Até Cynthia parecia estar relaxada e não se incomodar, ainda que a comida e as acomodações não fossem aquilo com que estava acostumada. Trabalhar em grupo fazia com que formassem uma espécie de família. Ela ergueu o copo de cidra para os demais.

— Um brinde à brigada climática!

Gritos de "Viva!" e "À brigada climática!" foram repetidos com copos levantados e risos.

Até Cynthia os acompanhou no brinde.

Os planos feitos durante o jantar do domingo foram realizados na segunda-feira. De manhã, Nick, Polly e Allarde foram de carro até uma cidade vizinha onde era dia de feira e voltaram ao meio-dia com comida suficiente para alimentar a brigada climática por uma semana. Voltaram com Allarde falando sobre uma invenção incrível e assustadora chamada ferrovia, que parecia ser uma espécie de carro gigantesco que corria em trilhos de metal. Tory achou que parecia barulhento.

Como uma maga genérica, ela só era necessária durante umas seis horas por dia, para dar apoio aos magos climáticos, mas havia muita coisa para mantê-la ocupada em uma casa sem criadagem. Após o turno de vigia climática da manhã, ela treinou Polly, depois desfrutou um passeio de carro com Nick e Elspeth. Depois que conseguiu relaxar os punhos tensos, concluiu que os carros podiam apresentar vantagem sobre as carruagens, mas que os cavalos eram companhias muito melhores.

Também viu sua primeira ferrovia. O trem era realmente barulhento, mas era uma boa forma de transportar uma grande quantidade de pessoas.

Mais tarde naquele dia, ela e Elspeth ajudaram a preparar um cozido de carneiro sob as instruções de Polly. Tory jamais cozinhara na vida, e desconfiava que o mesmo se aplicasse a Elspeth, mas descobriu que até que gostava de sovar pão e picar legumes. Contemplou com orgulho sua montanha de cenouras picadas.

— Estou aprendendo tanto com você quanto você comigo, Polly.

A menina riu.

— Você não vai precisar saber como se faz um cozido quando voltar para casa, mas eu praticarei magia pelo resto da vida, espero.

— Eu não fazia ideia de que as cebolas fossem tão ferozes! — Elspeth enxugou os olhos. — Daqui em diante, terei mais simpatia pelos cozinheiros.

Polly virou os pedaços de carne de carneiro que douravam na frigideira.

— O que estaremos comendo dentro de um ou dois anos, já que a mamãe espera que o racionamento piore?

— Você vai ficar feliz por ter seus próprios legumes e ovos — previu Tory.

— Temos pés de fruta também, então vamos fazer conservas e desidratar. Dá um trabalhão, mas, pelo menos, ainda poderemos ter sobremesas boas, já que vamos ter nosso próprio suprimento de frutas. — Polly passou a carne já dourada para a caçarola e começou a dourar mais pedaços. — É claro, conhecendo a minha mãe, ela dará comida para quem não tiver tanta sorte.

— E você não iria querer que ela fosse diferente — disse Tory, sorrindo.

— Provavelmente, não — admitiu Polly. — Mas posso mudar de ideia, se passar anos a fio sem uma sobremesa decente!

— Sua mãe está certa em relação ao fato de o racionamento ficar pior — disse Elspeth, pensativa. — Mas, depois da guerra, os bretões serão ainda mais saudáveis por causa dessa dieta espartana.

— Mais saudáveis, talvez. — Tory experimentou um dos deliciosos biscoitos de gengibre que elas fizeram. — Mas não mais felizes!

A sra. Rainford estava cansada ao voltar e ficou feliz por encontrar a casa razoavelmente arrumada e uma refeição quente à sua espera. A brigada climática mantivera o mar calmo e o canal nebuloso, portanto puderam comemorar outro dia de trabalho bem-sucedido.

Depois de comer, a maior parte do grupo decidiu praticar a previsão do futuro. Normalmente, Tory os acompanharia, mas, naquele momento, precisava de um pouco de privacidade. Saiu silenciosamente, enrolando o xale em volta dos ombros como proteção contra a noite fria de maio. A névoa se tornava mais densa à medida que o pôr do sol se aproximava e brumas espiraladas faziam a guerra parecer misericordiosamente distante.

Caminhou até o calçamento público que seguia acima do mar e virou à esquerda. A névoa abafava o som das ondas lá embaixo. Sentia que caminhava nos confins do mundo.

Apenas alguns meses se passaram desde que percorrera a borda do penhasco em Fairmount Hall durante a festa de verão da sua mãe. Era estranho se lembrar de como ficara quase muda de prazer só porque o Horrível Edmund Harris a havia notado.

Grande parte da raiva que sentira por causa da rejeição dele já se fora. Se não fosse maga, imaginava que ele teria sido um marido adequado para ela, mas a magia era parte intrínseca a quem ela era e não poderia ser ignorada.

Agora que havia conhecido mais rapazes, sabia que podia conseguir coisa muito melhor do que Edmund Harris quando a hora chegasse. Talvez até mesmo um marido como...

— Você parece uma fada do mar, recém-nascida das ondas — disse uma voz macia.

Allarde surgiu da neblina, com cristais de orvalho no cabelo escuro e magia nos olhos cinzentos como a névoa.

CAPÍTULO 28

Enigmático e mais do que mundanamente bonito, Allarde se adequava àquela atmosfera misteriosa. Embora as roupas de Thomas Rainford fossem adequadas para sua altura e largura de ombros, as peças pendiam frouxas em sua estrutura magra e atlética. Ainda assim, deixava Tory sem fôlego, independentemente de como estivesse vestido.

Ainda bem que ele não podia ler seus pensamentos!

Temendo que seu rosto revelasse muito, inclinou-se para acariciar as orelhas de Horace. O cão viera atrás de Allarde e, agora, queria atenção.

— Se sou uma fada do mar, você é um herói celta lendário, de épocas remotas.

Allarde riu.

— Essa névoa é maravilhosamente romântica. Um tempo além do próprio tempo.

— Toda essa estada aqui parece assim. — Ela se endireitou. — Quando voltarmos para casa, 1940 vai parecer o sonho de um delírio febril.

Ele também se inclinou para afagar Horace.

— Se importa se eu caminhar junto com você?

Que pergunta boba!

— Claro que não.

Allarde seguiu ao lado dela, alterando suas passadas largas para acompanhar seu ritmo.

— Os penhascos brancos de Dover são famosos por dar as boas-vindas aos viajantes que se aproximam da Inglaterra; e aqui estamos nós, caminhando sobre eles.

— Tenho certeza de que os homens que estão sendo evacuados de Dunquerque jamais se esquecerão da vista dos penhascos brancos ao chegarem em casa. — Tory estremeceu quando a imagem a atingiu com uma força tão grande que devia tê-la recebido de um dos soldados evacuados. Desejando de todo coração que todos os homens pudessem ser resgatados, ela perguntou: — O que acha da Inglaterra moderna?

— É fascinante — respondeu Allarde. — Continua a ser a Inglaterra, inconfundível em vários aspectos, mas muito diferente em outros.

— Tenho sentimentos confusos em relação a todas as invenções que as pessoas têm como certas hoje em dia — disse ela. — Muitas são bastante convenientes. Outras, apenas alarmantes. A locomotiva que eu vi me fez pensar em dragões de metal. Cadê São Jorge quando se precisa de um matador de dragões?

Allarde riu.

— Perdido nas brumas, em algum lugar, acho. Por mais impressionantes que sejam os carros e os aviões, acho que as mudanças sociais são ainda mais profundas. Na nossa Inglaterra, as famílias aristocratas têm poder e influência enormes. Somos parte de uma elite que rege a sociedade toda.

Tory assentiu.

— Quando descobri o caminho até o Labirinto, fiquei espantada pela igualdade que havia ali. Acho ótimo que o mais importante para os Irregulares seja a capacidade mágica, e não o nascimento ou a linhagem da família.

— Acredito que a Inglaterra se beneficie muito com uma sociedade mais democrática. Há mais justiça, e os homens talentosos têm mais oportunidades. — Allarde hesitou. — Mas não é a minha Inglaterra. Não acredito que fosse me sentir em casa nesta era.

— Eu penso o mesmo. — Ela olhou na direção da França, escondida pela névoa e pela escuridão. — Sentiria falta da minha família e sei que não gosto de viver em um mundo com armas tão bestiais.

— Os videntes dizem que, com o tempo bom, a evacuação continuará dia e noite. — Ele também olhou para o mar. — Parece que nosso trabalho em manter o canal tranquilo vai permitir que a evacuação continue além dos dois dias que eles haviam originalmente planejado. A cada dia, milhares de homens a mais serão salvos. Armas e equipamentos podem ser repostos, mas não os soldados treinados, que são a essência do exército.

— Será que faremos alguma coisa mais importante do que isso na vida? — refletiu Tory.

— Provavelmente, não, mas isso é suficiente. Quantas pessoas têm a chance de participar de uma missão tão nobre e grandiosa?

— Pensando por esse ângulo... não muitas. — Ela sorriu. — Principalmente, não muitas meninas. Tudo que é grandioso e nobre geralmente está restrito aos homens.

— Agora não mais. Você é o coração e a alma da nossa missão, Tory. Não estaríamos aqui se não fosse por você. — Ele fez um gesto na direção da França. — Esses homens estariam lutando sem qualquer esperança, enfrentando a rendição ou a morte. A maior parte do mundo jamais saberá o que você fez, mas nós sabemos. — Seu olhar se desviou para ela. — Eu sei.

Ela abaixou a cabeça, feliz, mas constrangida.

— Acho que foi o destino que nos trouxe até aqui. Ou talvez o próprio Merlin. Só fico feliz em fazer parte disso.

— É o trabalho mais importante que farei na vida.

— Por mais valiosa que seja a brigada climática, espero que este não seja o ponto alto da minha vida — disse ela, rindo. — Tem muita coisa mais que eu quero fazer.

No entanto, Allarde não sorriu. Sua expressão era grave, como se estivesse vendo algo que Tory não podia ver. Essa era uma desvantagem de socializar com magos. Em geral, eles *realmente* viam coisas.

Ela e Allarde continuaram em um silêncio amigável. Tê-lo ao alcance da mão parecia bom demais para ser verdade e, por outro lado, parecia algo completamente natural. Como se estivessem destinados a caminhar lado a lado pela vida como companheiros.

Ficaria feliz em caminhar ao lado dele para sempre, mas, por fim, disse, relutante:

— Devemos voltar. Nick disse que essa trilha se estende ao longo dos penhascos por quilômetros, mas está ficando escuro demais para ver onde pisamos.

— Você está certa — concordou Allarde, parecendo igualmente relutante ao se virar. — Estou no próximo turno e preciso voltar.

— Estou no turno da madrugada, depois do seu, então deveria descansar um pouco. — A atmosfera sobrenatural permitiu que dissesse: — Gostei muito do nosso passeio, mas por que não está me evitando como costumava fazer?

Ela achou que ele fosse ignorar a pergunta, ou até mesmo desaparecer novamente nas brumas. Em vez disso, disse:

— Fiz as pazes com o destino, acho. E, agora que consegui isso, parece certo aproveitar o tempo que me resta.

Um calafrio percorreu seu sangue.

— Que agourento!

— Não é, na verdade. — Ele deu uma dúzia de passos antes de continuar: — Acho que todos nós temos momentos de consciência. De certeza absoluta de que algo está prestes a acontecer.

Ela pensou naquilo, então balançou a cabeça.

— Geralmente sinto que algo seja provável, mas certeza? Não. Você deve ter talento como vidente.

— Pode ser. Já tive essa sensação antes, e ela sempre se mostrou correta.

Interessada, Tory disse:

— Nos ensinam que o futuro não é fixo. Acha que isso não é verdade?

— Não acho que alguém possa ter certeza sobre eventos envolvendo outras pessoas porque elas podem fazer escolhas inesperadas — respondeu ele. — Como a srta. Wheaton diz, grandes acontecimentos como as guerras, que têm a força de nações por trás, provavelmente são impossíveis de modificar, a não ser em aspectos relativamente pequenos, como o que estamos fazendo aqui.

— Isso é pequeno? — perguntou ela, descrente. — Com milhares de pessoas envolvidas?

— Pequeno em comparação aos milhões de pessoas nas muitas nações que fazem parte desta guerra, e milhões que farão parte em breve — explicou ele. — Mas acredito que pode haver certeza em relação a nós mesmos e ao nosso destino individual. — A voz dele ficou muito baixa. — Sempre soube que morreria jovem. Com certeza antes dos 18 anos.

Ela ofegou como se tivesse sido atingida por um soco.

— Como pode acreditar nisso? Nem os melhores videntes podem ver com clareza questões tão relevantes para si mesmos. É por isso que a sra. Rainford não consegue ver o marido.

— Ela não consegue ver por causa das suas emoções e também porque a previsão envolve outra pessoa. Não se refere apenas a ela. — Ele caminhou mais alguns passos. — Já faz anos que me vejo ensopado de sangue, sabendo que estou mortalmente ferido. Como há uma guerra em curso a poucos quilômetros de distância com armas modernas de longo alcance, eu diria que o que quer que vá acontecer comigo, será aqui. E logo.

— Então, vá para casa pelo espelho, vá para onde é seguro!

— Se a minha hora chegou, fugir não vai adiantar — disse ele suavemente. — Sou necessário aqui. Prefiro morrer sabendo que fiz o melhor que pude a sobreviver um pouco mais como um covarde. Consegue entender isso?

Ela respirou fundo, estremecendo.

— A maga em mim entende. Mas a Tory que gosta de estar com você certamente *não*.

— Se a morte é inevitável, deve-se tentar morrer bem. — Sua voz soou amarga. — Prefiro morrer como um homem a morrer como um rato.

Ela sempre achara que ele parecia mais maduro que sua idade; agora percebia que isso se devia ao fato de viver com a certeza da morte. Sua crença e aceitação calmas a gelaram até os ossos.

— Por isso você evita se aproximar das pessoas? Por isso sempre usa seu título, e nunca seu nome de batismo?

— Um título coloca distância entre mim e os demais. — Sua voz estava triste. — Um nome de batismo é só para a família e para os amigos mais íntimos, então não uso o meu. Por que criar mais dor para pessoas com quem eu me importo?

— Isso é muito nobre da sua parte — disse ela, com acidez. — Mas também cabeça-dura.

Ele arqueou as sobrancelhas.

— Como assim?

— Importar-se é sempre um risco, pois as pessoas podem morrer a qualquer hora — disse ela, com intensidade. — Que mundo frio e solitário seria se todos se recusassem a se importar por temer a dor da perda inevitável!

— Embora a morte seja inevitável, a maioria das pessoas não sabe quando chegará, então é fácil negar a dor futura. — Ele olhou para ela, seu rosto era um oval pálido na escuridão. — Como sei que meu fim está próximo, tenho a escolha de quanto machucar aqueles com quem mais me importo. E escolho minimizar essa dor.

Ela ajustou seu xale para se proteger do frio.

— Faz sentido, mas não acho que conseguiria ser tão nobre. Quero amar e ser amada.

— Tive anos para pensar a respeito — respondeu ele. — Acredito que nosso espírito, a essência do que somos, sobrevive. Quanto ao nosso corpo... — Ele deu de ombros — Pelo menos não terei que me preocupar em ter gota e outras doenças da velhice.

Ele podia ter tido tempo para se acostumar à ideia de morrer, mas ela não tivera. Queria gritar e bater os punhos no peito dele e lhe dizer que o futuro não era fixo e que ele deveria lutar para sobreviver.

No entanto, o que sabia sobre a vida? Quase nada. E não tinha qualquer direito de culpá-lo pela paz sombria que havia conquistado.

Respirou fundo, com pesar, desejando que aquela caminhada nunca terminasse. Poderia considerar aquilo um "interlúdio mágico", exceto pelo fato de conviver com magia todos os dias. Aquilo era algo tão diferente que não se atrevia a nomear.

Horace disparou na frente deles. Estava indo na direção da casa de fazenda, que era apenas uma sombra mais escura na noite. As manchas brancas de sua pelagem mostraram que ele estava sentado no degrau, esperando por eles.

Se Allarde escolheria morrer bem, ela podia escolher se despedir bem.

— Obrigada por explicar por que é reservado. É melhor entender. — Ela só queria que a compreensão não doesse tanto.

Allarde parou e se virou para pôr as mãos nos seus ombros. Seu toque afetava cada fibra dela. Eles nunca se haviam tocado, exceto quando ele a carregara, depois que voltara pelo espelho. Aquilo a afetou ainda mais porque, dessa vez, não estava confusa por ter viajado no tempo. Mal pôde se controlar para não tombar sobre ele.

— Embora tenha aceitado meu destino — disse ele baixinho —, existe uma coisa que gostaria de fazer antes de morrer.

Lembrando-se das palavras a respeito da missão deles, ela adivinhou:

— Você espera ver a evacuação terminar em sucesso?

— Nada tão louvável assim. — Olhou para ela de forma penetrante, como se tentasse memorizar cada traço. — O que realmente eu quero... é beijar você.

Ela prendeu a respiração, o pulso acelerado.

— Isso é fácil.

Quando ergueu o rosto, ele afastou seu cabelo e segurou sua nuca com a mão forte.

— Você é perfeita — murmurou ele. — Tão delicada. Tão macia. Como seda viva.

Inclinou a cabeça e tocou seus lábios nos dela. Na noite fria, os lábios dele estavam quentes ao beijá-la com delicadeza, assombro e arrependimento.

Tory ficou tensa, chocada e deliciada. Nunca tinha sido beijada, nunca soubera como um beijo podia ser tão íntimo. Deslizou os braços pela cintura dele sob a jaqueta larga, sentindo a força delgada do seu corpo, sua energia quente. Era terrivelmente injusto que houvessem se encontrado quando tudo que podiam ter era um punhado de dias!

— Tory — suspirou ele, enterrando o rosto em seus cabelos. — Minha Lady Victoria. Você parece frágil como a pétala de uma flor, mas é forte, tão forte... Como uma lâmina de aço temperado.

Ela queria chorar. Em vez disso, beijou-o novamente. Não houve qualquer delicadeza naquele beijo. Seu beijo era carne e fogo, um lamento por todos os amanhãs perdidos.

Allarde correspondeu com igual ânsia. Seu braço a apertou com força contra ele e suas mãos a puxaram, moldando-a a si.

Ela pensava que soubesse alguma coisa sobre o amor, mas aquilo era muito mais intenso. Aquilo era paixão, quente e selvagem, uma fome de proximidade que doía dentro dela. Podia sentir o coração dele tão claramente quanto o seu, não podia dizer onde suas emoções terminavam e as dele começavam. Como aquele abraço podia terminar quando era a realidade mais profunda que já conhecera?

No entanto, devia terminar.

Depressa demais, Allarde interrompeu o beijo, embora não a tenha soltado.

— É melhor entrarmos antes que eu me esqueça de qualquer vestígio de honra — disse ele, áspero.

— Bem que eu gostaria que esquecesse — disse ela, frustrada. Aquele poderia ser o último momento particular que teriam juntos. Ela não conseguia nem mesmo pensar a respeito.

— Não me tente! — disse ele, triste. — Posso não ter muito futuro, mas você tem, e não irei arruiná-la.

Ela queria ser arruinada, mas ainda tinha consciência suficiente para perceber que podia pensar de outra forma quando seu sangue esfriasse.

— Suponho que tenha razão. — Ela não fez nenhuma tentativa de sair do abraço onde eles se encaixavam de forma tão perfeita.

— Tenho sido egoísta — disse ele baixinho, acariciando seu cabelo. — Não devia ter falado nada, mas descobri que não sou forte o bastante para deixar essa oportunidade passar. Não quero que se importe muito, Tory. Mas... gostaria que se importasse um pouquinho.

Ela queria chorar no ombro da jaqueta de tweed de Tom Rainford, mas obrigou as lágrimas a ficarem onde estavam. Ele a achava forte, então ela deveria mostrar-se à altura.

Como ele queria tanto evitar causar dor, seria egoísta da parte dela mostrar quanto estava magoada. Respirando fundo, deu um passo para trás, deixando as mãos escorregarem pelos braços dele.

— Eu me importo, mas prometo que você não arruinou minha vida. Ao contrário, na verdade. Você a fez mais rica. Nunca vou me esquecer de você.

— Fico feliz. — Ele pegou a mão dela e a levou até os lábios, beijando as costas dos seus dedos. — E agora realmente precisamos entrar.

Ela assentiu, concordando. De mãos dadas, voltaram para a casa, quase tropeçando em Horace, testemunha canina de seu abraço. Ela ficou contente que nenhum dos Irregulares pudesse falar com animais. Pelo menos que ela soubesse. Não confiava que Horace não fosse fazer fofoca.

Em silêncio, entraram ainda de mãos dadas. A cozinha estava escura, mas luz e música de piano vinham da sala de estar. O som era diferente do *pianoforte* da época de Tory, mais rico e mais ressonante.

O calor e a beleza das notas musicais fizeram a garganta de Tory se apertar. Era só o que ela precisava, pensou. Mais emoções.

— Elspeth deve estar tocando — disse Allarde baixinho. — É uma musicista maravilhosa. Esse é um dos seus concertos favoritos de Mozart.

Tory sentiu uma pontada de inveja de Elspeth porque ela conhecia Allarde desde criança. Quando ele se fosse, Elspeth teria muitas lembranças do primo.

Era Tory que ele queria tocar, no entanto.

O concerto terminou, com as últimas notas soando gentilmente.

— Você é excelente, Lady Elspeth! — exclamou Nick. — Poderia ganhar a vida como pianista.

Elspeth riu.

— Não na minha época, mas é uma ideia bem agradável.

Tory estava prestes a entrar na sala de estar quando a sra. Rainford disse:

— Tenho umas cópias de uma canção que vocês podem gostar. Se chama "Jerusalém" e a letra é de um poema de William Blake, que viveu na sua época. Alguém já leu alguma coisa dele?

Depois de alguns murmúrios negativos, a professora continuou:

— Não me surpreende. Ele foi praticamente desconhecido até muitos anos depois da sua morte. O poema foi transformado em música durante a Grande Guerra e é uma espécie de hino inglês. A canção já está na minha cabeça há dias. Parece muito apropriada.

Após um farfalhar de partituras, Elspeth disse:

— A letra é linda. Quer que eu toque?

— Não, eu tocarei para que você possa se concentrar nas palavras. — Ouviram-se ruídos das duas trocando de lugar. — Vou tocar um verso da música. Então, podemos cantá-la.

A música era melancólica, e as palavras quase fizeram Tory desabar quando seus amigos começaram a cantar o hino. Ela e Allarde ficaram com os dedos entrelaçados enquanto ouviam. Os últimos versos trouxeram lágrimas a seus olhos.

Nem minha espada descansará em minha mão.
Até que tenhamos construído Jerusalém,
Na terra verde e exuberante da Inglaterra.

Conforme as notas comoventes foram sumindo, Tory enxugou os olhos com a mão livre.

— Posso ver por que a sra. Rainford achou a canção apropriada.

— Somos a espada na mão da Inglaterra, Tory. Uma delas, ao menos. — Allarde ergueu suas mãos unidas e beijou o pulso dela, provocando centelhas de sensação que dançaram por seu corpo.

Soltando a mão com óbvia relutância, ele perguntou:

— Gostaria de ir direto para cima, para descansar antes do seu turno?

Descansar e esconder suas emoções à flor da pele. Ela assentiu.

— Diga boa noite por mim. — Ela passou pela outra porta e foi até a escadaria no vestíbulo.

Quando começou a subir a escada, olhou para a cozinha e viu seu perfil calmo e sério enquanto ele seguia para a sala de estar. Ela podia não tê-lo por muito tempo, mas eles haviam compartilhado aquele beijo. Seu primeiro e aquele que jamais esqueceria.

Teria de ser suficiente.

CAPÍTULO 29

Tory ainda estava acordada quando Elspeth entrou silenciosamente no quarto.

— Não estou dormindo, pode acender a luz se quiser.

Elspeth acendeu o abajur no criado-mudo, cuja luz era mais fraca que a do teto. Tory ainda se maravilhava com a facilidade de se produzir luz.

— Como foi a previsão do futuro?

— Estávamos mais nos distraindo do que tentando ver o futuro em si, então não sei se os resultados são muito confiáveis. Parece que a evacuação vai continuar por mais alguns dias, o que significa que muitos mais homens serão resgatados. — Elspeth se empoleirou na banqueta da penteadeira e começou a escovar o cabelo comprido. — Ainda não há muita clareza em relação ao sr. Rainford. Ou melhor, Capitão Rainford, como ele é conhecido agora.

Tory suspirou.

— Pobre sra. Rainford. E Polly e Nick também. Não sei como continuam seguindo em frente.

— Acho que se ocupar ajuda. Particularmente porque o que estão fazendo ajuda todos os soldados isolados. — Elspeth parou de escovar o cabelo, franzindo a testa enquanto revirava a escova nas mãos. — Acho possível que o Capitão Rainford esteja marchando com sua unidade da Bélgica para Dunquerque, rezando para chegar a tempo de tomar uma embarcação para casa.

— Existem muitas coisas que podem deter esses homens no caminho — disse Tory baixinho.

— Eu sei. Por isso guardo minhas previsões para mim mesma. — Elspeth recomeçou a escovar o cabelo. — O que será que os diretores da escola vão fazer quando voltarmos? Conseguimos esconder a sua ausência, mas cinco alunos desaparecidos por dias será muita coisa para que não desconfiem.

Tory encobriu um bocejo.

— Eles não podem nos mandar para longe até sermos curados, já que é por isso que estamos em Lackland.

Elspeth riu.

— Talvez nos tranquem todas as noites para que não possamos escapulir para o Labirinto. Isso seria maçante.

Tory contemplou, sem nenhum entusiasmo, o que seriam cinco anos passando as noites trancada.

— Triste, mas suportável, imagino.

— E terá valido cada minuto de confinamento. Nós vimos a imagem de homens desembarcando em Dover. Você não imagina como é!

— Vou tentar ver alguma coisa amanhã — disse Tory. — Adoraria ver o resultado de tantas pessoas trabalhando juntas para salvar o exército.

— Os números evacuados até agora são apenas uma gota no oceano. Cerca de oito mil, se a sra. R. viu corretamente na central de operações da Marinha. Centenas de milhares ainda estão isolados na França. Mas a evacuação está apenas começando. Em mais alguns dias, os números deverão ser substanciais.

— Se o clima cooperar.

Elspeth franziu a testa.

— Estou preocupada com Jack. Cynthia e Polly são magas climáticas talentosas, mas Jack é, de longe, o melhor e o mais forte, e está se esforçando constantemente até o limite. Está sempre monitorando e ajustando o clima, mesmo quando não está oficialmente de plantão. Se não descansar um pouco mais, pode acabar tendo um colapso.

Tory não queria pensar no tamanho da carga que recairia sobre Cynthia e Polly, que não tinham nem uma fração sequer da experiência de Jack.

— O resto de nós vai ter que manter os magos climáticos bem providos de energia para que não se esgotem.

Elspeth sorriu.

— Cynthia deu uma de dama hoje e disse para Jack que era melhor ele descansar um pouco esta noite ou *ia se ver com ela*. Ele concordou mansamente em ir para a cama depois do primeiro turno da noite, portanto acho que está ciente do perigo de insistir demais.

— Cynthia? — Tory riu. — Queria ter visto isso. É minha imaginação ou ela vem se comportando surpreendentemente bem?

— Não é imaginação. — Elspeth começou a trançar o cabelo para dormir. — Todos nós mudamos muito com a vinda para cá, e para melhor. Posso sentir minha magia cada vez mais forte e versátil. E você?

— Não tinha pensado nisso — considerou Tory. — Meu talento está ajudando os outros a se conectarem. Não tenho um grande poder em particular.

— Não? — Elspeth amarrou uma fita na ponta da trança e jogou o cabelo por cima do ombro. — Você está se conectando cada vez mais facilmente com as pessoas e desconfio que seu alcance também esteja aumentando.

Tory franziu a testa.

— O que isso significaria?

— Que você pode enviar ou tomar energia a distância. Se eu precisasse de mais poder para a cura, você poderia mandá-lo para mim. Ou se você precisasse de energia de cura, poderia pegá-la emprestada de mim.

— Imagino que isso poderia ser útil — concordou Tory. — Acho que teria que ser com alguém que eu conhecesse, como outro membro da brigada climática.

— Como poderíamos testar isso? — perguntou Elspeth, pensativa.

— Talvez Nick pudesse levar você de carro até Dover e você tentaria se conectar comigo de lá.

Tory resmungou.

— Se eu for a Dover, tentarei me conectar com você, mas é teoria demais para uma noite. Preciso dormir porque vou entrar no turno do início da manhã.

— Desculpe por ficar conversando. — Elspeth se enfiou na cama e apagou a luz. — Durma bem, Tory. Amanhã deve ser um dia importante para a evacuação.

Tory sabia que era verdade. Mas, quando dormiu, seus sonhos não foram com Dunquerque.

O turno pós-meia-noite de Tory era com Cynthia. O principal problema era ficar acordada, o que conseguiram ao se revezar para fazer chá e caminhar pela sala de estar, sempre mantendo o fluxo de magia. Cynthia monitorou o clima sobre o canal e o ajustou algumas vezes, enquanto Tory fornecia suprimento constante de energia para ela.

Ela bocejou enquanto preparava uma segunda xícara de chá para as duas.

— Você viu a lanterna elétrica que o Nick tem? Usa umas coisas chamadas pilhas que contêm eletricidade que acende a luz. — Ela misturou mel ao chá, já que o açúcar estava racionado. Quando entregou a xícara para Cynthia, disse: — Acho que eu me transformei em uma pilha mágica.

— E que pilha ótima você é — disse Cynthia com um divertimento ácido, aceitando a xícara.

— Estou até absorvendo um pouco de magia climática — disse Tory. — Nunca serei tão boa quanto você, Jack ou Polly, mas é uma habilidade bastante útil.

— Gosto de ver meu poder valorizado. — Cynthia revirou os olhos. — Meu talento foi revelado quando beijei um garoto bonito que trabalhava nas cocheiras e gostei tanto que uma tempestade se desencadeou e arrasou os melhores campos de trigo do meu pai. Também arruinou meu vestido de seda favorito.

— Minha nossa! — Tory se sentou de frente para a outra garota, perguntando-se se poderiam, de fato, tornar-se amigas. Não, aquilo era apenas uma queda de barreiras de fim de noite. — Você controla muito bem a sua magia.

— Meu controle é bom, mas eu gostaria de ter o alcance de Jack. Ele quase consegue ver o clima do Novo Mundo. — Cynthia bebeu seu chá. — Sabia que nossas antigas colônias na América do Norte prosperaram? Os rebeldes construíram um país que se estende de um lado a outro do continente.

— Não sabia disso. — Tory tomou seu chá, pensativa. — Se entrarem na guerra, espero que seja do nosso lado.

— A sra. R. diz que querem permanecer neutros, mas, se isso mudar, estarão conosco, e não com os nazistas. — Cynthia bocejou novamente. — Este turno ainda não acabou?

— Quase. — Foi Polly quem falou, entrando na sala, piscando de forma sonolenta. — Quando Elspeth chegar.

— Cynthia, se quiser ir para a cama agora, eu fico trabalhando com Polly até Elspeth chegar — ofereceu Tory.

— Acho que vou. Esse tipo de trabalho concentrado é realmente exaustivo. — Cynthia se levantou. — Estou comendo como dois soldados famintos e, ainda assim, perdi cerca de um quilo.

— Vá, então. É mais fácil ser uma pilha. Polly, quer um pouco de chá?

Polly deu um bocejo enorme.

— Por favor. Com muito mel. Este último turno da madrugada é o pior de todos.

Quando Tory terminou de preparar o chá, Elspeth já tinha chegado e Tory podia ir para a cama. Dessa vez dormiria com certeza.

A vantagem de ser uma pilha era que trabalhava menos turnos que os magos climáticos. Ela voltou a se enfiar na cama, pensando que dentro de uma semana, mais ou menos, estaria livre para dormir quanto quisesse. Deus do céu, esperava que Allarde estivesse vivo e bem, podendo fazer a mesma coisa!

CAPÍTULO 30

— Maldição! — ressoou uma voz pela casa.

Tory acordou em um sobressalto ao ouvir o xingamento. Jack? Vestiu desajeitadamente o roupão que pegara emprestado da sra. Rainford e correu escada abaixo, arriscando-se a tropeçar na barra e quebrar o pescoço. Era muito cedo ainda, muito antes do amanhecer.

Os outros também corriam para lá.

— Jack, o que houve? — perguntou Allarde, vários passos à frente de Tory e saltando três degraus de cada vez.

Tory entrou na sala de estar quando Jack se virou, fumegando de raiva. Polly estava pálida e Elspeth tentava enviar, sem sucesso, energia calmante.

— Tem ùma tempestade enorme vindo do Atlântico. Vai chegar aqui dentro de algumas horas, se não conseguirmos desviá-la. — E olhou feio para Polly. — A maga climática do turno dormiu em serviço.

— Me desculpe — sussurrou Polly, com lágrimas escorrendo pelo rosto. — Não estava dormindo, mas... não estava prestando tanta atenção quanto deveria.

— Quantos homens morrerão porque você não estava fazendo o seu trabalho? — resmungou Jack, com os punhos cerrados. Tory percebeu que, sob sua fúria, havia um medo intenso da tempestade que se aproximava.

— Pare! — interveio Nick, colocando-se entre Polly e Jack. — Não se *atreva* a tocar na minha irmã!

Por um momento, Tory achou que os dois Rainford fossem partir para os socos. Então, Cynthia agarrou o braço de Jack, enterrando as unhas sem piedade.

— Você sabe que a Polly não tem sua força nem seu alcance, Jack! Não a culpe por não ter visto os primeiros sinais. Apenas nos diga o que fazer para consertarmos isso.

— Mas ele tem razão — disse Polly, enxugando as lágrimas. — Eu não estava me esforçando o bastante. Se estivesse, poderia ter sentido a tempestade antes.

Jack fez um esforço visível para se controlar.

— Me desculpe, Polly, não devia ter gritado com você desse jeito. Mas nós precisamos trabalhar nessa tempestade *agora*! Todos nós. Reúnam-se e formem o círculo. Cada minuto conta.

— Quer que eu também participe? — perguntou a sra. Rainford.

— Eu disse todos nós, e foi exatamente isso o que eu quis dizer. — Jack passou os dedos enrijecidos pelo cabelo louro. — Por favor... se todos podem me perdoar antecipadamente... Vou praguejar e ficar ranzinza e insuportável até afastarmos essa tempestade. *Se* é que vamos conseguir fazê-lo.

— Perdoado — disse Allarde ao começar a ordenar as cadeiras em círculo. — Se precisar de ajuda para praguejar, basta pedir.

Aquilo arrancou um sorriso surpreso de Jack, que se acomodou no sofá.

— Essa parte, eu consigo fazer sozinho. Agora, todo mundo *se mexendo*!

Mesmo com apenas um banheiro, o grupo todo conseguiu se reunir em cinco minutos. Ocuparam as mesmas posições da primeira vez que fizeram o círculo climático, exceto Polly, que trocou de lugar com Cynthia e se sentou ao lado de Tory.

Quando o círculo estava completo, Tory disse:

— Todos estamos alterados, mas a energia fluirá melhor se conseguirmos relaxar. Respirem fundo. — Ela baixou a voz. — Tenho uma nova imagem... não um cocheiro com sete cavalos, mas uma lanterna elétrica com sete pilhas. Jack é a lanterna e nós somos as pilhas que fornecerão energia.

— E eu me acenderei como uma lanterna — disse ele, irônico. — Tory está certa. Relaxem. Deixem a energia fluir livremente. Temos, talvez, uma chance em quatro de desviar essa tempestade.

— Não é tão ruim assim — observou Allarde. — Podemos fazê-lo.

Tory sentiu as linhas de energia individuais se estabilizarem conforme as pessoas, conscientemente, relaxavam. Com a voz baixa e controlada, Jack disse:

— Então, começamos...

Só levou alguns minutos para Tory concluir que a comparação com a lanterna e as pilhas não se aplicava. Eles realmente eram um grupo de cavalos, e Jack os guiava com rigor, como Apolo instigando a carruagem do sol pelos céus.

Só que, naquele caso, era uma carruagem de tempestades, e não de luz. Passaram por cima do Atlântico, voando com os ventos, mergulhando nas ondas e nos redemoinhos. Passivo, mas poderoso, o círculo alimentou o talento de Jack com magia enquanto ele se entranhava na roda violenta de vento e chuva. Se já não tivessem trabalhado juntos uma vez, com Tory entrelaçando e maximizando os talentos individuais, poderiam ter sucumbido à pressão.

De forma lenta e incessante, através de força bruta, Jack reuniu o ar e os ventos de que precisava para desviar a tempestade conforme esta se aproximava das Ilhas Britânicas. Indistintamente, Tory estava ciente da passagem do tempo, da crescente exaustão e da dormência em suas costas.

Estava quase em transe quando a sra. Rainford disse:

— Preciso fazer um intervalo curto para telefonar para a escola e avisar que não irei trabalhar. A não ser que tumultue demais. Jack?

— Pode ir trabalhar, sra. Rainford, se tiver energia suficiente — disse ele, com a voz rouca. — Nós praticamente domamos a fera. Estou só dando os toques finais.

— Então vou indo. — A Sra. Rainford se levantou e colocou a mão de Tory na de Allarde antes de partir. Allarde pressionou seus dedos, colocando uma intimidade sem palavras naquele gesto. Tory sorriu, e sua energia aumentou um pouco, embora o círculo tivesse diminuído com a saída da sra. Rainford.

Agora, que estava alerta novamente, viu como Jack empurrara a tempestade em um ângulo reto inacreditável e a mandara para o norte, sobre o Mar da Irlanda, entre a Grã-Bretanha e a Irlanda. Tinham atingido o objetivo, mas a um custo alto de energia mágica e física.

Depois de mais alguns minutos, Jack disse, cansado:

— Fizemos tudo que podíamos. Todos podem soltar agora.

As linhas de energia que Tory entrelaçara se desfizeram com uma velocidade assustadora quando os magos se retraíram. Ouviu-se um gemido à esquerda de Tory e a mão de Polly ficou frouxa. Tory abriu os olhos e viu a menina desmoronar como uma boneca de trapo no colo de Nick. Ele pôs o braço em volta dela.

— Bom trabalho, irmãzinha.

Ela não respondeu. Ele sacudiu seu ombro, mas ela continuou ali, mole, sobre ele.

— Apagou como uma lâmpada — disse Nick, preocupado. — Não está machucada, está?

Elspeth também estava por um fio, mas conseguiu se inclinar e colocar a mão na cabeça de Polly. Após um longo instante, disse:

— Não há danos permanentes, mas ela vai dormir por um bom tempo.

Tory mordeu o lábio, sabendo a falta que um dos magos climáticos faria para a brigada. A ausência de Polly também criaria pressão adicional sobre os dois que restavam.

Allarde rompeu o silêncio para dizer:

— Vou levá-la para cima.

Ele era o único que ainda tinha forças para carregar a menina, percebeu Tory. Ela olhou em volta do círculo com suas percepções internas abertas, a fim de avaliar a energia de cada um. Polly era uma fagulha cinza, tendo se esforçado incansavelmente para compensar o que via como falha sua. Os outros estavam um pouco melhores que ela.

Apenas Allarde brilhava com um pouco mais de intensidade. Naquela manhã esgotadora, pôde ver a total dimensão de sua força e de seu instinto de proteção. Daria qualquer coisa para se afundar nos braços dele e descansar.

— A pior parte da tempestade foi desviada, mas vai exigir trabalho constante para impedi-la de voltar — disse Jack, sombrio. — E, apesar de nossos melhores esforços, haverá mais vento e arrebentação no canal nos próximos dias. Mais ondas para se chocar contra os barcos, menos nuvens para fornecer cobertura.

Tory fez um esforço para se recompor.

— Ainda é melhor do que uma tempestade com força total, que teria cessado a evacuação, provavelmente de vez.

Com uma voz que mal podia ser ouvida, Elspeth perguntou:

— A situação está suficientemente estável para podermos descansar um pouco?

Jack enterrou o rosto nas mãos e soltou o ar com força.

— Essa tempestade não pode ficar sem vigilância. Cynthia, você conseguiria fazer um turno enquanto eu descanso?

Cynthia emitiu um ruído perigosamente parecido com um gemido. Era difícil reconhecer nela a elegante Lady Cynthia Stanton. Seu cabelo estava emaranhado, havia círculos escuros sob seus olhos e suas roupas de dormir, largas demais, estavam completamente amarrotadas. Tory achou que ela nunca parecera mais interessante de se conhecer.

— Nesse instante, não, mas me dê quatro horas. — Cynthia se levantou, com exaustão. — Você aguenta tanto tempo? Se conseguir aguentar, acho que posso fazer um turno duplo depois, se tiver a ajuda de um dos magos genéricos.

— Posso suportar quatro horas, mas precisarei de ajuda — disse Jack, com a voz abafada pelas mãos. — Detesto ter que pedir, quando já exigi tanto de todo mundo.

— Vou acompanhá-lo neste turno — disse Allarde. — Tory, você pode dar apoio ao Jack enquanto levo Polly lá para cima?

Se Allarde podia continuar por mais algumas horas, ela aguentaria mais alguns minutos.

— É claro. Tire alguns minutos para jogar uma água fria no rosto. Nick disse:

— Acompanharei Cynthia no próximo turno. Já que tenho um pouco de magia climática, talvez possa ajudá-la com isso também, além da energia geral.

— Seria ótimo — disse Cynthia, entorpecida, indo para a porta. — Se eu não acordar com o despertador, alguém me chama? Alguém do sexo feminino.

— Que pena que você especificou isso! — Jack ergueu a cabeça das mãos, com um traço de diversão nos olhos. — Estava prestes a me oferecer.

Contente em ver que o bom humor não havia desaparecido completamente, Tory se levantou. Quando terminou de alongar os músculos doloridos, Allarde havia levantado Polly com gentileza do colo do irmão e todos, exceto Jack, haviam deixado a sala de estar.

Ela entrou energeticamente em contato com Jack e descobriu que ele não só precisava que seus níveis de energia fossem ampliados, mas também que acalmassem um pouco sua ansiedade. Enviou energia calmante e se uniu a ele para ajudar com o clima. Os padrões climáticos sobre as Ilhas Britânicas e o norte da França estavam estáveis, mas cheios de tensão. Era fácil imaginar o clima fugindo ao controle se não recebesse atenção constante.

Não de todo preparada para se sentar novamente, foi até a janela e abriu as cortinas de blecaute. Já era manhã, ainda cedo. A sra. Rainford pedalava em direção à estrada em uma bicicleta, um aparato de duas rodas que fazia Tory valorizar mais ainda um bom cavalo. Não invejava a mulher por ter de enfrentar um longo dia de aulas, mas a sra. Rainford tinha reservas profundas de energia. Havia trocado de roupa, escovado o cabelo e parecia um pouco reanimada ao pedalar para a escola.

Ocorreu a Tory que o ar fresco poderia ser revigorante. Abriu a janela pela metade e inalou profundamente, antes de se acomodar no sofá ao lado de Jack. Segurou a mão dele e o fluxo de energia entre eles aumentou. Com ironia, disse:

— Isso já não é mais divertido.

— Verdade, mas agora tenho uma compreensão melhor do que significa ser um soldado. — Ele se reclinou pesadamente no sofá. — Obrigado pela energia extra, Tory. Talvez consiga sobreviver às próximas quatro horas, afinal.

— Vai sobreviver, sim. Allarde está um pouco melhor do que o restante de nós. — Lembrando-se de que só era por alguns minutos, conseguiu enviar um pouco mais de energia para Jack. — Você foi incrível, Jack. Eu não acreditava que uma tempestade daquele tamanho pudesse ser desviada.

— Não teria sido possível se a brigada climática não contasse com tantos magos poderosos. — Ele apertou sua mão um pouco em um toque camarada, não romântico. — Eu estava superconfiante porque os dois primeiros dias tinham sido fáceis. Me esqueci de que, não importa quão poderoso seja um mago climático, ele tem que trabalhar com as matérias-primas que o mundo oferece.

— E, dessa vez, o mundo ofereceu mau tempo.

Jack esfregou o rosto com a outra mão.

— Me sinto um monstro por ter gritado com Polly daquele jeito. Ela poderia ter notado a tempestade um pouco antes, se estivesse mais alerta, mas seu alcance não é totalmente desenvolvido e, agora, está temporariamente esgotada. Você deve ter sentido como ela estava se esforçando.

— Ela estava no limite — concordou Tory. — Quando ela acordar, vai perceber que você gritou principalmente por estar furioso consigo mesmo, por não ser capaz de trabalhar sem descanso por dias a fio.

Ele suspirou.

— Você tem razão, esse foi o verdadeiro motivo do meu mau humor.

— É *claro* que tenho razão — disse ela com altivez. — Sou uma maga, sabe?

Ele riu um pouco com aquilo.

Allarde voltou e estendeu a mão para ajudar Tory a se levantar do sofá. Ela se ergueu facilmente com a ajuda, sentindo a energia pulsante do toque.

— Vou assumir agora, Tory. Durma bem.

Ela lhe deu um sorriso particular.

— Faça o mesmo quando Nick vier para o turno. Até você precisa de descanso às vezes.

Jack disse:

— É uma bênção que você tenha tanta reserva de energia, Allarde. Não poderíamos ter afastado aquela tempestade se você não tivesse contribuído tanto. — Ele encobriu um bocejo. — Sempre achei que aristocratas fossem inúteis, que não soubessem fazer nada além de desperdiçar suas fortunas em jogos e dar ordens a pessoas como eu.

Allarde sorriu.

— Alguns de nós têm serventia. — E se acomodou no sofá, estendendo as pernas compridas para a frente. — Hora de reajustar sua tempestade?

Tory os deixou trabalhando, profundamente agradecida por estar indo para a cama. Porém, ao subir cansadamente a escada, perguntou-se quanto tempo a brigada climática poderia aguentar esse ritmo tão alucinado.

CAPÍTULO 31

Na manhã da quarta-feira, Tory desceu para o desjejum quase se sentindo humana novamente. A exausta brigada climática sobrevivera à terça-feira, embora Jack e Cynthia tivessem trabalhado muito para manter as águas do canal razoavelmente calmas. Os outros magos contribuíram com o máximo de energia possível, já que não podiam se dar ao luxo de perder um segundo mago climático.

A maior parte da brigada já havia descido para o desjejum, e os níveis de energia tinham quase voltado ao normal. A sra. Rainford preparara uma panela enorme de ovos mexidos com queijo, havia pão para fazer torradas, o eterno bule de chá estava fumegando e o rádio dava as últimas notícias. A essa altura, Tory já não se espantava tanto com o milagre do rádio. Mal ouvia enquanto fazia seu prato.

Estava balançando a cabeça quando se sentou entre Nick e Elspeth.

— Só ficam repetindo a mesma coisa. A FEB está isolada na costa, os belgas devem estar perto da rendição, o desastre é iminente. Sra. Rainford, viu alguma coisa mais promissora, em suas visões?

— Na verdade, sim. — A professora estava sentada à mesa tomando uma segunda xícara de chá antes de ir para o trabalho. — Ouvi uma discussão sobre os tanques Panzer de Hitler. Há vários dias eles pararam pouco antes de entrar em Dunquerque, aparentemente por causa do terreno pantanoso.

— Pena que não foram em frente e afundaram no pântano! — disse Nick.

— Infelizmente, os nazistas não são tolos. — A sra. Rainford espalhou geleia de groselha em sua torrada. — Estavam prestes a avançar novamente sobre Dunquerque, mas, em vez disso, estão indo para o sul, para se unir à batalha ali. Ruim para os Aliados no sul, mas bom para a evacuação.

— Bom saber — disse Allarde, servindo-se de uma segunda porção de ovos. — Fico feliz por termos uma linha de comunicação privada com o Castelo de Dover.

— Acho que descobri por que consigo espionar tão bem por lá — disse a sra. Rainford. — Uma prima minha trabalha na central de comando naval. Crescemos juntas, e desconfio que ela também tenha um pouco de habilidade mágica. Todo mundo, do Almirante Ramsay para baixo, está trabalhando sem descanso, portanto, enquanto ela estiver ali, posso me conectar através dela. — E deu uma mordida na torrada. — O codinome da evacuação é Operação Dínamo.

— Alguma notícia sobre os barcos pequenos que estão organizando? — perguntou Nick.

— Quase me esqueci de mencionar. O primeiro comboio de embarcações pequenas deve partir de Ramsgate esta noite e mais barcos partirão de outros portos. A maioria dos evacuados será levada para Dover, Ramsgate, Folkenstone e Margate — respondeu a mãe. — Mas também há barcos de Lackland na frota voluntária.

Nick ia fazer mais perguntas quando Polly apareceu na cozinha, o rosto pálido como o de um fantasma. A conversa se interrompeu. Era sua primeira aparição desde o colapso após o círculo da tempestade.

— Polly, fico tão feliz em vê-la acordada! — Tory a cumprimentou. — Como está se sentindo?

A garota contorceu o rosto.

— Minha magia sumiu! Não sobrou nada!

Suas palavras provocaram exclamações abafadas de choque e solidariedade. Elspeth interrompeu as reações, dizendo com firmeza:

— Sua magia não sumiu de forma permanente. Trabalho mágico intenso pode causar paralisia temporária, mas o poder vai voltar. Só leva tempo.

Polly prendeu a respiração, mal se atrevendo a criar esperança.

— Quanto tempo leva?

— Varia — respondeu Elspeth. — Provavelmente vários dias. Talvez mais.

— Tempo demais para ajudar na evacuação — disse Polly, com tristeza. — Talvez eu deva ir à escola.

— Toda a costa sudeste está em polvorosa por causa da evacuação, então as aulas não estão rendendo muito — disse sua mãe. — Embora não seja um trabalho muito glamoroso, você poderia ficar em casa e administrar as tarefas domésticas. Eu faria isso se estivesse aqui, mas não estou, então, se estiver disposta...

— Claro que sim! — disse Polly, com a expressão se iluminando. — Você vai trabalhar, mãe. Eu fico aqui e garanto que todo mundo se alimente direito e que a casa não vire um chiqueiro.

Tory imaginava que Polly se sentisse agradecida por ainda fazer parte da brigada climática, mesmo não podendo se unir à magia. Por mais exaustivo que o trabalho fosse, os Irregulares compartilhavam uma camaradagem afetuosa que era diferente de tudo que Tory já havia experimentado na vida.

— Resolvido, então. — A sra. Rainford se levantou. — Vou indo. Viva a Grã-Bretanha! — E abraçou Polly antes de sair de casa.

Tory deu uma olhada no relógio.

— Hora de começar a trabalhar. Cynthia, você está no turno comigo, não está?

— Para pagar meus pecados — disse a garota, mas seus insultos já não continham as farpas de antes.

Jack estivera trabalhando em seu turno enquanto fazia o desjejum e ouvia as notícias. Com o clima estável e a energia se recuperando, podia fazer duas coisas ao mesmo tempo, pelo menos por um intervalo curto.

— Vamos repassar o turno na sala de estar?

Cynthia assentiu, mas, antes que pudessem sair da cozinha, Nick disse:

— Tory, Cynthia, depois deste turno, vou levar vocês de carro até Dover. Farei outra viagem para lá, mais tarde. Todos nós precisamos de um pouco de ar, uma mudança de cenário e a chance de ver pessoalmente os resultados do nosso trabalho.

— Você me compra peixe com batatas fritas quando formos? — perguntou Tory.

Ele sorriu.

— Prometo que sim.

Tory foi para seu turno animada com a perspectiva de sair um pouco, mas, quando o turno terminou, sentiu que realmente precisava de uma pausa após o trabalho intenso no clima. Apesar de todos os esforços, ventos fortes ainda sopravam sobre o canal, provocando mais arrebentação nas praias de Dunquerque e levando a fumaça para longe da cidade, de forma que a Luftwaffe tinha total visão para bombardear o litoral.

No entanto, conseguiram manter as águas mais calmas do que era costumeiro naquela época do ano, o que, sob aquelas condições, era um sucesso. Tory desistira de buscar a perfeição e estava aceitando "o melhor que pudessem fazer".

Jack e Allarde substituíram Cynthia e Tory. Esta tinha que resistir à vontade de abraçar Allarde sempre que ficavam na mesma sala. Pelo brilho nos seus olhos, percebia que ele sentia o mesmo. Era bom, portanto, que não ficassem fechados no carro de Nick para o passeio a Dover.

Cynthia quis o banco de trás para poder dormir durante o caminho. Tory se sentou na frente com Nick, interessada demais na viagem para dormir. A estrada estava movimentada, com grandes caminhões do exército indo e vindo em ambas as direções, além dos carros e caminhões de costume.

No caminho, Nick mostrou um trem que corria por um trilho a distância.

— A Southern Railway colocou o máximo de trens extras que podia para tirar os evacuados de Dover. Acho que todo mundo na Grã-Bretanha está ajudando ou pelo menos gostaria de estar.

Ela assentiu.

— É uma sorte sermos uma nação tão tradicionalmente marítima e tantas pessoas terem barcos que podem ser utilizados na evacuação.

— Gostaria de participar com o *Sonho de Annie* — disse Nick, melancólico. — Fico pensando que, se estivesse lá, poderia encontrar meu pai. Tenho talento mágico para encontrar coisas e pessoas, embora não tenha tido tempo para desenvolvê-lo.

— Muitas pessoas podem navegar até Dunquerque, mas nós somos os únicos que podemos manter o clima sob controle — ressaltou Tory.

As mãos dele se apertaram no volante.

— Gostaria de poder fazer as duas coisas.

Ao se aproximarem de Dover, Tory se lembrou do que Elspeth dissera, que talvez ela conseguisse se conectar a distância com os demais membros da brigada climática. Era o momento certo para testar a teoria; então, Tory fechou os olhos, concentrou a mente e se projetou, visualizando uma linha dourada que se estendia até sua amiga. *Elspeth? Elspeth?*

Sentiu como se estivesse de olhos vendados, tentando identificar tecidos pelo toque, mas, após vários chamados mentais, sentiu a resposta surpresa da amiga. Não era tão clara quanto palavras, mas sim uma sensação distinta de reconhecimento.

Delicadamente, Tory se imaginou extraindo energia de cura para si. Após um momento, Elspeth começou a ajudar. Sem querer cansar a outra garota, Tory interrompeu e ofereceu sua energia em troca. Elspeth aceitou um pouco, então, educadamente, pausou o contato quando ambas atingiram um equilíbrio. Sorrindo, Tory pensou: *Adeus*, e se retirou. Aquela habilidade de enviar ou receber energia a distância poderia ser útil.

— Por que está sorrindo como se tivesse ganhado um bolo com glacê? — perguntou Nick.

— Elspeth achou que, com o meu talento para fazer conexões, eu poderia me conectar com as pessoas a distância. Acabei de tentar fazer isso e pude entrar em contato com ela — explicou Tory. — Não conseguimos conversar de fato, mas identificamos uma à outra e eu pude enviar e receber energia. Não sei se funcionaria a distâncias maiores, mas consegui nesses poucos quilômetros.

— Estamos todos aprendendo muito sobre o que podemos fazer! — disse Nick. — Esses últimos dias têm sido uma verdadeira universidade de magia.

Tory riu.

— Eu costumava sonhar em ir para Oxford ou Cambridge, mas é claro que garotas não são admitidas, então isso aqui terá que ser minha experiência universitária.

— As meninas agora podem estudar em Oxbridge — disse Nick. — A minha mãe estudou na Lady Margaret Hall, em Oxford.

— *Verdade?* — perguntou Tory, maravilhada. — Preciso conversar com ela a respeito disso.

Como estavam se dirigindo para Dover, Nick disse:

— O porto vai estar uma loucura, mas eu conheço um lugar para estacionar que é alto o bastante para nos dar uma vista de lá; além disso, tenho dois binóculos no porta-malas.

— Binóculos? Porta-malas? Estou precisando de um dicionário de 1940 — disse Tory.

— Binóculos são como... — Ele pensou. — Dois telescópios unidos, para podermos enxergar longe. O porta-malas é o compartimento para levar coisas na parte de trás de um carro.

— Já chegamos? — Bocejando, Cynthia se sentou e olhou em volta.

Dover zumbia de excitação, ansiedade e propósito. Tory pôde sentir a intensidade, e achava que seus amigos também a sentiam. Os olhos do mundo estavam voltados para Dunquerque e Dover naquela semana.

A ruazinha na qual Nick estacionou terminava no porto, que estava apinhado de embarcações e pessoas. Ao descer do carro, Tory olhou na direção do Castelo de Dover, que se assomava à cidade de cima de um penhasco. Era antiquíssimo, ela sabia, quase mil anos.

— É estranho pensar que o Almirante Ramsay e toda sua equipe, incluindo a prima da sua mãe, estejam trabalhando nos túneis lá em cima.

— E, provavelmente, dormindo ainda menos que a brigada climática — disse Nick.

— Espero que os túneis dele sejam mais confortáveis que os de Lackland. — Cynthia protegeu os olhos com uma mão enquanto olhava para o porto.

Tory pensou, com uma ponta de maldade, que não era justo que Cynthia conseguisse parecer elegante mesmo nas roupas folgadas de uma professora de meia-idade.

Voltando a atenção para o porto, Tory exclamou:

— Você não estava brincando sobre a loucura daqui! Há navios parados em filas triplas no cais.

— Descarregando o mais depressa possível para poder fazer outra viagem. O jornal diz que eles não podem fazer o caminho mais curto pelo Estreito de Dover porque a artilharia nazista na costa da França está bombardeando nossos navios. — Nick abriu o porta-malas do carro e tirou dois aparatos. — Aqui estão os binóculos.

Tory espiou cautelosamente pelo aparelho e prendeu a respiração quando o tumulto no porto ficou, de repente, bem diante dos seus olhos.

— É como se eu estivesse no cais!

Cynthia olhou pelo outro binóculo.

— Estão tirando homens feridos dos navios — disse ela, em uma voz abafada. — Alguns estão sendo atendidos ali mesmo.

— Outros estão recebendo alimentos. Os suprimentos devem estar restritos para as tropas em Dunquerque — acrescentou Tory. — Os navios parecem ter sido danificados. As máquinas voadoras alemãs, imagino. — E passou o binóculo para Nick.

— Tem um destroier, um caça-minas e uma balsa de transporte público — disse ele, observando as embarcações atracadas. — Como você diz, estão danificados, mas ao menos continuam navegando. — Com seriedade, o garoto devolveu o binóculo para Tory.

— Tantos homens — sussurrou ela.

Um navio devia ter acabado de chegar, porque o convés ainda estava abarrotado de soldados, espremidos como sardinhas em lata. Se o mar estivesse agitado, jamais conseguiriam evacuar tantas pessoas.

Soldados transbordavam do navio que havia atracado no cais, a maioria usando uniformes imundos de uma cor indefinida entre bege e marrom. Os capacetes de metal pareciam panelas invertidas.

Enquanto observava, uma mulher que abria caminho à força entre a multidão atirou os braços em volta de um homem surrado e exausto. Ele enterrou o rosto no cabelo dela e a agarrou como se nunca mais fosse soltar. A garganta de Tory se apertou, imaginando se a mulher teria algum talento para encontrar pessoas e se este, contra todas as probabilidades, a trouxera milagrosamente ao lugar certo no momento certo. Com um nó na garganta, disse:

— Obrigada por ter nos trazido aqui, Nick. Isso ilustra bem a importância do que estamos fazendo.

Cynthia assentiu, entregando o binóculo para Nick.

— Acabei de ver um garoto não muito mais velho do que nós descer do navio, se ajoelhar e beijar o chão.

— Vou precisar daquele peixe com batatas fritas — disse Tory. — Não consigo pensar em um combustível melhor para voltar ao trabalho.

CAPÍTULO 32

Até o final da quarta-feira, todos os Irregulares já tinham feito o passeio até Dover. Nick estava resmungando que, por sorte, a gasolina ainda não estava racionada. Tory achou que aquelas expedições tinham sido uma ideia bastante inspirada. Além do prazer de sair um pouco, todos voltavam de lá com o comprometimento renovado.

Polly preparou eficientemente o desjejum na manhã seguinte. Tory invejava sua competência, adquirida pelo fato de seus pais trabalharem e de todos os filhos terem de cumprir tarefas domésticas. O desjejum daquela manhã era uma panela fumegante de mingau de aveia, generosamente complementado com groselhas secas e uvas-passas brancas. Com leite e um pouquinho de mel, estava delicioso.

Tendo terminado de comer, a sra. Rainford disse:

— Eu tenho um tempinho antes de ir para a escola. Vamos ver se consigo visualizar os barcos pequenos que estão indo para o canal ajudar na evacuação?

— Sim — respondeu Nick, com firmeza. — Pode dizer se estão navegando com facilidade, já que a água não está tão revolta quanto de costume e se mesmo os marinheiros menos experientes estão correndo para Dunquerque sem que ninguém passe mal de enjoo?

— Vou pegar minha tigela de visões. — A sra. Rainford pegou uma vasilha pequena de cristal no armário. — Tory, você nunca praticou visões conosco, não é? Esta tigela era da minha avó, foi um presente de casamento que passou para mim quando me casei. Acredito que ela dominava o mesmo tipo de habilidade que eu, embora não tenha certeza se estava ciente disso.

Ela entregou a tigela a Tory, que ficou surpresa ao ver como o objeto parecia vivo em suas mãos.

— Há magia no cristal — disse ela ao colocá-la sobre a mesa. — Talvez tenha sido tão usado que absorveu o poder dos usuários.

— Isso explicaria por que funciona melhor que todas as outras vasilhas. — A sra. Rainford encheu a tigela com água pela metade e a colocou sobre a mesa, então acrescentou tinta com um conta-gotas. A tinta rodopiou na água, deixando-a preto-azulada.

— Eu não sabia que se usava tinta — disse Tory. — Nunca tentei ter visões. Estava prestes a começar a estudar a técnica no Labirinto quando fomos invadidos.

Entrando no papel de professora, a Sra. Rainford disse:

— A tinta não é necessária, mas foi assim que aprendi e funciona bem para mim. A prática para ter visões é uma questão de olhar em algo para ver imagens, sabe? Pode ser água, uma bola de cristal, fogo, a chama de uma vela, espelhos... qualquer coisa que funcione para você. Nem sempre vejo as imagens claramente, mas, às vezes, ouço vozes.

Ela cobriu as laterais da tigela com as mãos.

— Quando você tem sua tigela, ou vela, basta relaxar e se concentrar na água. — Ela fechou os olhos e desacelerou a respiração. Gradualmente, sua expressão relaxou. — Começarei olhando na central de controle da evacuação, sob o Castelo de Dover.

Abrindo os olhos, ela contemplou a água turva, sem focar a vista. Depois de um ou dois minutos, disse:

— A evacuação está indo bem, mas há perdas. Um destroier foi afundado, acho. Talvez mais de um. Outros foram danificados. Mas os trabalhos continuam.

— Você é melhor que o rádio, sra. R. — disse Jack. — Suas notícias são atualizadas. Consegue ver o que está acontecendo em Dunquerque?

Ela fechou os olhos, como se piscasse para afastar a visão do quartel-general naval, e depois olhou novamente para a água escura.

— Ainda há fumaça saindo da cidade e do porto bombardeado. Há uma balsa de transporte público se aproximando do quebra-mar. É uma estrutura fina que não foi projetada para receber embarcações grandes. Má pilotagem poderia destruir o quebra-mar completamente, mas é o mais parecido com um píer que se tem no momento. Os homens estão embarcando tão depressa na balsa! — Ela mordeu o lábio. — Homens feridos estão sendo carregados para bordo.

Nick perguntou:

— E os barcos pequenos?

A sra. Rainford fechou novamente os olhos, então olhou para a tigela.

— Minha nossa! O canal está cheio deles, barcos de todos os tamanhos.

Elspeth disse:

— Se Tory acrescentasse seus poderes, será que você conseguiria enxergar mais?

— Vale a pena tentar. — Tory se colocou atrás da cadeira da mulher. Ao colocar as mãos de leve nos ombros da sra. Rainford, perguntou: — Isso faz alguma diferença?

— Faz, *sim*! As imagens ficaram muito mais nítidas. Consegue ver alguma coisa sobre meus ombros, Tory?

Tory olhou para a mesa, deixando o olhar vagar enquanto, mentalmente, pedia uma visão das praias de Dunquerque. Para sua surpresa, começou a ver imagens turvas. Seu coração se apertou ao ver quilômetro após quilômetro de soldados estoicos esperando e rezando. Não tinha certeza se as imagens estavam na água ou em sua mente. Não importava. Pareciam verdadeiras.

Voltou a atenção para a frota de evacuação.

— Vejo navios, muitos deles, embora isso não nos diga nada que já não saibamos. Você vê alguma coisa nova, sra. R.?

A sra. Rainford ofegou, as mãos tremendo tanto que água respingou para fora da tigela e a superfície lisa desapareceu sob as ondulações.

— Tom! Eu vi o Tom!

— Pai! — Em um instante, Nick e Polly estavam ao lado dela, olhando para a tigela.

— Ele está bem? — indagou Polly. — Onde ele está?

— Me dê um momento. — As mãos de sua mãe tremiam tanto que ela teve de soltar a tigela para que a água se acalmasse.

Quando a sra. Rainford recuperou o controle, segurou novamente a tigela, fixando os olhos com ansiedade.

— Ele... parece estar bem, a não ser por um curativo grosseiro em volta do antebraço esquerdo. Mas parece tão cansado e imundo!

— Ele está esperando na praia ou perto do quebra-mar? — perguntou Nick.

Sua mãe franziu a testa.

— Não acho que ele já esteja em Dunquerque. Parece estar marchando com sua unidade. Está ajudando outro homem. Eu... reconheço o soldado que ele está ajudando. Seu nome é George, um garoto de Lackland de quem seu pai foi professor.

— Algumas das tropas da FEB que estavam mais longe de Dunquerque podem ainda estar marchando — disse Elspeth. — Mas, com certeza, agora ele está perto.

— Isso encerra o assunto. — Nick se endireitou, com a expressão implacável e muito adulta. — Vou buscá-lo com o *Sonho de Annie*.

Sua mãe se virou tão depressa que Tory teve de pular para trás.

— Você não vai fazer nada disso, Nicholas Rainford! — disse ela, com veemência. — O *Sonho* é pequeno demais para o canal e grande demais para uma pessoa só manejar. Você não vai a lugar algum com ele.

— Vou junto — disse Polly, simplesmente. — Posso não ser capaz de trabalhar no clima, mas sou melhor do que o Nick em manejar o barco. Nós podemos fazer a viagem.

— Nenhum dos dois vai a lugar algum! Não podemos abrir mão de vocês em uma aventura que pode resultar em nada, Nick. — A sra. Rainford olhou fixamente para a tigela. — Mesmo que... ainda que Tom consiga chegar a Dunquerque, como você iria encontrá-lo nessa multidão de soldados? Existem centenas de milhares de homens lá! Deixe que a Marinha Real o traga para casa.

— Tenho talento para encontrar coisas — disse Nick, com teimosia. — Se estiver perto da praia, *sei* que poderei encontrá-lo.

— Precisamos de você aqui — disse Jack. — Com um mago a menos, qualquer emergência poderia nos quebrar.

— Eu *vou*! — disse Nick. — Sinto muito se o resto de vocês vai ter que trabalhar mais, mas é meu pai. Só ficarei fora um ou dois dias.

Tory disse, devagar:

— Elspeth e eu fizemos uma experiência e descobrimos que podemos entrar em contato com as pessoas a distância. Funcionou entre aqui e Dover. Talvez eu consiga manter Nick conectado ao círculo o suficiente para que ele cumpra seus turnos normais.

— Eu proíbo terminantemente! — A voz da sra. Rainford falhou com a angústia. — Seu pai e Joe já estão longe, Nick, talvez para nunca mais voltar. Será que terei que perder minha família inteira para essa guerra maldita?

A sala ficou em silêncio até que Allarde disse, calmamente:

— Se Nick e Polly forem, eles vão voltar, sra. Rainford. Eu tenho certeza disso.

Lágrimas brilhavam nos olhos dela.

— Você tem talento de previsão, Lorde Allarde?

— Um pouco. Não é constante, mas ocasionalmente tenho flashes de certeza e acabo de ter um. Acredito que Polly e Nick vão conseguir chegar a Dunquerque e voltar em segurança. — Ele hesitou. — Também acho que são a melhor esperança para o seu marido e os demais homens da unidade. Não tenho tanta certeza quanto a isso, no entanto. Talvez eles não sejam resgatados.

A sra. Rainford fechou os olhos, com o rosto contorcido.

— Essa decisão não é só minha. Jack e Cynthia já estão trabalhando no limite. E se Tory não conseguir canalizar a energia de Nick, que não vai conseguir se concentrar se estiver sendo atacado pela Luftwaffe? Nick e Polly são bons marinheiros, mas serão capazes de guiar o *Sonho* numa zona de guerra?

Jack mordeu o lábio.

— Se existe a chance de Tory se conectar com Nick quando precisarmos dele, estou disposto a deixá-lo ir. Faria o mesmo se tivesse que salvar meu pai.

Cynthia suspirou.

— Se trabalhando mais poderemos dar a seu marido uma chance, então eu farei o melhor que puder.

— Eu vou com Nick e Polly — disse Allarde. — Faz muito tempo que velejo. Não iria querer ser o capitão do barco, mas posso seguir ordens.

Tory ofegou, horrorizada. Allarde tinha visto uma morte sangrenta para si e, agora, estava querendo ir para a zona de guerra?

— Não! — gritou ela. — Você também não!

O olhar dele encontrou o dela, triste, mas implacável.

— Preciso fazer isso, Tory. Se estiver junto, a viagem será mais segura para todo mundo. Eu tenho certeza disso.

— Você se vê voltando com Nick e Polly? — perguntou ela, com a voz incisiva. — Ou sua certeza não vai tão longe assim?

Ele hesitou.

— Você sabe que prever o futuro para si mesmo é quase impossível.

Tory percebeu que ela e Allarde estavam tendo uma conversa paralela àquela os demais ouviam. Ela queria gritar que ele tinha visto seu próprio fim e que, então, não deveria ir, mas não podia trair a intimidade mais privada que ele lhe revelara.

Maldito fosse! Só porque queria morrer como um homem e achava que o fim era inevitável, estava criando uma profecia autorrealizável. Esperando a morte, estava se colocando diretamente no caminho do perigo.

Jack estava com a testa franzida.

— Acho que Cynthia e eu podemos dar conta sem Nick, mas não sem Nick e Allarde. Se Tory não conseguir se conectar com vocês, isso não vai funcionar.

Nick olhou para Tory, o olhar suplicante.

— Acha que conseguiria canalizar a mim e a Allarde a distância, Tory? Você é a chave que pode fazer isso funcionar. Talvez quem estiver comandando o barco não possa enviar energia para o mago climático de turno, mas, comigo e com Polly disponíveis para guiar, você poderia canalizar Allarde e a mim em momentos diferentes.

— Ele está certo — disse Jack. — Não podemos deixar Nick e Allarde irem a não ser que Tory possa nos repassar a energia deles enquanto estiverem longe. Sem eles, Cynthia e eu ficaríamos tão esgotados quanto Polly antes mesmo que termine o primeiro dia. Tudo depende de Tory conseguir manter os magos do barco em contato com os magos climáticos em terra.

Tory encarou os amigos heroicos e teimosos e quis torcer vários pescoços; no entanto, podia entender a posição de todos eles. Nick e Polly estavam dispostos a arriscar a própria vida na esperança de encontrar o pai; a sra. Rainford queria seu marido de volta, mas não à custa da vida dos filhos; Allarde estava convencido de que morreria e queria partir de forma heroica; e Jack estava lembrando aos demais que o trabalho climático ainda era a tarefa mais importante, já que podia significar vida ou morte para milhares de homens.

A raiva se amenizou, substituída por um profundo desespero. Estavam em guerra e não havia lugares seguros. Ainda que pudesse convencer Allarde a ficar ali, a Luftwaffe podia começar a bombardear a costa inglesa a qualquer momento. Canhões gigantes podiam bombardear os portos a partir de navios alemães. Ficar em Lackland tampouco era garantia da sobrevivência de Allarde.

O desespero foi substituído por uma certeza nítida e calma.

— Tenho quase certeza de que posso fazer a conexão entre barco e terra — disse ela. — Mas poderei fazê-lo melhor a bordo do *Sonho de Annie*. Eu irei com vocês.

Houve uma explosão de protestos por parte de Jack, Nick e Allarde, com a voz de Allarde se sobrepondo às demais. Em voz alta, ele exclamou:

— Você não pode se arriscar lá, Tory! Não *pode*! — enquanto, silenciosamente, seus olhos diziam: *Eu posso morrer, mas preciso saber que você está bem.*

— Sou menos frágil do que pareço. — Seus lábios se torceram. — Alguém me disse, uma vez, que eu era forte como aço temperado, e eu sou mesmo. Também tenho experiência em navegação, então posso ajudar na tripulação.

— Três pessoas na tripulação serão suficientes — retrucou Nick. — Você deveria ficar aqui com a brigada climática.

O olhar de Tory encontrou o de Allarde, e ela esperava que ele pudesse ouvir seus pensamentos: de que seria possível esquiar no inferno antes que ela o deixasse participar da Operação Dínamo sem ela.

— Allarde, consegue prever se voltarei em segurança, como Nick e Polly?

Ela podia ver que ele queria mentir e dizer que ela estaria arriscando a vida se fosse com eles, mas era honesto demais para isso. Em voz alta, ele disse:

— Não. Não tenho ideia sobre nenhuma das opções. — Seus olhos diziam: *Me importo demais com você para conseguir fazer uma previsão.*

Ela também não tinha nenhuma sensação de previsão, nem do seu destino. Seus sentimentos eram primitivos e inegáveis: precisava estar com Allarde porque se importava com ele. Mais forte que a razão era a crença louca, supersticiosa de que ele não podia morrer na frente dela, não *podia*!

— Você não pode ir, Tory! — exclamou Jack. — Só haveria três de nós aqui e desconfio que você não vá conseguir canalizar tanta energia quanto vamos precisar se estiver no barco.

— A sra. R. pode dizer no trabalho que ficou doente e ajudar nos turnos climáticos. Ela tem habilidade para isso. — Tory estreitou os olhos para Jack. — Não perca tempo discutindo comigo. Posso ser tão teimosa quanto qualquer outra pessoa aqui...

— E olha que são todos muito teimosos! — resmungou Nick.

Ignorando-o, ela continuou:

— Se vou conectar as pessoas para o trabalho climático, será a partir do *Sonho de Annie*.

— Não — pediu Allarde baixinho, com o coração no olhar. — Por favor... não.

Doía ter de machucá-lo, mas manteve o pé firme.

— Sim.

O olhar tristonho de Cynthia revelava que ela vira o diálogo silencioso entre Tory e Allarde e percebera que ele jamais poderia ser dela. Escondendo a mágoa com um dar de ombros entediado, ela disse:

— Se Tory quer ser uma heroína morta em vez de uma maga viva, deixem-na ir. Talvez ela seja útil.

— Tory tem a melhor cartada — disse Elspeth, com sua voz calma se sobrepondo ao tumulto de emoções. — Nick precisa de Polly e de Allarde no barco. Jack e Cynthia precisam da energia de Nick e Allarde, e Tory é a única que consegue fornecê-la. Portanto, ou ela vai para Dunquerque, ou ninguém vai, e o Capitão Rainford e sua unidade se arriscam com o restante dos soldados.

A discussão continuou por mais algum tempo, mas já não importava. Tory tinha vencido, e todos sabiam.

CAPÍTULO 33

Após todos finalmente terem aceitado que Tory embarcaria no *Sonho de Annie*, os preparativos para a viagem foram feitos rapidamente. A sra. Rainford telefonou para a escola e, falando através de um lenço, disse que tinha pegado a gripe dos filhos, estava com laringite e não poderia ir trabalhar naquele dia e no seguinte. Ah, sim, com certeza até segunda-feira ela já teria se recuperado o suficiente para voltar a dar aulas.

Enquanto a mãe se ocupava inventando mentiras, Polly levou Tory até seu quarto.

— Você vai ter que usar calça para navegar. Você é um pouco menor do que eu, então vou lhe dar a roupa de navegação que já não me serve mais. A calça é uma antiga de Nick que foi cortada. — Ela vasculhou seu guarda-roupa. — Aqui tem uma camisa, também de Nick, e eu vou pegar um dos *guernseys* da família para você.

— O que é um *guernsey*? — perguntou Tory. — Tem algo a ver com a Ilha de Guernsey?

Polly assentiu.

— É um suéter de lã típico usado por pescadores. O modelo de tricô vem sendo produzido pelos habitantes de Guernsey há séculos. Muito confortável e quente, e os pontos são tão apertados que a lã fica resistente à água. — Ela jogou uma peça tricotada azul-marinho para Tory. — As mulheres tricotam algumas variações em cada peça, de modo a identificarem os corpos afogados.

— Que maravilha! — Tory examinou a peça de roupa. — Espero que ninguém tenha se afogado com este aqui.

— Não que eu saiba. *Guernseys* duram tanto que são passados de geração em geração pelas famílias. Temos uma meia dúzia, todos de tamanhos diferentes, desde para crianças pequenas até o do meu pai. Imagino que Allarde vá usá-lo, já que seria o tamanho mais adequado. — Entregou as outras peças de roupa a Tory. — O *guernsey* azul já não me serve mais, então passei a usar o verde-oliva.

— E parei de usar suas roupas para usar as de Nick. É algum progresso? — Tory despiu a saia e a blusa. — O *guernsey* tem cheiro de ovelha.

— Quando ficar molhado, você também vai ficar cheirando a ovelha. — Polly se ajoelhou e tateou embaixo da cama. — Tenho um par de sapatos velhos de navegação que devem servir, se você usar meias grossas. Estão bem surrados, mas as solas de borracha têm ranhuras que não nos deixam escorregar no convés molhado.

Tory vestiu a camisa branca puída que deveria ser de quando Nick era criança. O algodão era maravilhosamente macio. Depois, veio a calça cáqui desbotada, igualmente surrada. Ao apertar o cinto na cintura larga, ela disse:

— Se minha mãe pudesse me ver agora!

— Desconfio que a condessa não aprovaria. — Polly vestiu sua própria calça. — Minha avó certamente não aprova me ver vestida como um "moleque encardido", que é como ela descreve minhas roupas de velejar. Mas são muito confortáveis!

Tory concordou. Conforto era importante quando as mesmas roupas seriam usadas durante um dia inteiro ou mais. O *guernsey* azul-marinho ia até seus joelhos e devia ser suficiente para protegê-la dos ventos gelados do canal.

— Você vai precisar de um gorro para aquecer a cabeça e esconder o cabelo. — Polly desapareceu brevemente nas dobras do *guernsey* verde-oliva, enquanto o enfiava pela cabeça. Reaparecendo, ela disse: — Provavelmente é melhor não parecermos meninas.

— Os rapazes ficaram horrorizados com a ideia de pilotarmos o barco — disse Tory, sentando-se no chão para calçar as meias pesadas e os sapatos. — Nick nem tanto, mas Jack e Allarde, sim.

Polly calçou os próprios sapatos.

— Nick seria igualmente protetor se não precisasse de mim como maquinista e de você para canalizar energia para a brigada climática. Já tripulou algum barco?

Tory sorriu.

— Bem... já fui passageira em vários barcos à vela.

A boca de Polly se torceu.

— Era o que eu desconfiava. Mas um par extra de mãos será útil e você ficará ocupada com a magia praticamente a metade do tempo.

Tory trançou o cabelo rapidamente e começou a prender as tranças na cabeça com alguns grampos modernos de Polly.

— Está nervosa com a ida para Dunquerque?

— Apavorada — disse Polly, sincera. — Mas jamais me perdoaria se não fizesse nada e meu pai não... não voltasse para casa.

— Sei que Nick está decidido a encontrá-lo, mas... pode ser mais difícil encontrar uma pessoa em particular do que ele imagina, mesmo para um mago talentoso e determinado como ele — disse Tory, hesitante, dividida entre ser realista e não querer destruir as esperanças da menina.

— Sei que as probabilidades são pequenas — disse Polly, com seriedade. — Mas sinto... acho que é superstição. Quero acreditar que, se ajudar a resgatar outros pais, filhos e irmãos, alguém resgatará os meus.

— Se todo mundo sentir a mesma coisa e colaborar, muitos outros pais, filhos e irmãos serão salvos. — Tory prendeu o último grampo, esperando que as tranças ficassem fora do caminho por tanto tempo quanto necessário. — Pronta, minha irmã honorária?

— Pronta. — Polly deu um sorriso que a fez parecer muito com Nick. Quando se dirigiam à escada, ela perguntou: — Você está com medo?

— Vou ficar, quando tudo isso começar a parecer real — disse Tory, irônica. — Agora mais parece um sonho estranho.

Lá embaixo, ela parou na porta da sala de estar, onde Cynthia e Elspeth estavam trabalhando no clima.

— Estamos de saída. Desejem-nos sorte.

Cynthia olhou feio para ela.

— Veja se traz Allarde de volta inteiro, viu?

Tory esperava que Cynthia não estivesse pressentindo nenhum desastre.

— Voltaremos em segurança daqui a um dia, sem nenhum dano e cheios de histórias para contar. Espero que não surjam mais sistemas climáticos horríveis para cansar você e Jack.

Elspeth se levantou do sofá e veio lhe dar um abraço.

— Tome cuidado, Tory. Haverá perigo por todo lado.

— Desde que seja do nosso lado e não em cima da gente! — Tory abraçou a amiga, acrescentando, baixinho: — Tenho certeza de que consigo canalizar energia a distância, mas não sei se posso fazer isso de uma zona de guerra. Darei o meu melhor.

— Eu sei. — Elspeth se afastou, sem controlar totalmente a expressão no rosto. — Acho que você precisa estar naquele barco, embora não tenha certeza do motivo. Todos fazemos o que devemos fazer.

Esperando na cozinha, estavam os demais marinheiros, além da sra. Rainford e de Jack, que os acompanhariam até o barco para ajudar a prepará-lo. Como Polly previra, Nick e Allarde usavam o mesmo tipo de suéter rústico e prático que elas.

O *guernsey* de Nick era marrom, enquanto a versão cinza de Allarde ressaltava a cor de seus olhos cinzentos como a tempestade, sem falar dos ombros largos. Ele parecia mais um pirata do que um jovem lorde. Um pirata assustadoramente bonito.

Polly jogou um bonito gorro vermelho de tricô para Tory.

— Uma boina para você. — Ela colocou um parecido, de tricô verde. — Hora de ir?

— Ainda dá tempo de mudarem de ideia — disse Allarde, falando para as duas garotas, mas com o olhar fixo em Tory. — Nick disse que eu e ele podemos guiar o *Sonho* sem ajuda.

— Boa tentativa, Allarde — disse Polly, animada —, mas não vai funcionar. Você pode entender alguma coisa sobre veleiros, mas eu sei como operar as máquinas do *Sonho* e posso pilotá-lo tão bem quanto Nick. Sou mais útil do que você.

Quando Allarde levantou as sobrancelhas, Nick disse:

— Você é mais forte, Allarde, mas Polly está certa quanto a operar as máquinas do *Sonho*. É boa piloto e a melhor maquinista da família, depois do meu pai.

— Você não entende mais sobre barcos motorizados do que eu, Tory — observou Allarde. — Se ficar aqui, haverá mais espaço para resgatar soldados.

— Não ocupo muito espaço — retrucou ela. — Aceite que irei junto, Allarde. Prometo que serei útil.

— Se já terminaram de discutir, está na hora de ir — disse a Sra. Rainford. — Coloquei queijo, biscoitos de água e sal e alguns biscoitos doces nesta sacola. Suficiente para mantê-los por alguns dias.

— Obrigado, Sra. R. — Allarde pegou a bolsa de lona cheia de suprimentos. — Você tem cuidado muito bem de nós.

— Se isso fosse verdade, teria afundado o *Sonho de Annie* para que vocês não pudessem se unir à Operação Dínamo — disse ela com acidez, dirigindo-se para à porta.

O surrado Morris ficou lotado com seis passageiros. A Sra. Rainford assumiu o volante enquanto Polly se espremeu confortavelmente no banco da frente entre a mãe e Nick. Tory supôs que os Rainford quisessem ficar o mais juntos possível, o que, no banco de um carro, é bastante próximo.

Allarde entrou atrás. Tory disse:

— As pessoas baixinhas sentam no meio, suponho. — Ela deslizou pelo banco até que eles se tocaram do ombro à coxa. Jack sentou do outro lado dela, igualmente próximo.

Nick disse:

— Essa sacola de comida deve ir no porta-malas, Allarde.

— É uma viagem curta, então eu posso carregá-la — disse Allarde. — Para o caso de ficar com fome.

Jack riu, mas Tory descobriu por que Allarde queria levar a sacola no colo. Por baixo dela, a mão dele agarrou a sua, como se nunca mais fosse soltar. Seu toque quente e forte a fez querer se encaixar em seus braços e buscar aconchego, o que não era possível naquele momento.

Ela ergueu os olhos e, mais uma vez, teve a sensação de que conversavam sem palavras. O *"Quero você em segurança"* de Allarde encontrou seu *"Eu me importo com você e não vou ser deixada para trás"* e ambos se consolidaram em uma aceitação e ternura mútuas. Ela voltou a olhar para frente, mas ele ainda era uma presença viva dentro dela.

Rápido demais, chegaram ao porto. A sra. Rainford estacionou o Morris e eles desceram. Os gritos melancólicos das gaivotas fizeram Tory pensar em espíritos condenados.

Um homem de cabelo branco e bengala estava sentado em um banco, em frente a um barracão velho. Seus olhos se aguçaram quando os viu chegar.

— Bom dia, sra. Rainford, Nick. Planejando levar seu lindo barquinho para um passeio na França?

Nick sorriu.

— Olá, sr. Dodge. Como o senhor adivinhou?

— Quem não iria querer fazer o mesmo? Olhe só como o porto está vazio. — Ele acenou com a bengala indicando os outros píeres, onde apenas um punhado de barcos a remo estavam atracados. Seu rosto se franziu por um instante. — Tenho um neto na companhia do seu pai. Eu mesmo iria, se pudesse.

— Vamos trazer alguns soldados da FEB só para o senhor e, talvez, Danny seja um deles. — Nick indicou seus companheiros com o gesto da cabeça. — Alguns amigos vão tripular para mim, mas, primeiro, precisamos tirar do barco tudo que não seja necessário e pegar mais combustível.

O sr. Dodge tirou uma chave do bolso.

— Pode guardar suas coisas aqui no meu barracão. Há latas de combustível que você pode levar também.

— Obrigado! Isso vai nos economizar um bom tempo.

— É o mínimo que posso fazer — disse o velho, secamente. Suas mãos retorcidas se dobraram na alça da bengala. — Tem uma escada de corda lá dentro que talvez queira levar. Poderia ajudar os homens a subirem no barco.

Os Irregulares subiram a bordo. Embora fosse pequeno, fora projetado como um barco prático, com uma sala de máquinas, uma pequena cabine sob o convés e uma minúscula casa do leme para proteger o piloto do clima. Tory calculou que, se ocupassem cada espaço disponível acima e abaixo e no esquife que podia ser rebocado, poderiam transportar entre vinte e cinco e trinta homens.

Enquanto os rapazes removiam tudo que não era necessário, Polly e Tory limparam a galé, que mal tinha espaço suficiente para as duas meninas miúdas. Deixaram chá, canecas, mel e uma chaleira para ferver água, o que Tory podia fazer sem acender o fogo. Nick e a Sra. Rainford verificaram tudo que podia ser verificado no barco.

Enquanto trabalhavam, alguns espectadores se juntaram ao redor. Um casal chegou trazendo garrafas grandes de água.

— Nosso menino voltou para casa em Folkenstone há dois dias — disse o homem. — Disse que os soldados ficam com uma sede terrível enquanto esperam. Vão querer isso aqui, quando os resgatarem.

Outra mulher trouxe dois sacos cheios de doces, uma terceira contribuiu com uma lata grande de chá, uma quarta ofereceu um kit de primeiros socorros e uma caixa grande de ataduras, "só por precaução". Dois homens ajudaram a carregar as latas pesadas de combustível para dentro do barco.

Conforme o grupo aumentava, a sra. Rainford praguejou baixinho.

— A diretora-assistente da minha escola acaba de chegar. Lá se vai minha mentira sobre estar doente.

— Você está parecendo muito saudável, para quem estava podre de gripe — disse a diretora grisalha com um humor seco ao se aproximar da sra. Rainford. — Não sei como tem conseguido trabalhar, Anne. Faça o que tem que fazer, mas estaremos a esperando na segunda-feira, depois que Tom tiver voltado para casa!

A sra Rainford tomou a mão da amiga com gratidão.

— Estarei lá, prometo.

Não havia muito mais a dizer, então a despedida final foram mais abraços do que palavras. Quando a sra. Rainford abraçou Polly, disse, com ardor:

— Allarde, é melhor que você esteja certo!

— Não se preocupe — garantiu-lhe ele. — Logo o *Sonho* estará em casa e vocês contarão histórias a respeito deste dia até o fim da vida. — Encarou Tory, estreitando os olhos.

Ela olhou feio para ele enquanto abraçava Jack.

— Nem *pense* em me pedir de novo para ficar aqui. Alguém precisa ser a acompanhante de Polly.

Quando Allarde sorriu, o Sr. Dodge disse, incrédulo:

— Vocês vão levar essas duas meninas para Dunquerque?

— Somos alvos menores — disse Polly alegremente, preparando-se para zarpar.

— Maldição! — Jack chutou a prancha desgastada do cais. — Queria ir com vocês!

— O que você está fazendo é ainda mais importante — disse Tory, baixinho.

Jack suspirou.

— Sei que está certa. Mas nem por isso tenho que gostar da situação.

O velho citou:

— "E os cavaleiros que agora permanecem na Inglaterra, deitados no leito, sentir-se-ão amaldiçoados pelo fato de não se encontrarem aqui."

— Shakespeare — disse a sra. Rainford. — Henrique V inspirando os soldados antes da Batalha de Azincourt.

— A Inglaterra venceu essa batalha, e vencerá novamente — disse Allarde, em uma voz tão convincente quanto a de Henrique V devia ter sido.

Polly descera; o motor deu a partida, com seu rugido abafando os gritos das gaivotas. Saíram do cais e Nick virou o pequeno barco na direção do canal. Quando os espectadores romperam em aplausos, o sr. Dodge se levantou com esforço e bateu continência.

Motor rugindo e bandeira da Inglaterra ao vento, o *Sonho de Annie* partiu para a guerra.

CAPÍTULO 34

Tory e Allarde se juntaram a Nick no timão depois de passar pelo quebra-mar e entrar nas águas mais agitadas do canal.

— Sei que é um pouco tarde para perguntar, Nick — disse Allarde com humor cintilando no olhar —, mas tem certeza de que sabe navegar esta coisa?

Nick riu.

— Minha mãe teria ateado fogo ao barco antes de embarcarmos, se não soubesse que posso manejá-lo bem. Passávamos as férias de verão trabalhando nos barcos de pesca de Lackland. Conheço bem estas águas e conheço este barco melhor ainda. Pode ser pequeno, mas é valente.

Grata por ser uma boa marinheira, Tory se segurou na casa do leme conforme o barco balançava.

— Temos algum plano em particular?

Nick assentiu, com os olhos no horizonte.

— Iremos para o norte, para nos juntarmos ao comboio de pequenas embarcações saindo de Ramsgate. Há oficiais da Marinha Real em alguns dos barcos e eles saberão como evitar bancos de areia e áreas com minas.

— Áreas minadas? — perguntou ela, certa de que a resposta não seria boa.

— Bombas flutuando na água para afundar os navios azarados o bastante para encontrá-las — explicou Nick.

— Maravilha — murmurou ela. — Espero que sua habilidade de encontrar coisas seja boa para localizá-las antes de chegarmos perto demais.

— Acho que é. — Nick deu um passo para o lado. — Assuma o timão, Tory. Vou ensinar a você e a Allarde o básico para manter o barco em curso.

A primeira reação de Tory foi de pânico. Ela, guiando aquele barco, que, de repente, parecia muito maior do que antes?

— Não se preocupe, você vai conseguir, Tory — disse Nick. — O principal a lembrar é que o timão controla o leme, então você tem que virar para a direção oposta à que quer ir. Quando pegar o jeito, vou explicar a bússola.

Lembrando a si mesma de que não havia muita probabilidade de fazer bobagem em mar aberto, ela começou a relaxar.

— É preciso fazer muita força para manter o timão reto! Você faz parecer tão fácil.

— Isso é porque você é uma coisinha minúscula — disse ele, provocando. — Eu não daria o comando para você em uma tempestade, mas você deve conseguir manejar em condições normais.

Quando Nick ficou satisfeito de que Tory entendera os princípios básicos, disse:

— Sua vez, Allarde. Você disse que já tinha velejado?

Allarde trocou de lugar com Tory e assumiu o timão.

— Sou muito melhor guiando um coche de quatro cavalos, mas tenho alguma experiência em navegação.

Tory decidiu que estava na hora de descer para a sala de máquinas. Polly a recebeu com um sorriso e uma mancha de óleo no rosto. Não ficava tão feliz desde que esgotara sua magia.

— É bom estar na água de novo. — Polly deu um tapinha no motor ruidoso e fedorento. — Quero estudar engenharia quando for para a universidade.

— Muitas garotas fazem isso? — perguntou Tory com interesse.

— Praticamente nenhuma. — Polly riu de forma travessa. — Significa que eu serei a única menina na maior parte das aulas, olha só que divertido!

Tory riu com ela. Era bom ter algo do que rir.

Era impossível não ver o rio de barcos pequenos partindo de Ramsgate.

— Nunca vi tantos tipos diferentes de barcos! — exclamou Nick girando o timão e colocando o *Sonho* na direção do comboio.

Igualmente surpresa, Tory perguntou:

— Você sabe o nome de todos eles?

— Da maioria. Não todos. — Nick fez sombra com a mão sobre os olhos. — Há corvetas e caça-minas e acho que aquele ali é um barco de bombeiros. De Londres, talvez. Aquele deve ser uma barcaça holandesa. Também há barcos menores que o *Sonho de Annie*.

Calou-se quando avistaram um destroier da Marinha retornando para a Inglaterra. Tory pegou o binóculo e percebeu que o convés estava tão abarrotado de homens que eles não deviam nem conseguir se mexer. Logo estariam em casa, mas o destroier voltaria para outro carregamento. Fez uma oração silenciosa pela segurança do navio.

Allarde disse:

— Deve estar na hora de entrar no turno do clima com Jack. Está pronta, Tory?

— Será interessante ver como isso funcionará.

Ela desceu a escada até a cabine minúscula e se sentou em um dos bancos acolchoados que também serviam como leito. A cabine era tão estreita que dava para apoiar os pés no banco oposto.

Allarde se sentou ao seu lado e tomou a mão de Tory entre as suas.

— Dessa parte eu gosto.

— Eu também. — Ela bateu os cílios de forma extravagante. — Talvez seja *eu* quem precise de Polly como acompanhante.

Estava prestes a se conectar com a energia dele quando ouviu um barulho distante. Aquele som hostil e irregular a fez paralisar.

— Ouviu isso?

Ele ainda segurava as suas mãos.

— Armas. De Dunquerque.

Precisavam falar alto para serem ouvidos, por causa do motor do barco. Dizendo a si mesma para se concentrar na tarefa, fechou os olhos e se harmonizou com Allarde. A energia dele era cálida. Profunda. Forte. Preocupada.

Com Allarde conectado, buscou Jack. Suas mentes se conectaram e ela sentiu seu alívio, embora não soubesse ao certo se era por ele ter duvidado que pudessem trabalhar dessa forma ou se porque apenas estava feliz por ver que eles estavam bem.

Ligou o fluxo de energia entre Allarde e Jack e sentiu o estresse de Jack diminuir. Tinha que fazer parte da ligação para mantê-la fluindo, mas contribuía com pouca energia própria. Era melhor conservá-la para... o que quer que viesse pela frente.

Quando terminaram a sessão climática, o som das armas estava muito mais alto. A meio caminho do convés, parou de repente, olhando. Os céus cinzentos e frios do Canal da Mancha haviam sido substituídos pelo fogo e pela fúria de uma zona de guerra.

Aproximavam-se de Dunquerque e a fumaça se erguia do porto em chamas, negra contra o céu. Um fedor cáustico atingiu o nariz de Tory, superando os cheiros do mar.

Havia barcos por todos os lados. Barcos pequenos indo em ambas as direções, um destroier atracado no quebra-mar e um barco em chamas no meio do caminho. Talvez fosse uma balsa de passageiros. Tory rezou para que não estivesse carregada ao ser atingida.

Carrancudo, Nick manteve-se no timão enquanto Polly se empoleirava na proa e examinava a água em busca de minas e detritos perigosos. Detritos menores, como botas, um capacete e algo que Tory nem sequer queria olhar se chocavam contra as laterais do barco.

Adiante estavam as praias amplas e arenosas da costa francesa. Multidões de homens esperavam ali e entre as dunas de areia, fileiras irregulares de soldados tinham avançado pelo mar, com água na altura do peito.

Atrás dela, Allarde perguntou, em voz baixa:

— Quer ficar aqui embaixo?

Negando com a cabeça, subiu a escada e se pôs de um lado, segurando-se no corrimão. Ouvira o rádio e lera os jornais entregues na casa dos Rainford, mas estava despreparada para aquele impacto brutal da guerra.

Aproximaram-se o bastante dos soldados para divisar rostos quando um avião nazista dos infernos mergulhou do céu, uivando como uma assombração. O instante de horror paralisante de Tory foi rompido quando Allarde a agarrou e a puxou para a casa do leme, protegendo-a com seu próprio corpo forte.

Uma explosão irrompeu no ar, tão perto que ela ficou surda, e vários destroços rebateram no convés do *Sonho*. Instantes depois, uma onda enorme sacudiu ferozmente o barco enquanto Nick lutava com o timão para evitar que eles emborcassem.

Estava aturdida pela cacofonia e pelo medo. O coração de Allarde batia em seu ouvido e ela teve que lutar para respirar, porque ele a estava esmagando; a proximidade dele era a única coisa que a impedia de gritar.

Deus do céu, e se Allarde morresse tentando protegê-la? E se ele tivesse ficado em segurança se ela não tivesse insistido em ir? Tory mordeu o lábio até sangrar.

O medo diminuiu, deixando-a trêmula. Estava ali agora e era tarde demais para mudar de ideia. Embora também sentisse medo em Allarde, sua voz estava calma quando ele a soltou.

— Bem-vinda a Dunquerque, minha senhora.

— O que foi *aquilo*? — perguntou ela, tentando parecer tão calma quanto ele, embora não fosse tão bem-sucedida.

— Um bombardeiro de mergulho Stuka — respondeu Nick. — Tecnicamente, é um Junker 87, projetado para mergulhar como um falcão e soltar uma bomba de aproximadamente mil e quinhentos pés de altura. Daí, ele se recupera do mergulho. Parecia que ia bater no *Sonho*, mas estava mirando naquele destroier ali.

Tory olhou e viu que o convés lateral do destroier fora bastante danificado, mas o navio ainda parecia capaz de navegar.

— Que bom que não somos um alvo grande o bastante para ser de interesse dos Stukas!

A cabeça de Polly surgiu da sala de máquinas, com manchas pretas de óleo no rosto pálido.

— Será que vamos nos acostumar logo com essas coisas?

— Acostumar, eu não digo — disse Allarde. — Mas, na próxima vez, não ficaremos mais tão espantados.

Espantados. Tory quase riu. Nada como os britânicos para atenuar as coisas. Ele estava certo, no entanto. Na próxima vez em que uma daquelas monstruosidades se atirasse pelo céu perto dela, ainda sentiria medo, claro, mas não entraria em pânico.

Continuaram na direção da praia. Ela tentou identificar as diferentes formas de destruição. Bombas explodiam com um barulho irregular, metralhadoras matraqueavam, projéteis de artilharia zuniam e depois explodiam. Outros aviões — caças, não Stukas — precipitavam-se sobre o quebra-mar por onde os homens tentavam embarcar nos destroieres, com as metralhadoras cuspindo chamas.

Ela estreitou os olhos para o avião de caça.

— Eles parecem atirar fogo. São as balas?

— Traçantes — disse Nick, sucinto. — Algumas balas têm uma carga explosiva na base que queima conforme elas voam pelo ar para que o artilheiro possa ver aonde vão.

Assim, matavam de forma mais eficaz. Nauseada, Tory foi para a casa do leme. Havia uma linha pálida em volta dos lábios de Nick, que procurava ficar atento ao perigo que vinha de todas as direções.

— Como você está? — perguntou Tory.

— Jesus Cristinho, Tory — disse Nick, angustiado. — Como encontrarei um homem no meio desse mundo de gente? Pensei que saberia onde procurá-lo!

— Talvez não seja possível — disse ela, séria. — Há tanto medo e desespero ao redor de Dunquerque que os canais mentais estão queimando de emoções como os silos de petróleo ali. Localizar um indivíduo será difícil. Mas olhe para todos esses barcos. Seu pai pode já ter sido recolhido e estar a caminho de casa.

O rosto de Nick ficou ainda mais tenso.

— Não foi, não. Ele está aí, em algum lugar.

— Desde que esteja vivo, pode ser resgatado. Se não por nós, por outro barco.

Allarde tinha se aproximado atrás dela.

— Enquanto isso, temos muito trabalho a fazer — disse ele, com calma. — Vamos nos aproximar tanto quanto pudermos da praia, embarcar o máximo possível de homens e levá-los até um barco maior. Voltamos e fazemos tudo de novo.

Nick suspirou com força.

— Você está certo. Vou levar o barco para a praia, então.

Ele virou o barco para a fileira mais próxima de homens, que estavam mergulhados até o peito. Tory examinou os rostos. A maioria parecia tão *jovem*. Alguns pareciam apáticos, alguns exaustos, alguns assustados e todos observavam o avanço do *Sonho*, como se o barco fosse sua única esperança de salvação.

Polly gritou:

— Todo o leme a bombordo! Tem alguma coisa de ruim ali embaixo!

Nick obedeceu e o *Sonho* se moveu à esquerda. Tory sentiu que o perigo fora evitado. Talvez fosse uma daquelas minas horríveis que Nick descrevera.

Allarde disse:

— Tory, você poderia trazer as escadas de corda aqui para cima? Está na hora de prendê-las nos ganchos.

Ela desceu silenciosamente sob o convés e voltou com os braços carregados de cordas e barras. Allarde já tinha lançado o esquife ao mar para que este fosse rebocado atrás do *Sonho*. Juntos, prenderam as escadas de forma a ficar uma a cada lado do barco.

A essa altura, já tinham chegado à linha mais próxima de homens e Nick desacelerou a embarcação. Alguns soldados mal conseguiam manter a cabeça acima das ondas.

Nick parou o barco quando Allarde gritou:

— Use a escada no outro lado se tiver força suficiente. Se precisar de ajuda, venha para este lado!

Os soldados se dividiram, e o *Sonho* tombou para bombordo com o peso de um homem grande que subia com dificuldade pela escada. Allarde gritou novamente, em uma voz calma de autoridade.

— Vá com calma! Não queremos que o barco vire. Não vamos partir até que esteja cheio.

Os homens começaram a subir com mais cuidado. Quando o soldado seguinte ergueu a cabeça acima da amurada, disse, em um sotaque engraçado de Londres:

— Ave, um bando de garotos!

— Sim, mas garotos com um barco — gritou Nick. — Quer uma carona?

— Mas é claro que sim! — O homem subiu para o convés e liberou o caminho.

Allarde foi até o outro lado, onde os homens que precisavam de ajuda estavam esperando. Pegou uma mão erguida e ajudou a içar um garoto exausto a bordo.

Tory levou os homens para baixo e os acomodou o mais juntos possível. Um deles terminou sentado no vaso sanitário do minúsculo banheiro, enquanto a cabine principal acolheu mais oito, tão espremidos que mal podiam se mover. Murmuraram agradecimentos cansados, alguns se espantando ao perceber que ela era uma menina.

Quando a pequena cabine já estava cheia, apanhou as ataduras e o kit de primeiros-socorros e subiu ao convés. Allarde tirara os sapatos e o *guernsey* e estava na água, ajudando os mais necessitados.

Sentiu um zunido de magia ao redor de Allarde e imaginou que ele estivesse usando sua habilidade de mover coisas para facilitar a subida dos homens a bordo. Conforme trabalhava, mantinha um constante fluxo de palavras tranquilizadoras, dizendo que agora estavam a salvo e que a Inglaterra inteira os aplaudia. Uma voz áspera, com sotaque escocês, resmungou:

— E quanto a nós, os malditos escoceses?

Allarde riu.

— Você também está sendo aplaudido, Angus.

Polly andava pelo convés, oferecendo água e doces aos homens, que engoliam tudo com voracidade. Tory invocou suas modestas habilidades de cura e gritou:

— Quem precisa de curativos?

— Meu amigo aqui precisa de ajuda — disse um homem rispidamente. — Ferimento na cabeça.

Tory abriu caminho entre a multidão e se pôs a trabalhar.

— Fico feliz por poder praticar com minhas ataduras! — disse ela, animada.

Aquilo provocou risos, mas um sargento mais velho disse, com certo desagrado:

— Aqui não é lugar para menininhas.

Ela bufou.

— Nem para homens grandes.

— A mocinha tem razão — disse outra voz, enquanto Tory começava a limpar a ferida na cabeça do soldado. Houve murmúrios concordando. Antes que se pudesse imaginar, o barco já estava tão cheio que a tripulação mal podia se mover. Allarde subiu novamente a bordo, gritando:

— Voltaremos logo!

Enfiou o *guernsey* sobre as roupas molhadas enquanto o *Sonho* virava lentamente; atento ao esquife lotado de homens, dirigia-se para um dos navios maiores ancorados além das águas rasas. O barco manobrou com lentidão ao se afastar da costa, e as ondas grandes o fizeram balançar de modo desagradável. Tory e Allarde ficaram atentos ao esquife sobrecarregado, onde os homens se agarravam com todas as forças às bordas e uns aos outros. Conseguiram chegar em segurança a um dos navios menores.

— Caça-minas — disse Nick sucintamente ao se aproximar do navio.

Enquanto os oficiais da marinha ajudavam os evacuados a subir a bordo, Polly passou suas garrafas vazias e pediu mais água potável. Quando todos os soldados finalmente foram transferidos para o navio, as garrafas novamente cheias foram baixadas até ela.

O *Sonho* partiu e virou em direção à praia. Anoitecia, mas as chamas da cidade incendiada clareavam a escuridão. Polly assumiu o leme, dizendo ao irmão:

— Descanse um pouco, pelo menos até recolhermos a próxima leva.

Nick assentiu, cansado, e se deixou cair no convés, encostado à casa do leme. Tory percebeu, com ansiedade, que somente Nick e Polly tinham habilidade suficiente para pilotar o barco sob condições tão atrozes, mas Tory podia ajudá-los a recuperar as forças.

Fez um bule de chá quente e doce, servindo canecas acompanhadas de biscoitos cobertos com chocolate. Quando chegou a hora de recolher a segunda leva de soldados, todos já se sentiam um pouco mais fortes, e também menos chocados pelos horrores ao redor e pela cacofonia estonteante de sons.

O dia deu lugar à noite enquanto trabalhavam sem pausa. No entanto, as praias continuavam cheias de homens. Na terceira volta à praia, Tory tentou entrar em contato com Elspeth, com quem tinha mais proximidade. Odiava admitir que seriam incapazes de ajudar os magos climáticos, mas não tinham forças para aquilo. Elspeth pareceu entender e não ficou surpresa, mas Tory pôde sentir sua preocupação.

Em uma ocasião, Tory sentiu magia em um dos homens que ajudou a subir a bordo. Acreditava ser um holandês, mas ele falava francês e ela pôde perguntar seu nome e assegurar que logo ele estaria em segurança. Deus sabia que não havia muita segurança naquele inferno de lugar, onde o ar fedia a fogo e a combustível, os aviões rugiam sobre as cabeças cuspindo morte e as minas espreitavam sob a superfície, esperando para destruir tudo.

Eles se revezaram descansando nos bancos da cabine durante as viagens de volta até a praia. Tory achou impossível dormir. Zonas de guerra eram muito *barulhentas*.

Quando amanheceu, o céu estava perigosamente limpo e adequado para a Luftwaffe. Tory serviu um desjejum de queijo e biscoitos de água e sal e mais chá, sabendo que sua habilidade de esquentar água jamais seria mais útil do que naquele momento. Se e quando voltasse para casa, cairia de joelhos e agradeceria a Alice por lhe ter ensinado a fazer aquilo.

Exausta, sentou-se e se encostou na casa do leme. Uma linda manhã no inferno.

Polly, que estivera encostada à amurada enquanto tomava seu chá, disse:

— Allarde, por que não se senta um pouco e abraça Tory? Todo mundo sabe que vocês são loucos um pelo outro, então bem que podiam aproveitar alguns minutos juntos.

Tory queria afundar pelo convés e sumir.

— E eu pensando que estávamos sendo discretos!

— Aparentemente, não. — Allarde se sentou ao lado de Tory e passou um braço em volta dos seus ombros. — Que ideia excelente, Polly! Discrição não parece muito importante neste momento.

Tory se virou para ele, abraçando-lhe a cintura e enterrando o rosto em seu *guernsey*.

— Você está cheirando a ovelha — disse ela, com a voz abafada.

Ele deu uma risada baixa.

— Você também, minha senhora. — E passou os dedos pelas tranças dela, que haviam se soltado. Sabia que devia estar parecendo uma órfã de rua, mas, no momento, isso não importava.

Não importava *mesmo*.

CAPÍTULO 35

O *Sonho de Annie* e sua tripulação cada vez mais exausta trabalharam durante uma interminável sexta-feira e na noite que se seguiu. Quando o sábado amanheceu e o barco deu a volta, depois de descarregar outra leva de soldados em uma corveta da Marinha, Polly subiu da sala de máquinas para dizer:

— Hora de ir para casa. Estamos ficando sem combustível.

Tory sentiu todos soltarem um suspiro coletivo de alívio. Exceto Nick. Ele não voltou a mencionar o pai, mas Tory sentia sua tensão desesperada ao examinar continuamente as praias sempre que voltavam para apanhar mais soldados.

— Mais uma viagem — disse ele, com os olhos tristes pela consciência do fracasso. — Uma carga menor porque não vou atravessar o canal com mais do que quinze passageiros, e não podemos usar o esquife de forma segura.

Polly franziu a testa.

— Deveríamos ir agora. Como estamos, já vamos chegar só no bafo do combustível em Lackland. Se conseguirmos chegar até lá.

— Mais uma viagem — disse Nick, categórico. — Seria uma pena não levar mais alguns evacuados até em casa, já que temos espaço.

— Não seja burro! — A irmã retrucou, tão irritada quanto ele. — Esse tipo de negligência poderia matar a todos nós.

— Tem tantos barcos indo e vindo que provavelmente conseguiremos um reboque se ficarmos sem combustível. — Sua voz baixou. — Por favor, Polly. Pelo papai.

Os olhos dela se fecharam com força. A exaustão e a tristeza estavam estampadas em seu rosto pálido.

— Está bem. Mais uma viagem. Mas essa vai *ter* que ser a última.

Nick assentiu e virou o barco em direção à praia pela última vez. Cansada demais para se importar se ficariam sem combustível antes de voltar para casa, Tory se encostou à casa do leme, logo abaixo do canto que fora atingido pelas balas da metralhadora de um Messerschmitt, que arrancara lascas da madeira. Havia mais balas enterradas no convés. Havia até alguns rasgões na bandeira da Inglaterra.

A tripulação não estava em condição muito melhor. Nick e Allarde tinham o rosto escurecido pela barba por fazer, algo particularmente mais óbvio no moreno Allarde. Polly tinha manchas de óleo por todo lado e Tory estava feliz que não houvesse espelhos a bordo porque não queria se ver com as tranças desfeitas e manchas de sangue dos feridos.

O pior momento daquele dia interminável fora quando o avião de caça passara zunindo por eles. Por um pavoroso momento, Tory se perguntara se era assim que Allarde receberia o ferimento mortal com o qual sonhara, mas, milagrosamente, ninguém foi ferido. Haviam acabado de descarregar uma leva de passageiros, o *Sonho* estava quase vazio. Se estivesse cheio, teria havido baixas sérias.

Seu ânimo se elevou ao pensar que estavam prestes a ir embora e que tanto o barco como a tripulação estavam intactos. Sabia muito bem o valor daquilo, depois de ter visto tantos navios afundados ou destruídos.

Nick suspirou ao navegar em direção às praias, onde incontáveis soldados ainda esperavam resgate.

— Foi uma tolice minha achar que conseguiria encontrar meu pai aqui.

— Mas uma tolice nobre — disse Allarde. — Se você não tivesse decidido se unir à Operação Dínamo, algumas centenas de homens a menos teriam sido evacuados.

Tory se levantou e se aproximou de Nick na casa do leme, colocando a mão em seu ombro.

— Para sua própria paz de espírito, faça uma última busca pelo seu pai. Talvez a minha energia ajude.

— Você é uma garota e tanto, Tory. — Ele examinou a praia, usando os olhos e a magia... e parou, de repente, ao olhar para o norte. — Espere! Allarde, pode se conectar a nós?

Allarde obedeceu, uma mão no ombro de Tory e a outra no de Nick. O poder aumentou, e Tory sentiu os músculos de Nick se retesarem.

— Maldição! — exclamou ele, incrédulo. — Meu pai está bem ali. *Ele está bem ali!*

Polly subiu correndo da sala de máquinas com o rosto iluminado pela esperança.

— Tem certeza? Não está só se iludindo?

— Ele está lá. Ao norte. Sua unidade acaba de chegar. Tiveram que lutar com os nazistas o caminho inteiro. — Nick se voltou para o timão e eles viraram para a parte superior da praia. Tory mal podia respirar de excitação. Se Nick estivesse certo, que presente eles levariam para a sra. Rainford!

Conforme as massas de soldados ficavam mais dispersas, Nick disse:

— Acho que ele está naquele grupo de soldados ali, no final daquele quebra-mar improvisado com caminhões. Está vendo?

Tory apertou os olhos e viu uma dúzia de homens agarrados ao caminhão mais imerso na água. Ao se aproximarem do quebra-mar, uma voz rouca gritou:

— É o barco lá de casa, é o *Sonho de Annie!* Ei, aqui! Somos de Lackland!

— E não é que você tem razão! — gritou outro homem, animado. — Finalmente chegou a nossa vez!

— Pai! — gritou Polly, correndo para a frente do barco. — Pai, você está aqui!

Conforme o *Sonho* flutuava até o grupo desgrenhado de soldados, Allarde disse:

— Vou assumir o leme, Nick. Você os ajuda a subir.

Nick não parou para discutir. Correu pelo convés e começou a ajudar os soldados molhados e exaustos a subir a bordo. A maioria deles o cumprimentou pelo nome.

Na confusão de vozes, Tory deduziu que aqueles soldados de Lackland se haviam alistado juntos e cuidado uns dos outros durante a longa marcha desde a Bélgica. Deviam ser um dos últimos grupos da FEB a chegar em Dunquerque, pois a maior parte dos soldados que ainda estavam esperando era composta por franceses.

Tory não teve dificuldade para identificar Tom Rainford. Não só a semelhança com o resto da família era forte, mas era o último da fila para garantir que cada um dos seus homens estivesse em segurança a bordo. Tinha um curativo imundo no antebraço esquerdo, exatamente como a sra. Rainford vira em sua tigela de cristal. Alto, louro e indômito, era Nick dentro de uns 30 anos.

O último homem a subir a bordo foi o Capitão Rainford. Cansado, ele segurou a mão de Nick e subiu no barco. Parecia a ponto de colapsar, mas conseguiu dar um sorriso.

— Por que demorou tanto, Nicholas?

Nick atirou os braços em volta do pai com uma força capaz de quebrar costelas.

— A mamãe está muito, mas muito brava com você, pai! — Ele o abraçou como se não pudesse acreditar que realmente conseguira encontrar o homem que mais queria salvar.

— Eu também estou furiosa! — Polly se atirou no abraço.

O pai olhou para ela, chocado, ao mesmo tempo em que passava um braço em volta dos seus ombros.

— Que diabo a minha menininha está fazendo aqui?

— Salvando vidas — disse ela, com lágrimas correndo pelo rosto sujo de óleo.

— Nick, você trouxe sua irmã para o meio de uma guerra? — perguntou o capitão, ainda sem acreditar.

Nick sorriu, sem qualquer vergonha.

— Polly é tão teimosa quanto nós, pai. Insistiu em vir e eu precisava de uma maquinista.

— Estou bem aqui, então vocês não precisam falar de mim em terceira pessoa — disse Polly com acidez. — Se você não tivesse sido tolo o bastante para se alistar, pai, eu estaria em casa estudando matemática, e não me desviando de Stukas.

— Não o censure tanto, Polly — disse um jovem soldado, com um sorriso. — Se não fosse pelo Capitão Rainford, nossa companhia inteira teria sido isolada e capturada.

Outro homem interrompeu a conversa.

— Formamos a retaguarda de voluntários que segurou os alemães enquanto o resto da companhia escapava. Ainda bem que o barco não foi embora sem a gente!

Polly enterrou o rosto na jaqueta esfarrapada do pai.

— Um bando de malditos heróis! — disse ela, com a voz abafada.

— Olhe esse linguajar, mocinha! — repreendeu seu pai, em um tom professoral. — Você não é velha demais para umas palmadas.

Ela afastou a cabeça, estreitando os olhos como um gato bravo.

— Sou uma heroína de Dunquerque. Você se *atreveria*?

— Absolutamente não. — Ele encostou o rosto na cabeça dela, com lágrimas nos olhos. Tory jamais vira três pessoas tão imundas, exaustas e desesperadamente felizes. Em voz baixa, Tom Rainford acrescentou:

— Estou muito orgulhoso de vocês dois. Agora, podemos ir para casa?

— Estamos a caminho, senhor. — Durante o reencontro dos Rainford, Allarde dera a volta com o barco de forma a ficarem de frente para o canal. — Nick, é melhor você assumir até ficarmos livres dos destroços e das minas.

Nick assentiu, soltando relutantemente o pai. Enquanto ia para a casa do leme, os demais soldados se acomodaram em lugares confortáveis. Com um grupo menor de passageiros, havia espaço para se estirar. Um sargento disse, em tom provocador:

— Parece que a mulherada vai arrancar seu couro quando você chegar em casa, hein, capitão?

— Podem arrancar o que quiserem — disse Tom, sorrindo.

Ao assumir o timão, Nick disse:

— Danny, seu avô Dodge nos ajudou na partida e aposto que estará esperando quando levarmos você para casa.

— Está aí uma aposta que não vou aceitar. O velho passa a maior parte do tempo olhando para o porto de Lackland — retrucou um jovem ruivo que estava sentado contra a amurada, sem capacete e com alguma coisa se remexendo dentro da jaqueta.

Nick piscou.

— Danny, tem alguma coisa estranha no seu peito.

Danny desabotoou a parte de cima da jaqueta e um cachorrinho desgrenhado enfiou a cabeça para fora, com os olhinhos brilhando de interesse.

— Acha que agora minha mãe vai me deixar ter um cachorro?

— Acho que, mesmo que você voltasse com um elefante, ela deixaria você ficar com ele. — Nick voltou a atenção para as águas cheias de destroços enquanto abria caminho. O mar estava ainda mais perigoso do que quando haviam chegado, por causa da quantidade crescente de escombros.

Tory disse:

— Vou lá para baixo fazer chá. — E desceu para a galé, enviando um fluxo forte de energia para a chaleira, esquentando depressa a água. Também colocou o que restava da comida em uma sacola. Em minutos, estava distribuindo biscoitos doces e salgados e pedacinhos de queijo. Havia canecas suficientes para todos, então cada soldado segurava sua bebida quente com expressão de deleite no rosto.

Quando Tory recolheu as canecas vazias e foi para baixo fazer mais chá, encontrou Polly e o pai na cabine. Polly devia ter contado para o pai tudo que acontecera, porque ele olhou para Tory com descrença.

— Essa criança pode fazer mágica?

— Não sou criança. — Concluindo que uma demonstração seria mais simples, Tory fez flutuar uma das canecas de sua mão até a bancada da galé. — Este navio é tripulado inteiramente por magos. Nick o encontrou através de magia e estou achando que você mesmo tem poderes mágicos, Capitão Rainford.

Ele fechou a boca, que pendia aberta, e pensou um pouco. O homem precisava urgentemente de um corte de cabelo, mas era fácil ver por que Anne Rainford se apaixonara por ele.

— Talvez tenha mesmo. Algo a se pensar depois que voltar para casa, tomar um banho e dormir em uma cama quente com a minha mulher.

Polly suspirou, sua felicidade estava murchando.

— Vai partir de novo, não vai?

— Ainda estou no exército, minha gatinha. — Ele pôs o braço em volta dela. — Mas vou tirar alguns dias de licença antes de me apresentar novamente.

Tendo feito o chá, Tory levou as canecas para cima de novo, deixando Polly e o pai conversando. O *Sonho* saíra da área do porto e se dirigia para o mar aberto do canal, tomando a rota norte que usaram para se aproximar.

— Nick, quer ir conversar com o seu pai? Allarde e eu podemos seguir daqui em diante.

— Obrigado, Tory. — Nick deixou Tory tomar o leme e abriu caminho entre os soldados, metade dos quais já dormia, àquela altura.

Allarde estivera conversando com os passageiros, colocando curativos simples em ferimentos e brincando com o cachorrinho, que, aparentemente, se chamava *Fromage* —, queijo, em francês. Quando Nick desceu, Allarde foi para a casa do leme e assumiu o timão. Tory o soltou com alegria. Mesmo nas águas relativamente calmas, pilotar o barco era cansativo e ela não precisava se cansar mais ainda.

A casa do leme era apertada para os dois e era assim mesmo que Tory queria que fosse. Passou discretamente o braço pela cintura de Allarde.

— Como Polly disse, acredito que somos oficialmente heróis agora, Allarde. E estamos todos sãos e salvos.

— Ainda não estamos em casa. — Seu olhar estava no horizonte, onde embarcações grandes e pequenas se estendiam em ambas as direções. — A Luftwaffe ainda está por aí, pode haver submarinos à espreita e, se nos desviarmos do canal do qual as minas foram retiradas... — Ele balançou a cabeça, lúgubre.

Ela analisou seu perfil.

— Você não diria que as condições estão melhorando?

— Sem dúvida que sim. — Ele sorriu de volta, mas seus olhos continuavam sombrios.

Em voz baixa, ela perguntou:

— Você prevê perigo antes de chegarmos à Inglaterra?

Ele franziu a testa.

— Não tenho certeza se é previsão de verdade ou apenas preocupação geral depois de dois dias no meio de uma batalha.

— Provavelmente só preocupação. Durante dois dias, a guerra foi nosso universo — disse Tory, pensativa. — Agora está rapidamente começando a parecer um sonho ruim.

— Não tenho dúvida de que você tem razão. — Mas ainda havia sombras no olhar que ele dirigia aos penhascos brancos de casa.

CAPÍTULO 36

Com o passar do tempo, até Allarde conseguiu relaxar. O céu estava claro e ensolarado, o que era ruim, porque aumentava as chances de um ataque da Luftwaffe, mas os soldados estavam felizes em cochilar no calor do convés. Os navios no canal navegavam a diferentes velocidades, alguns mais depressa, outros mais lentos que o *Sonho de Annie*.

Depois que Polly assumiu o leme, Tory e Allarde foram descansar em suas posições costumeiras, encostados à casa do leme, com as mãos discretamente dadas. Ela olhou para o navio que os ultrapassava lentamente.

— É um barco-hospital, não é? Acho que estou vendo cruzes vermelhas nas chaminés.

— Sim, é uma balsa de transporte público que foi convertida. — Allarde se empertigou. — A Luftwaffe está vindo em nossa direção.

Tory apertou os olhos. Dois aviões voavam bem alto sobre a rota dos navios. Não era a primeira vez que viam aeronaves nazistas, mas ela teve uma sensação ruim com relação àquelas duas.

— Sorte que somos pequenos demais para despertar seu interesse.

— O barco-hospital é um alvo razoável — disse Allarde, ficando sério.

— Eles não atacariam um navio cheio de homens feridos, não é?

Ele deu de ombros, o olhar fixo nos aviões que se aproximavam.

— Talvez não vejam as cruzes vermelhas. Ou talvez não liguem.

Com uma rapidez assustadora, um grito infernal rasgou o céu do meio-dia quando um avião mergulhou, zunindo, em direção ao mar.

— Maldição! — Allarde se levantou de um pulo. — Aquele Stuka vai atacar o barco-hospital!

Tory também se levantou, incapaz de fazer alguma coisa além de observar, horrorizada, o bombardeiro indo diretamente para o navio cheio de homens feridos. Um avião de caça o acompanhou, mergulhando em um ângulo menos dramático.

— Tory, conecte-se comigo! — Allarde agarrou sua mão com uma força capaz de esmagar ossos.

O tempo pareceu se paralisar conforme o Stuka soltava a bomba e se recuperava do mergulho. Toda a atenção angustiada de Tory estava na bomba, que ia depressa e com precisão letal na direção do barco.

O ar quase flamejou quando Allarde dirigiu toda sua magia para a bomba, lutando para desviá-la do navio. Assim que compreendeu o que ele estava fazendo, Tory uniu freneticamente sua energia à dele, empurrando a bomba infernal antes que pudesse abater centenas de feridos. Juntos, eles se esforçaram para empurrar e empurrar, estendendo seus poderes até o limite.

A bomba caiu pouco atrás do barco-hospital, explodindo com um som horrendo e lançando ondas enormes em todas as direções. O navio balançou quase a ponto de emborcar, mas se recuperou, e uma onda imensa veio na direção do *Sonho*. Mas haviam conseguido!

Tory estava prestes a comemorar quando o avião de caça mergulhou até ficar praticamente planando acima da água. Com as metralhadoras em chamas, o caça atirou no barco-hospital. Tory se encolheu, mas não parecia que o ataque houvesse causado muito dano.

Então, tudo aconteceu ao mesmo tempo:

Allarde gritou:

— Tory, abaixe-se!

O Messerschmitt se virou na direção do *Sonho de Annie*, ainda disparando suas metralhadoras.

Allarde abraçou Tory com seu corpo inteiro e se atirou para o convés.

Dois dos seus passageiros pegaram os rifles e atiraram contra o caça, gritando:

— Nazistas assassinos desgraçados!

Tory caiu no convés com uma força atordoante, com o peso de Allarde a esmagando.

Balas atingiram o tanque de combustível do caça e a aeronave explodiu em chamas.

As últimas balas do Messerschmitt metralharam o convés do *Sonho de Annie*.

O barco balançou loucamente quando a onda imensa criada pela bomba passou sob eles.

O Messerschmitt se estraçalhou de encontro ao mar e os soldados da FEB gritaram animados.

E Allarde tombou de cima de Tory, com sangue esguichando da garganta.

Tory gritou, horrorizada. Não, *não*! Não acreditava que ele morreria bem ali diante dos seus olhos, não era justo, *não era justo*!

Ele rolou de costas, e ela viu que uma bala o atingira no lado direito do pescoço. A ferida nem sequer parecia profunda, mas uma veia importante podia ter sido atingida. Ninguém sobreviveria muito tempo com o sangue jorrando daquele jeito, ensopando o *guernsey* cinza com sangue brilhante.

Tory arrancou o lenço amarrotado que encontrara no bolso da calça de Nick e o pressionou à ferida, desesperada para deter o fluxo de sangue. Se ele estava sangrando, estava vivo, não estava?

Os olhos de Allarde se abriram com um tremor, o cinza-escuro quase preto à medida que a centelha de vida ia se apagando.

— Fico feliz... que tivemos algum tempo juntos, meu amor.

Ele respirou com dificuldade, seus olhos se fecharam.

— *Nãããããããããããããoooooo!* — gritou Tory para o céu, projetando-se sobre o canal para entrar em contato com Elspeth, exigindo toda a energia de cura que sua amiga tivesse. Também se conectou com Nick, Jack, Cynthia e a sra. Rainford, puxando sem dó nem piedade cada fiapo de energia que pudesse encontrar, mesmo a centelha mínima que Polly recuperara.

A magia de cura queimou em suas mãos com tamanha ferocidade que ela achou que o lenço empapado de sangue fosse pegar fogo. Soltou-o e pressionou a palma da mão diretamente sobre a ferida.

Com o poder de Elspeth unido ao seu, Tory teve uma sensação clara de como o vaso sanguíneo estava danificado. Um ferimento pequeno, mas grande o bastante para matar em minutos. Se pudesse reparar a veia e fechar o buraco, para que o sangramento parasse antes que fosse tarde demais...

De forma nebulosa, sentiu as mãos de Nick e Polly em seus ombros. Um dos soldados, um homem de Lackland que tinha um pouco de poder e entendia a magia, uniu-se a eles, dando o que pudesse para Tory. Havia até mesmo um fio de magia destreinada vindo do Capitão Rainford, que assumira o leme do barco.

Tomou todo aquele fluxo de poder e o fundiu, utilizando a magia como uma lâmina. Ao inundar o vaso sanguíneo danificado com energia de cura, o ferimento letal começou a se fechar. Com a visão de sua mente, ela o *viu* fechar-se, uma fração de cada vez, até que a veia ficou lisa e sólida, e o sangue pulsando calmamente através dela, como devia ser. Então, a pele protetora se refez, finalizada pela barba escura de dois dias.

— Tory — disse a voz de Nick, gentilmente. — Tory, acho que ele vai ficar bem. A ferida parou de sangrar. O ombro de Allarde foi esfolado, mas não é nada com que se preocupar. Já pode parar. — Ele abriu as mãos que agarravam Allarde. — Pode soltar agora, Tory. Ele vai ficar bem.

Confusa, sentou-se apoiada nos calcanhares. De fato, a ferida no pescoço se fechara e só havia uma pequena marca no lugar. Todos os soldados se haviam afastado, respeitosamente deixando espaço para os curandeiros trabalharem, ainda que não entendessem totalmente o que estava acontecendo. Talvez por serem de Lackland, nenhum deles pareceu muito surpreso.

Atrás deles, a fumaça se elevava do mar, no local em que o caça alemão caíra. Com fúria, desejou que o piloto queimasse no inferno tanto quanto havia queimado na Terra.

Os olhos de Allarde se abriram, a centelha de vida novamente forte. Seu rosto estava pálido, a única cor vinha do sangue secando na sua face, mas ele conseguiu sussurrar:

— Tory, meu amor. Talvez... nem todas as feridas mortais... sejam fatais.

— Eu *disse* que seria útil! — disse ela, estupidamente.

Ele deu uma risada engasgada. Seus olhos se fecharam e ela sentiu como ele estava desesperadamente fraco, mas sua mão procurou debilmente pela dela.

O alívio a inundou. Tory agarrou sua mão, então se curvou e enterrou o rosto no *guernsey* ensanguentado dele.

E chorou.

— Olhe — disse Tory baixinho, com lágrimas queimando em seus olhos. — Os penhascos brancos de Dover. Estamos quase em casa.

Enfraquecido pela perda de sangue, Allarde passara a maior parte da viagem pelo canal cochilando com a cabeça no colo de Tory. Agora estava forte o bastante para sentar, encostando-se na casa do leme. Diante deles, os famosos penhascos de calcário branco se estendiam por quilômetros em cada direção, eternos e acolhedores.

Sua mão apertou a de Tory.

— Por quantos séculos os ingleses voltaram para casa e se alegraram ao ver esses penhascos?

— Muitos. — Tory enxugou as lágrimas dos olhos com a outra mão. As conversas fiadas entre os soldados cessaram quando todos os olhares se voltaram para os penhascos. — Desde que *existem* ingleses.

Como Allarde não estava mais correndo perigo, decidiram não abordar o barco-hospital. Ele não precisava de um médico, e parar para transferir um paciente faria com que ambas as embarcações se tornassem alvos fáceis para a Luftwaffe e para os submarinos alemães.

O Capitão Rainford assumiu a sala de máquinas para que Polly pudesse descansar. Primeiro, entretanto, ela fizera um último lote de chá extremamente doce. Tory engoliu o seu com sede, precisando do seu calor e energia depois de tamanho desgaste com a magia. Também fez Allarde tomar um pouco.

Mesmo depois do chá, Nick cambaleava, tanto de fadiga quanto dos dois dias de trabalho sem descanso, além da energia que Tory retirara dele. Um dos passageiros, um soldado de uma família de pescadores de Lackland, assumiu o leme enquanto Nick se estendeu no convés e dormiu o sono dos mortos, com Polly enrodilhada ao seu lado.

Com os penhascos à vista, Nick acordou, bocejou e se pôs de pé.

— Levei o *Sonho de Annie* até Dunquerque e devo também trazê-lo para casa.

O soldado assentiu e entregou o timão a Nick. Tory achou que reconhecia o porto de Lackland... Sim, Nick estava indo diretamente para ele.

Quando se aproximaram do porto, em ângulo, todos os passageiros foram para aquele lado, ansiosos. Nick gritou:

— Não corram todos para bombordo! Não queremos virar, principalmente agora que estamos tão perto de casa.

Alguns soldados recuaram para o outro lado do barco, mas todos vibravam para desembarcar. Ao entrarem no porto, Tory ficou surpresa ao ver uma multidão de pessoas esperando. A maior parte dos ancoradouros estava ocupada por barcos, alguns com buracos de balas como o deles. A visão era muito diferente daquela que tinham deixado ali.

Quando o *Sonho de Annie* apareceu e se dirigiu para o seu píer, ouviu-se uma grande aclamação ecoando pelos penhascos.

— Consegue ficar em pé para a chegada triunfal? — perguntou Tory a Allarde.

Ele deu um sorriso torto.

— Posso dar um jeito, se você me ajudar.

Ela ajudou, auxiliada por um dos soldados. Allarde estava pálido, mas encostando-se à casa do leme e passando o braço pelos ombros de Tory, conseguiu ficar em pé. O motor tossiu e morreu, mas já estavam perto o bastante do píer para se aproximar com o impulso.

Dois soldados jogaram as amarras para o píer e espectadores ansiosos prenderam o barco. Os passageiros surrados começaram a desembarcar. Como a maioria era de Lackland, houve gritos de boas-vindas e abraços. Um soldado se inclinou para beijar o píer, então foi tomado em um abraço por uma mulher em lágrimas que deveria ser sua mãe.

Houve tamanha turbulência de pessoas agitadas do vilarejo que Tory ficou contente que ela e Allarde tivessem seu cantinho protegido perto da casa do leme. Baixinho, disse:

— Jamais me esquecerei disso, ainda que viva até os cem anos.

O braço dele apertou seus ombros com força.

— Nem eu.

Tory sentiu que seu prazer em observar a cena estava permeado por um intenso sentimento de ansiedade que não vinha dela. Era uma energia familiar e, após um instante, percebeu que estava sentindo a Sra. Rainford.

Um momento depois, ela apareceu, passando entre a multidão para chegar ao barco. Assim que pisou no *Sonho*, Nick e Polly a tomaram em um abraço. Ela passou os braços pelos dois, dizendo em uma voz abafada:

— Deus seja louvado, vocês voltaram seguros!

Porém, mesmo a alegria de abraçar os filhos não podia silenciar seus chamados mentais frenéticos: "Tom? *Tom?*".

O Capitão Rainford subiu lentamente para o convés, sujo, molhado e com uma barba capaz de dar inveja a um porco-espinho.

— Nick e Polly, vocês planejaram perfeitamente. Acabamos de usar a última gota de combustível.

Ele parou, de repente, ao ver a esposa.

— *Annie!*

Resplandecente de alegria, Anne Rainford se soltou dos filhos e se atirou nos braços do marido. Ondas de emoção se espalharam em todas as direções enquanto eles se abraçavam como se nunca mais fossem se soltar.

Tory sentiu que o amor deles tinha níveis que ela ainda não podia compreender. As experiências compartilhadas, as alegrias e preocupações de criar os filhos, a paixão que geralmente ficava entre quatro paredes, mas que agora fulgurava como o sol do meio-dia.

Infelizmente, mais separação viria adiante. Até mesmo uma civil como Tory sabia que guerras não eram vencidas com retiradas, por mais milagrosas e heroicas que fossem, como a evacuação de Dunquerque. Quem sabia o que se reservava para a Grã-Bretanha? Por ora, no entanto, Anne e Tom Rainford estavam juntos, sendo observados com alegria por Nick e com aprovação por Polly.

Quanto a Tory e seus amigos... eles haviam feito sua parte. Agora, podiam ir para casa.

CAPÍTULO 37

Quase valia a pena ir para a guerra só para sentir tamanha paz depois. Tory estava deitada ao sol, preguiçosa como Horace, que roncava perto dela. O cachorro gentilmente a levara até aquele local silencioso ao lado de um arbusto de lilases, em um canto protegido da propriedade dos Rainford.

Se abrisse os olhos, poderia olhar sobre o canal e ver a França ocupada pelos nazistas, mas preferia ignorar aquilo, assim como escolhera ignorar o rumor distante da guerra. Era muito, muito melhor deixar a mente vagar pelo canto dos pássaros, pela luz do sol e pelo aroma delicioso dos lilases brotando ao seu lado.

Quatro dias se passaram desde que o *Sonho de Annie* navegara para o porto de Lackland. Fora a última embarcação da cidade a retornar. Outro barco chegara um pouquinho antes e era por isso que havia tanta gente no cais.

O mundo todo assistira à evacuação, maravilhado pela imagem da Grã-Bretanha inteira trabalhando em união para salvar seus homens. A Operação Dínamo terminara oficialmente no dia 4 de junho, e o número total de homens resgatados fora de quase 340 mil. Isso incluía a FEB inteira, juntamente com cerca de 110 mil soldados franceses.

De fato, toneladas de equipamentos haviam sido abandonadas ao longo dos Países Baixos e no norte da França. No entanto, a bravura e a recusa ferrenha em se render da Grã-Bretanha tiveram sua recompensa. O presidente americano, Roosevelt, anunciara que os Estados Unidos enviariam tanques, navios, armas e o que quer que a Grã-Bretanha precisasse para continuar lutando contra Hitler.

Não que os Irregulares tivessem ficado sabendo de tudo isso, a princípio. Todos dormiram durante dias, levantando-se apenas para usar o banheiro e, talvez, tomar um pouco de chá, antes de voltar cambaleando para a cama ou o colchonete. Todos perderam peso: o uso intensivo da magia havia queimado suas energias. A sra. Rainford comentara com Tory que estava feliz por ter perdido alguns quilos, mas Tory precisava se recuperar.

Todos já estavam acordados quando o Primeiro-Ministro Churchill fez o incrível discurso no Parlamento, no dia anterior. A casa dos Rainford se reunira na cozinha para ouvir o rádio.

Em sua voz grave e magnífica, Churchill declamou: "Nós defenderemos nossa ilha, não importa a que custo, lutaremos nas praias, lutaremos nas pistas de pouso, lutaremos nos campos e ruas, lutaremos nas colinas; jamais nos renderemos!".

Tory chorara abertamente, e a mão de Allarde se apertara em volta da sua. Desconfiava que ele também estivesse segurando as lágrimas.

Naquele dia, os Irregulares finalmente voltariam para casa. Parecia ter-se passado toda uma vida desde que Tory conduzira seus amigos através do espelho de Merlin, embora mal se houvesse passado uma quinzena. Suspirou, satisfeita. Só faltava um elemento para a felicidade total.

Um poder profundo e familiar tocou sua mente. Então, um toque delicado no seu rosto, seguido por outro e mais outro...

Ela abriu os olhos e viu flores de lilás dançando na luz do sol acima dela. Girando gentilmente, elas passavam pelo seu rosto e pescoço em uma chuva frágil e perfumada. Não que precisasse ver lilases dançando para saber que o último elemento da felicidade estava ali.

Preguiçosamente, virou a cabeça e viu Allarde se aproximando. Depois de perder tanto sangue, ele estivera mais exausto que todos, e nem por isso ficara menos esplêndido. Assim como Tory, vestia suas roupas de 1803 em preparação para a jornada de volta para casa. Que a chamassem de preconceituosa, mas ela achava que as calças, as botas e os casacos da sua época realçavam muito mais a figura masculina do que as peças disformes de 1940.

— Você parece um gatinho cochilando ao sol. — Allarde se sentou ao lado dela na grama e se inclinou para lhe dar um beijo leve e terno.

Ela saboreou o prazer dos lábios dele sobre os seus. Mesmo quando estavam separados, um filamento de energia os conectava; essa conexão se intensificava quando estavam juntos. E mais quando se tocavam. Ela murmurou:

— Estou tentando absorver o máximo de luz do sol que posso antes de voltarmos para o outono cinza e úmido.

— Acha que vamos ter alguma dificuldade para voltar à nossa época? — perguntou ele, sério. — O processo parece um tanto incontrolável.

— Posso nos levar para casa me concentrando no nosso destino. Não sei por que fui atraída para cá na primeira vez, mas como Nick sabia onde procurar por mim, veio diretamente até nós. Assim como viemos para cá juntos sem nenhum problema. — Tory rolou de lado e apoiou a cabeça na coxa dele, relaxada e feliz. — Eu não gostaria de tentar ir para uma época diferente, no entanto.

Ele acariciou seu cabelo, contornando a borda da sua orelha de um jeito que a fez querer ronronar como o gato com o qual ele a comparara.

— Estranho pensar que, se tudo der certo, estaremos de volta a Lackland em algumas horas — murmurou ele. — Meros alunos novamente.

— Ficarei contente por isso. — Ela encobriu um bocejo preguiçoso. — Foi uma honra fazer parte de uma tarefa tão grandiosa e nobre, mas não quero fazer aquilo de novo! Essa não é nossa guerra.

— Verdade. Temos nossa própria guerra para nos preocupar. — Allarde descansou a mão no ombro de Tory. — Tanto Hitler como Napoleão querem conquistar o mundo. E, em ambas as épocas, é a Grã-Bretanha que se coloca sozinha contra o monstro continental.

— Talvez por isso o espelho tenha me trazido aqui na primeira vez — disse Tory, interessada o bastante para abrir os olhos. — As semelhanças entre nossas épocas.

— Bem que eu gostaria que houvesse outras semelhanças que não a guerra — disse ele, sério. — Preferiria morrer na minha própria época a morrer em um século diferente.

Tory suspirou e um pouco da alegria do dia diminuiu.

— Sua vida ainda é governada pela certeza da sua morte?

— Não como antes, Tory — disse ele, pensativo. — Sofri meu ferimento mortal e você salvou minha vida. Aparentemente, a srta. Wheaton estava certa ao dizer que o futuro não é fixo. Agora sou como qualquer outra pessoa. Vou morrer algum dia, mas, por enquanto, pretendo viver ao máximo. — Ele se inclinou e a beijou novamente. — Isso significa aproveitar cada momento que posso com você, minha Lady Victoria.

Ela deslizou a mão em volta do pescoço dele, segurando-o mais perto para que o beijo delicioso não terminasse.

— Existe algo muito especial entre nós — sussurrou ela. — E fico feliz que isso não seja desperdiçado.

Com delicadeza, ele tirou a cabeça dela do seu colo e se estendeu ao seu lado na grama.

— Não será. — Ele sorriu de forma provocante. — Ficaria tentado a arruiná-la, mas estou fraco como um filhote de gato, depois de perder tanto sangue. O médico que fez o curativo naquele corte no meu braço disse que eu levaria semanas para recuperar as forças.

— A ruína parece perversamente tentadora — concordou Tory, brincando. — Mas o que parece possível em uma época que não é a nossa seria bastante diferente quando voltássemos para casa.

— Você tem razão, claro. — Ele pegou sua mão, entrelaçando os dedos aos dela. — A ruína pode esperar, o que importa é estarmos juntos. — Ele suspirou. — Desconfio que vá ser difícil voltar a ser estudantes numa escola que existe para nos modificar. As pessoas desta época talvez não acreditem em magia, mas pelo menos não somos condenados.

— Dessa parte eu gosto — concordou Tory. — Acho que, quando voltarmos para Lackland, entraremos rapidamente na nossa rotina. — Ela fez um gesto indicando a França. — Tudo isso parecerá um sonho maluco.

— Os diretores talvez nos tranquem separadamente para que não possamos voltar ao Labirinto. — Seus dedos apertaram os dela. — Se isso acontecer, talvez não nos vejamos por um longo tempo.

Tory estremeceu com aquela possibilidade.

— Acho que posso nos fazer voltar ao Labirinto na mesma noite que partimos. Ninguém saberá que saímos de lá, exceto pelo fato de estarmos todos magros e exaustos. — Exceto Cynthia, que conseguia parecer pálida e interessante, em vez de esgotada. No entanto, ela trabalhara tanto na magia climática que Tory não conseguia nem mesmo se ressentir da beleza da colega de quarto.

— Isso seria muito conveniente! — disse ele, aliviado. — Embora apenas adie o momento em que serei deserdado pelo meu pai. Como seu único filho, ele ficaria feliz com a possibilidade de ignorar minha magia para eu me tornar o Duque de Westover algum dia.

— Ele realmente deserdaria você? — perguntou Tory, curiosa e pensando que o duque parecia mais tolerante do que seu pai.

— Não se eu me comportar como um jovem aristocrata decente que nunca teve nenhuma magia e fingir que Lackland foi apenas um mal-entendido — disse Allarde ironicamente. — Mas ainda temos uma guerra contra Napoleão para vencer, e eu tenho a sensação de que minha magia será necessária. É improvável que, algum dia, eu possa fazer de você uma duquesa.

Ela rolou de costas, fraca de tanto rir.

— Você faz ideia de quantas mulheres neste mundo jamais se tornarão duquesas? E a maior parte delas consegue sobreviver e prosperar muito bem.

— Eu quero o melhor para você, Tory. — Ele sorriu para os olhos dela. — Já falei que meu nome de batismo é Justin?

Justin. *Seu* Justin. Ela saboreou o nome em sua mente. Um homem justo. Perfeito.

Ela se inclinou e beijou seu querido tolo.

— Já tenho o melhor.

NOTA DA AUTORA

Em 1803, Napoleão estava reunindo o Exército de Boulogne no litoral francês com a intenção de invadir a Inglaterra. Túneis para abrigar soldados foram escavados nos penhascos de calcário sob o Castelo de Dover como defesa contra a esperada invasão.

A partir de 1938, os túneis foram ampliados e modernizados para serem usados como centro de operações da marinha. Também contavam com alojamentos e com um hospital subterrâneo. Hoje em dia é possível visitar vários desses túneis, mas entendo que alguns deles ainda estão fechados ao público por conter materiais secretos.

A incrível frota de grandes e pequenas embarcações que salvou 340 mil homens de Dunquerque é um dos grandes episódios da História. Geralmente, o Canal da Mancha é turbulento e tempestuoso no final da primavera, e a evacuação não teria sido possível se não fosse pelo clima surpreendentemente calmo durante aqueles dias.

Particularmente na terça-feira, dia 28 de maio de 1940, uma tempestade vinda do Atlântico milagrosamente se desviou para o norte, entre a Irlanda e a Grã-Bretanha. (As pessoas me perguntam de onde tiro as ideias para as minhas histórias. Acreditem, a História oferece uma porção de enredos interessantes!)

Não há registro de garotas adolescentes que tenham participado da frota de resgate... mas quem sabe?

Peixe com batatas fritas foram uma das poucas comidas a não sofrer racionamento na Grã-Bretanha durante ou depois da Segunda Guerra Mundial. Se tivessem tentado racionar, poderia ter havido uma revolta!

Impresso no Brasil pelo
Sistema Cameron da Divisão Gráfica da
DISTRIBUIDORA RECORD DE SERVIÇOS DE IMPRENSA S.A.
Rua Argentina, 171 – Rio de Janeiro, RJ – 20921-380 – Tel.: (21)2585-2000